悪役令嬢に転生した私と
悪役王子に転生した俺
Shusaku
秋作
[Illust]
やこたこす
JN055173

デイジー＝クロノム
宰相の娘で、才女として
知られる公爵令嬢。
コーネット＝ウィリアム
原作には登場しない人物。
上級魔術師。
ソニア＝ケリー
女騎士。原作では聖女に
忠誠を誓っていた。
命がけのダンジョン攻略試験！

ウィスト=ベルモンド
平民出身ながら、
実力派の騎士。
エディアルド=ハーディン
この国の第一王子。原作では
闇堕ちして『闇黒の勇者』に。
クラリス=シャーレット
原作では第二王子と婚約し、
後に『黒炎の魔女』となった。

悪役達は惹かれ合う
「君は俺の婚約者なんだし、ちゃんと名前で呼んでくれないか？」
「え、エディアルド様……」
「これからは俺のことをそう呼んで」
小説のクラリスは、
正式な婚約者だったにも拘らず、
アーノルドの名を呼びたくても
呼ばせてもらえなかった。
俺はそんな悲しい思いは君にさせない。
そう言って俺は
クラリスの手の甲にキスをした。

悪役令嬢に転生した私
と
悪役王子に転生した俺
Shusaku
秋作
[Illust]
やこたこす

本文・口絵イラスト：やこたこす
デザイン：杉本臣希

CONTENTS

プロローグ

◇◆穂香視点◆◇

「ごめん……穂香、別れてほしいんだ」

そう告げてきたのは、正式な婚約者の筈だった清水マサヤだった。彼の隣には泣きそうな顔で俯いている女性がいる。

私、山本穂香は今、修羅場の真っ只中にいた。

「君は強いし、俺がいなくても一人で生きていけるだろ？　だけど彼女は俺がいないと駄目なんだ」

「……」

つまりこの男は私と正式に婚約しておきながら、別の女とも付き合っていたわけだ。

相手の女性はまだ二十歳そこそこ。つい最近、職場の厳しさに耐えかねて、仕事を辞めたそうだ。他の勤め先を探していたところなかなか見つからず、友達に誘われたコンパで偶然マサヤと出会ったとか。もうね、婚約中にコンパ行く時点でアウトだわ。

「いいわ、婚約破棄しましょう。結婚する前にあなたのクズさが分かって良かったわ」

「な……そんな言い方はないだろっ⁉」

「マサヤ、あなたネットニュースの芸能人の不倫ネタを読んだ時には、こいつはクズだって散々叩いていたくせに、自分の時には随分と甘いんじゃないの？」

「お、俺は結婚していないから不倫じゃない‼」

「ふーん、じゃ、浮気はクズじゃないんだ？」

「俺と彼女は運命的な出会いを果たしたんだ。浮気じゃなくて本気だ‼」

「そう。本気だったら二股してもいいってことね？」

「う………だ、だからお前みたいな一言も二言も多い女は嫌だったんだ！　もう俺はうんざりだったんだよ‼」

反論できなくなったとたんに逆ギレ。

まぁ、自分でも可愛げがないっていうのは分かっていますよ？　職場では勝ち気な性格が禍して、お局様呼ばわりされていた。

それでもあなたがいたから、何を言われても平気だった。

あなたという守りたい存在がいたから。

でも、あなたも結局はそんな私にうんざりしていたってわけね。

その場にいるのも馬鹿らしくなり、席を立ち上がった。一瞬だけど、相手の女がクスリと笑ったのを見た。

私は内心むっとしながら、伝票をひったくりレジの方へ向かう。

「あ、俺の分も払っておいてよ」

背中越しに図々しいことを言ってくる馬鹿。

一体どの口が言っているのよ⁉

私はとっとと自分の分だけ支払いを済ませて、鞄からスマホを取り出した。

そしてマサヤの番号を消去してやる。当然L〇NEもブロックしておく。

それにしても、生活能力の無いマサヤが、か弱い女の子とやらを守ってあげられるのかしら？

あの娘、訪れる度に汚部屋になっていた彼の家に行ったことがあるのかな？　私が綺麗に片付けた三日後には、足の踏み場もない状態になっていたのだから、部屋を散らかす才能は天下一だと思うわ。

あの部屋をもう片付けなくて済むのかと思うと気が楽だ。

私はその時、寂しさや喪失感と同時に、ほっとした気持ちになった。

またいい出会いがあるかもしれないし、結婚する前にマサヤがクズ男だって分かって良かった、と思わなきゃ。

「……」

楽しかった日々もいっぱいあった。

一緒に遊園地に行ったり、動物園に行ったり。カフェでとりとめのない話をする時間も癒やしだった。彼と一緒に居ると童心に返ることができた。

そのことを思い出すと胸が締め付けられ、目から涙がぽろぽろとこぼれた。

こうして私の恋愛は婚約破棄という形で終わりを告げたのだった。

私が婚約破棄したことを聞いた両親は、大喜びで見合い写真を送ってきた。元々マサヤのことは気に入っていなかったのよね。

送られてきた見合い写真は、うん、どれも真面目そうな感じの人だな。とにかく眼鏡率が高い。

……あ、眼鏡をかけていない人、発見。

この人の顔はタイプかも。ふうん、ユウキタイチ。へぇタイチ君かぁ。

うわ、でも勤め先が元彼と同じ会社だわ。

大きい会社だし、部署も違うから気にしなくてもいいような気がするけどね。避けた方が無難といえば無難。

顔は特別いいってわけじゃないけど、かといって悪くはない。いわゆるフツメン。でも、こういうあっさりした感じの顔って好きなんだよね。

勤め先は引っかかるけど、一回この人とお見合いしてみよっかなぁ……いやいや、その前にせっかくフリーになったのだし、しばらくはお一人様を楽しみたいところ。

お見合いは心の整理がついてからでもいいじゃない。

気晴らしにＷＥＢ小説の書籍版ライトノベルでも読もうかな。

姪っ子に勧められ、ＷＥＢで読んで面白かったから書籍も買っていたんだよね。

『運命の愛～平民の少女が王妃になるまで～』

平民少女ミミリアとハーディン国の第二王子であるアーノルド王子は身分差の恋に落ちる。

だけどその王子様には婚約者がいて……あ、駄目だわ。今の私にはぐりぐり傷を抉る話だった。自分が婚約破棄にあってなかったら、心の底から楽しめたのだけど。

家に引きこもるよりは、久々の休日だし、買い物に行こうかな。せっかくフリーになったのだし、一人気ままな買い物をしたいわ。

いつもと違うメイクや服、靴を履くと気分も変わる。

アパートの部屋から出て階段を下りようとした時、あまり履き慣れない高いヒールを履いていたせいだろうか。
階段から脚を踏み外し、転げ落ちることになる。
頭を角にぶつけた感覚は覚えている。
とてつもない痛みが走ったことも。
だけどそれ以上は分からない。
私の意識はそこで途切れたのだ。

第一章　目が覚めたら悪役令嬢でした

◇◆クラリス視点◆◇

目を覚ましたら、くすんだ天井が視界を占めていた。

ん？　確かアパートの階段から落ちて、頭を打ったのが最後の記憶。

くすんだ天井？？

私が住んでいる場所は築一年のアパート。天井は真っ白で綺麗だった筈。

ちょっと待って、ここは何処？

私はベッドから飛び起き、恐る恐る周囲を見回す。

汚れた小さな窓とボロボロの木の壁、薄汚れた床。起き上がって歩いてみると、床がギシギシと音が鳴る。

どう見ても物置部屋だ。いかにも使わなくなった古びた家具や雑貨が乱雑に置かれている。

いやいや、私の部屋はカーテンの色はピンクだったし、ベッドの横にはクマのぬいぐるみが置いてあった筈。

だけど今、目の前にある現実は、立て付けの悪そうな窓から隙間風が入って来る物置部屋。

応接セットも置いてあるけれど、よく見ればソファーの布はすり切れて色褪せ、テーブルも傷だらけだ。

クローゼットを開けると、ギギギッという音が部屋に響く。

色褪せたワンピースドレスを着ながら、私は現在の自分自身の名前を思い出していた。

私の名前は山本穂香……じゃなくて、クラリス＝シャーレットだ。

山本穂香という前世の記憶を取り戻した私は、今はクラリス＝シャーレットとして生きている。

あれ？

クラリス＝シャーレットって、どこかで聞いた名前のような？？

前世で亡くなる直前に手に取りかけていた小説のことを思い出す。

『運命の愛～平民の少女が王妃になるまで～』という物語。

主人公は聖女ミミリアと勇者アーノルドだ。

ミミリア＝ボルドールは、平民の少女だったけれど、女神に選ばれた聖女の証である薔薇の痣があった為、男爵家の養女となる。女神に選ばれた聖女は、民に崇められる存在だから、平民という身分ではあってはならなかったのだ。

男爵家の娘として貴族が通う学びの場、ハーディン学園に入学したミミリアは、そこでアーノルド王子と出会い、恋に落ちる。

アーノルド王子の婚約者であるクラリス＝シャーレットはそれを知り、ミミリアに事あるごとに嫌がらせをする。そして虐めがエスカレートした結果、しまいには彼女の命を狙うようになる。

アーノルドは舞踏会の場で、そんなクラリスの悪行を咎め、婚約破棄を言い渡す。

そしてミミリアこそが、真の婚約者であることを宣言するのだ。

一方、アーノルドの異母兄、通称『馬鹿王子』のエディアルド王子は優秀な異母弟に劣等感を抱いていた。しかも自分が思いを寄せていたミミリアが、アーノルドと恋仲であることを知り、憎悪を覚えるようになる。

そんなクラリスとエディアルドに力を貸すのは、魔族の皇子ディノ。

生来から優れた魔術の能力があったクラリスは、ディノから闇の魔力を与えられ、絶大な力を得る。そして彼女は『黒炎の魔女』の二つ名で呼ばれるようになり、人々から恐れられるようになった。

馬鹿王子と呼ばれていたけれど、剣の才覚だけはあったエディアルドには、光を切り裂く黒炎の魔剣が与えられ、強大な力を得る。彼は『闇黒の勇者』と呼ばれるようになった。

黒炎の魔女クラリスと闇黒の勇者エディアルドは、魔物の軍勢を率いて王城に攻め込んだ。

そしてクラリスは黒炎を放ち、ミミリアの身体を焼こうとするが、アーノルドが彼女を庇って深手を負ってしまう。

瀕死のアーノルドを見て、エディアルドは魔剣でアーノルドにとどめを刺そうとする。

愛する人を失いそうになる悲しみに、ミミリアの聖女としての力が覚醒。

クラリスが放った黒い炎は、ミミリアが放った聖なる光によって打ち消され、さらに重傷だったアーノルド王子の身体も全快して勇者の力に目覚める。

エディアルドは復活したアーノルドに聖剣で心臓を貫かれ絶命した。

二人に闇の力を与えた魔族の皇子、ディノはミミリアが放った聖なる光によって力を失い、エディアルドと同様、アーノルドによって聖剣で心臓を貫かれ絶命。

クラリスは騎士達に取り囲まれたが、捕らえられる直前、自分の身体を燃やし自害した。

そしてミミリアとアーノルドは身分の差を乗り越えて結ばれたのであった。

めでたし、めでたし……って、ちょっと待って‼

全っっ然めでたくない‼

その時になって私はようやく、現世の自分が何者か自覚することになる。

クラリス＝シャーレットといえば、『運命の愛〜平民の少女が王妃になるまで〜』という小説の中では、黒炎の魔女と呼ばれる悪女だった。

いやいやいや、これは偶然……あの小説のクラリスとは限らない。同姓同名というだけで別人だって可能性もある。

でも現世の記憶を辿れば辿る程、私はあの小説に登場するクラリス＝シャーレットであることを自覚させられる。

家族の名前も一緒だし、住んでいる国はハーディン王国だし。

ただちょっと小説と違うのは、今住んでいる部屋がすごく簡素な……簡素どころか粗末な所だ。それに着ている服も、かなりみすぼらしい。侯爵令嬢という地位でありながら、私の生活は決して豊かではなかった。

小説の主人公はあくまでミミリアとアーノルドだ。悪役の実家の詳細なんて描かれていなかった。

だからって、まさかこんな酷い扱いを受けていたなんて。

現世のクラリス＝シャーレットとしての記憶をほじくり返すと、私は五年前に母親を亡くしている。そして程なくして、後妻とその娘がこの家に入ってきた。

私は継母とその娘に事あるごとにいびられ、新たな女主人となった継母の命令により、使用人からも冷たくされていた。

実は苦労人だった悪役令嬢。

小説のクラリスは、今の私のような生活に戻りたくなくて、王子の婚約者という地位に固執(こしつ)していたのかもしれない。

というか、このままいけば、私は物語においては悪役……ヒロインと恋に落ちた王子様によって、婚約破棄されるってこと⁉

何⁉　私って婚約破棄される星の下に生まれたの⁉　そのあげくに自害って。

このままじゃマズい……あんなバッドエンドは絶対嫌っっ‼

パニックになりながらも、運命を変える糸口を探して、前世と現世の記憶を照らし合わせて考えてみる。

今の私は十七歳(さい)。

確か近々そのアーノルドと顔合わせをする王妃様主催(しゅさい)のお茶会が催(もよお)されるんじゃなかったっけ？

小説では、クラリスはアーノルドの最有力婚約候補者として参加したんだけど、アーノルドは来なかった。

アーノルドは傲慢(ごうまん)な令嬢と噂(うわさ)されているクラリスのことを嫌(きら)っていた。彼女との顔合わせを避(さ)ける為に仮病(けびょう)を使ってお茶会を欠席したのだ。

色々あって結局二人は婚約することになったのだけど、アーノルドは噂どおり傲慢な令嬢だったクラリスが婚約者であることが耐(た)えられなかったのだ。

今、何時？

昼の二時……あ、そっか。本を読んでいたら眠くなったから寝ていたんだっけ？

その時、ノックもなしに部屋に入って来た人物がいた。

私と同い年だけど、生まれたのが二ヶ月遅かったので妹になるナタリー＝シャーレットだ。

彼女と私は異母姉妹。ナタリーは父の後妻であるベルミーラの子、私は亡くなった前妻の子供なのだ。

「お姉様！　さっきお父様から聞いたわ！　王妃様のお茶会にお呼ばれされているんでしょ⁉　私も連れていってよ‼」

「……」

この娘の声って一体何デシベルなの？　耳がキーンときたわ。

私の悪い噂の原因が、実はこの異母妹ナタリー。

いつも彼女の我が儘に振り回されている。今の発言も彼女の我が儘だ。

お茶会に正式に招待されているのはあくまで私だ。主催者側に断りもなく、勝手に妹を連れていけるわけがない。

侯爵家当主であるお父様とその夫人であるお義母様も招待されているから、自分だけ招待されていないのが不服なのだろうけど。

「駄目よ。あなたは招待されていないのよ」

「あら、私が一人増えたところで問題ないでしょ？」

可愛らしく小首をかしげてみせるナタリー。顔は人形のように可愛らしいんだけどね。あざとさが態度に出ちゃっています。

私は溜息交じりに異母妹を諭す。

「事情があって家族を一人連れていかなければならない時は、主催者側の許可がいるのよ。今から王室に許可願いを出しても間に合わないわ。親しい人のお茶会とは違うんだから」

「何よ、婚約者候補に選ばれたからっていい気になって！」

「王室から正式に招待されたのは私なのよ？　仕方がないでしょう？」

「姉様のケチ‼　本当に我が儘なんだからっっ‼」

我が儘はどっちなんだか。

ナタリーは憤慨して、ドアを乱暴に閉じた……貴族の女性として、はしたないわね。

私はお母様が亡くなるまでは幼い頃から徹底的に淑女の立ち振る舞いを叩き込まれた。だけど、ナタリーの母親はそういったマナーや淑女の心得を熱心には娘に教えようとしない。

この分だと、じきにお父様が来るわね。

私は溜息をついて、所々に罅が入っている三面鏡の前に立つ。

やぼったい髪形だけど、紅の髪の毛は背中までのびている。前髪を掻き上げると見えるのは、ややつり目だけど大きいピンクゴールドの瞳、ぬけるような白い肌。

普段は前髪で目が隠れちゃっているから、かなり地味な印象だけど、こうして見るとお人形さんみたいじゃない。

前髪をあげた状態で、鏡越しに自分の顔をしげしげ見詰めていた時、乱暴にノックをする音が響き渡る。

あ、お父様ね。ナタリーに泣きつかれてすっ飛んできたわね。ま、ノックをするだけナタリーよりましかも。お父様は部屋に入るや否や怒鳴り散らしてきた。

「クラリス‼　また自分勝手なことを言ったそうだな。ナタリーをお茶会に連れていかないとは、意地が悪いにも程がある」

……………私の父親って何歳だっけ？

えーと、確か四十歳か。いい大人よね。どう考えても。

あんたも貴族の一員だったら、ナタリーを連れていけないことぐらい分かるでしょ？　ナタリーに泣きつかれて頭に血が上っているのね。

「お父様、ですが急に人数を増やすことはできないでしょう？　私しか招待されていないのですよ？」

「……っっ⁉」

冷静に答える私に、父親は目を剝く。

ああ、まさか口答えされるとは思っていなかったか。

まぁ、記憶が蘇る前は理不尽には思っていたけど、言い返す程の勇気がなかったものね。

「だ、黙れ‼　だ、だったらお前の代わりにナタリーを連れていくっっ‼　アーノルド殿下だってお前なんかより可愛らしいナタリーの方が良いと思うに決まっているからな」

そう、いつもこんな調子で最終的には私が悪いってことにされる。

小説にもお茶会の描写があったけれど、まさかこんな舞台裏があったとは知らなかったわ。

本編には書かれていない悪役令嬢の実情ってとこね。

小説では確か、お茶会にはクラリスが行った筈だけど、この状況でどうやって私が行くってことになるのかな？　あ、もしかして私が口答えしちゃったから、流れが変わったのかも？

だったらチャンスじゃない⁉

小説の展開と違う行動を取ればいいんだっっ‼

私は悪役令嬢になりたくない。ましてやバッドエンドを迎えるなんて御免だわ。

「承知しました。お父様。王妃様のお茶会に愚昧な私では荷が重いと思っておりました。是非っ‼　私の代わりにナタリーをお茶会に出席させてくださいませ」

「む……むう。やけに聞き分けがいいな」

殊勝な態度と、是非という言葉を強調して、有無を言わせないようにした私の答えに、お父様もそれ以上何も言えなくなった。ふう、単純な人で助かったわ。

今回は王妃様が主催し、王族の婚約者候補が招待される重要なお茶会。

普通のお茶会と違って、勝手に代役を立てていいわけじゃないのだけど。

お父様、そこのところは、ちゃんと分かっているのかしら？　――ま、どうなっても知らないけどね。

お母様が亡くなって、程なくして後妻としてここに来たのが、ベルミーラ男爵令嬢。そして父とベルミーラの娘であり同い年の妹、ナタリーも。つまり私の母と結婚しておきながら、何年も前から彼女も愛人にしていたってことね。

そのベルミーラ母娘が来てからは、前妻の子供である私は蔑ろにされるようになり、父親にも相手にされなくなって、使用人からも無視されるようになった。

初めて私に与えられた一人部屋は、かつて物置だった場所。天井も壁紙もくすんでいて、部屋全体も薄暗い。ベッドもギシギシと鳴る古いもの。

一方ナタリーは広い部屋を与えられ、部屋の中には可愛い縫いぐるみやオモチャも置いてあり、沢山の本もプレゼントされていた……あ、本だけはいらないって言って、私にくれたけどね。お陰で読書には事欠かないし、買ったらお高い魔術書もすぐに手に取ることができたのだった。

お父様が部屋を去ったのと入れ替わるように、メイドがドアをノックしてから、部屋に入ってきた。

「お嬢様、お水とお茶菓子を持って参りました」

メイドが手に持つお盆の上にはコップ一杯の水と生のイモが載ったお皿。

前世のサツマイモとよく似たイモ。紫色の皮で細長い。もちろんだけど、生で食べるものじゃない。

「たっぷり召し上がってくださいませ」

意地が悪い笑みを浮かべ、机の上にお盆を乱暴に置くメイド。

あーあ、コップの水が零れているじゃない。

私はにこやかに笑って言ったわ。

「ありがとう」

「……」

戸惑う表情を全く見せない私にメイドは眉を寄せる。

あら、期待に添うリアクションができなくて悪かったわね。

彼女は「何よ、どうせ残すくせに」と小声で吐き捨ててから、部屋を出ていった。

記憶が蘇る前だったら、この生のサツマイモ（みたいなイモ）を、焼くという発想すらなかった。出されたものを我慢して齧っていたけど、前世の記憶が蘇った以上、そんなことはしないわよ。

私はイモに向かって人差し指を向け、炎を喚ぶ呪文を唱える。

「ミリ・フレム！」

次の瞬間、お皿に載ったイモは小さな炎に包まれてパチパチと音を立てながらほどよく焼かれていく。

うーん、いいにおいになってきたわ。

魔力も加減しているから、狙い通り程よい焼き加減になった。

美味しそうな焼き芋、いただきまーすっっ‼

一口食べるとほくほくした食感、あまーい味わいが口いっぱいに広がって幸せ～。

あー、せっかくだから、お水じゃなくて、お茶も欲しいわよね。

メイド達はどうせ私のことを無視するから、自分で淹れることにしよう。

私は厨房に行くと怪訝な顔をする料理人達を尻目に、棚からティーカップとティーポットを手に取った。

料理長が苦々しい顔をして私に言ってきた。

「お嬢様、勝手に厨房に入られたら困りますよ。お茶を飲みたいのであればメイドにでも言って」

「そのメイドが私のことを無視するので、自分でお茶を淹れているのですが？」

じろりと鋭い眼差しを向けると向こうはたじろぐ。まさか私がこんな反抗的な返しをしてくるとは思わなかったのだろう。

「いや……だけど……お嬢様じゃ紅茶を淹れることはできない筈」

そうね、料理人達は私が紅茶を淹れるところなんて見たことがないでしょうね。お茶の淹れ方はお母様から叩き込まれたし、前世でも紅茶に凝っていた時期があったからお手のものだ。

ただ自分で厨房に行ってわざわざティーセットを取ってくるという発想まではなかった。お茶を淹れるにしても、結局お母様が生きていた時は、全部使用人にお膳立てしてもらっていたのよね。

私はにっこり笑って料理人達に言った。

「ご心配には及びません。お湯をいただけるかしら？」

料理人達は戸惑いながら顔を見合わせる。やがて一番年若い料理人が、恐る恐る湯が入ったケトルを私に手渡した。

ティーポットに湯をそそぎ、それをお盆の上に載せる。それとティーカップも。

手慣れた様子でお茶の準備をする私に、料理人達は呆気にとられる。ちなみに料理長は、悔しげに舌打ちをしている。

砂糖とミルクもトレイの上にセットして、あとはこれを部屋に運ぶだけ。

「あ、あぶないから私が持ち」

「馬鹿……お嬢さんの手助けをしたら、俺が奥様に罰せられるっっ」

手伝いを申し出る料理人を、料理長が慌てて引き止める。

そうね、私に味方をした使用人は、全員、お義母様に解雇されたんですものね。自分も二の舞にはなりたくないのだろう。

「大丈夫。一人で持てるわ。気遣ってくれてありがとう」

私は手助けをしようとしてくれた料理人に笑いかけた。

彼は料理長の後ろで、照れくさそうに笑っている。まっすぐな目をしたいい人ね。

それに比べ、料理長の目は淀んでいる。前世にもいたわ、ああいう人。自分の考えがなくて、上に媚びてばかり。お義母様にとっては、自分の命令どおりに動いてくれる都合がいい人。

生のイモを用意したのもこの人だ。昨日のお茶菓子は日にちがかなりたったケーキだったわね。

食事も私のスープだけ薄かったり、反対に辛かったり、それならまだいいけど、泥がついたサラダには参った。

全部、義母とナタリーの命令で、あの料理長が用意していたのだ。

料理に不服を言うと「何て身勝手な奴なんだ‼」って、お父様に怒られるのがオチだから、文句を言わずに食べることにしていたけれど。

だけど泥がついたサラダはさすがに食べるわけにいかないから、自分で洗いに行った。使用人達はそんな私の姿をせせら笑うし、お父様は食事中に立ち上がるなんて行儀が悪いって怒るし。

部屋に戻った私は、お茶を飲みながら、今日の夕食もそんな食事をしないといけないのかと思うとうんざりした。

あ、そうだ。ナタリーから貰った魔術書に書いてあったわよね?

汚れや菌を取り払う清浄魔術、ピュア＝クリアード。

あれが使えるようになれば、わざわざ洗いに行かなくてもいいじゃない?

私はさっそく床に積み上げている本を手に取り、黙々と読み始めた。

ふむふむ、対象物が綺麗になるイメージを思い浮かべ、ピュア＝クリアードと呪文を唱えることで、身体に備わる魔力をエネルギーに魔術を発動させるわけね。

とりあえずこの飲み終えたティーカップを綺麗にしてみようかしら？

「ピュア＝クリアード」

試（ため）しに唱えてみるとティーカップの汚れがたちまち消える。

お茶を飲んだ形跡（けいせき）が一つも無い。ただ、綺麗にはなったけど、まだくすみが残っているかな？

魔術を発動させるには掌（てのひら）に魔力を集中させる必要があるのだけど、魔力の量が少なかったのかもしれない。

とりあえずもう一回やってみることにしよう。時間はいくらでもあるのだから。

「ピュア＝クリアードッ！」

魔力を集中させすぎたのか、今度は新品同様に綺麗になってしまった。

あ……そうだ、この魔術を使って色んなものを綺麗にしてみようか。

例えばベッドのシーツとか枕（まくら）、それに埃（ほこり）っぽいカーテンも！

私はお掃除（そうじ）を兼（か）ねて、清浄魔術の練習をすることにした。お陰様で部屋の中はピカピカ……という程じゃないけれど、埃も消え去ったからスッキリしたわよ。

その時私の腹時計が、夕食の時間を知らせてきた。

使用人が呼びに来ることはないから、自分からディナールームに行くしかない。

——家族との食事が一日の中で一番憂鬱（ゆううつ）なのよね。

夕食の時間。

私は頃合いを見計らってディナールームに入った。他の家族は既に席についていて食事をしているところだった。

「遅かったな……」

じろりと私を睨む父親。

昔は美男子だったみたいだけど、今はその面影はない。大きく突き出たお腹、ブルドックのような頬、綺麗に整ったバーコードハゲ。

シャーレット侯爵家当主、ビルゲス＝シャーレット。

「遅れて申し訳ございません、侯爵様」

「……ちっ」

私の挨拶に対し、舌打ちで返すお父様。

以前はお父様とお呼びしていたけれど、「お父様ではなく侯爵様だ。貴族の娘として、これからは一当主として私に接するように」と命じられたので、それ以来、家族であっても人前では侯爵様と呼ぶようにしている。同じ貴族の娘であるナタリーはパパ呼ばわりしているんだけどね。

席に着くとさっそく前菜のサラダが運ばれてきた。

クスクスと義母とナタリーが笑っている。

見てみると、あら……芋虫と泥がついているわ。ふーん、グレードアップしたものね。

私は指で芋虫をつまんでから、隣にいるナタリーの皿にそれを載せた。

ナタリーはさぁぁぁっと顔を蒼くし悲鳴を上げる。

「きゃぁぁぁぁ!!　お姉様、何をするのっっ!?」

「私、コレ嫌いだからナタリー食べて」

「何言っているの⁉　虫を食べろって言うの⁉」

「あら、料理長が心を込めて用意してくれたものよ？　私は身勝手で我が儘だから食べないけど、素直で優しいナタリーなら食べられるわよね」

「ふ、ふざけないでっっ‼　虫を入れるなんて有り得ないわっっ‼　誰かこのサラダ下げてっっ‼」

虫が入ったサラダにキャーキャー騒ぐナタリーに、執事が慌てて駆け寄って皿を片付ける。

妹が騒いでいる横で、私は密かに清浄魔術の呪文を唱え、サラダを綺麗にする。

うん、うまくできた。サラダはピカピカになったわ。

お父様は顔を真っ赤にして怒鳴り散らす。

「自分の食べ物を妹にやるとは何事だ⁉　行儀が悪い奴め」

「ごめんなさいませ。私は侯爵様から、きちんと教育を受けていないせいか、マナーがなっていないようです」

まさか開き直られるとは思っていなかったようで、お父様やお義母様、ナタリーは呆気にとられていた。

今までのクラリスはお父様に怒鳴られたら、大人しくしていたものね。言っておくけれど、私は大人しくするつもりはございませんので。

私がどう礼儀正しく振る舞おうとしたって、この人達は私を悪者にするのだし、今更反抗したって同じでしょ？

社交界の間では既に、クラリス＝シャーレットは、傲慢で手が付けられない娘として通っている。

だったらその通りにしてあげないとね。

自分を虐げてくるような家族達の顰蹙を買わないように大人しく生きているなんて、本当に馬鹿らしい。

「ぐぬ……っっ……の、残ったサラダはきちんと食べろっ‼　勝手に立ち上がって洗うことは許さんっっ‼」

泥がついたサラダだと分かっていながら、洗うことも許さずに食べさせるって、完全に虐待じゃない？　ま、綺麗にしたから問題ないけどね。

その後、メインディッシュが来たけれど、私の食事は泥臭い淡水魚のムニエル、他の人達は牛ヒレのステーキ。デザートは私はただの氷がお皿に載ったもの、他の人達はジェラートと、わざわざご丁寧に私用のメニューまで用意されていた。

泥臭い魚は念の為清浄魔術をかけてから食べることにした。

食事の度に魔術をかけなきゃいけないなんて疲れるわね。無駄に魔術のスキルが上がりそう。

私はちらりと壁際に立つ料理長の方を見る。

もの凄く異様な目で私のことを見ている。

平然と食べているのがそんなに信じられない？　まぁ、明日もせいぜいがんばって私用の特別メニューを作って頂戴。

三日後――。

私は妹に暴言を吐き、妹のお皿に虫を入れた罰として、自室に軟禁されていた。

まぁ、普段から本ばかり読んでいて、あまり部屋から出ないので、いつもと変わらないのだけど。

ドアの外では慌ただしい足音。

多分、ナタリーがお茶会に着ていくドレスをアレでもないコレでもないと言う度に、メイド達が新しいドレスを衣装部屋に取りに行っているのだろう。

あの子、買っておいて着ていないドレスのストックが山程あるものね。

確か昨日は金糸の刺繍が派手な赤いドレスを私に見せつけて、明日はこれを着ていくって、自慢していたのにね。気まぐれだから、赤いドレスの気分じゃなくなったのだろう。

お茶会へ行く為に、気合いを入れて着飾っているみたいだけど、残念ながらアーノルド王子は来ないわよ。

やがて三時間程かけて身支度を済ませたナタリーは、ショッキングピンクのドレープドレスを身に纏い、お父様とベルミーラお義母様と共に馬車に乗っていった。

ふう、やっと静かになったわね。

あーあ、だけど部屋の中にいるだけじゃ退屈だわ。魔術書ばっかり読んでいても目が疲れるし。

……何か、小腹もすいてきたわ。

厨房に行ってあの料理長に「おやつ頂戴」って言っても、素直にくれるとは思えない。それどころか、何を食べさせられるか分かったものじゃない。

私はなにげなく窓を見る。

広大な庭園の向こうには、白と蒼い屋根を基調とした町並みが見渡せる。

――そうだ、町に出掛（でか）けたらいいじゃない？

町の中だったら美味しい食べ物が売っている筈。それを買って食べたらいいじゃない？

実は私にはお母様が遺（のこ）してくれたお金がある。

お母様は亡くなる前に自分の服や宝石を全（すべ）てお金に換（か）えていたみたい。かなりの額になったそのお金は銀行に預けられ、私以外使えないように手続きされていた。

ベルミーラお義母様は、お母様の部屋をいくら探しても宝石や装飾品（そうしょくひん）が見つからなかったから地団駄踏（じだんだふ）んでいたっけ。

その代わり、形見のペンダントは取られてしまったけどね。誕生日にお母様から買って頂いたルビーのペンダント。ベルミーラお義母様は事あるごとに、まるで私に見せつけるように身に着けている。

お父様はお父様で、何度か銀行に行って、お母様が貯金していたお金を引き出そうとしたけれど、銀行に拒否（きょひ）されていた。所有者以外のお金はたとえ身内でも勝手に引き出すことは許されない。

銀行からお母様の遺したお金をおろすことができるのは私だけなのよ。

お父様は私にお金をおろさせて、自分のものにしようとも考えたけれど、未成年の内は大金を引き出すことができないので一旦（いったん）は諦（あきら）めた。私が成人してから、お母様のお金を自分のものにしてやろうと目論（もくろ）んでいるみたい。

悪いけどお父様の思い通りにはさせないわよ。

手始めに町へ行って自分の為にお金を使おう。

幸い私の衣装ダンスには平民が着るような服がいっぱい。ベルミーラお義母様が私への嫌がらせの為に用意した服。一応社交界の服もあるけれど、古びた地味なドレスばかり。

前世の記憶を思い出す前は、こんなボロ服着られないって思っていたけれど、今は全然そんなこと思わないわ。むしろ、かえって好都合だわ。

平民に化けて、町中を散策するのよ‼

そうとなればさっそく実行、実行。

普段着用のドレスを脱いで、簡素なワンピースに着替える。髪の毛も簡単なポニーテールにしたらいいわよね。

一番幸いなのは私の部屋が一階にあること。抜け出そうと思えばすぐに抜け出せたのに、何で今までしてこなかったのだろう？

……まぁ、前世の記憶がなかったら無理かもね。

町中は怖い所だって思っていたし。実際私のようなお嬢様が一人町中をふらついていたら、間違いなく誘拐の対象になる。

だけどこの古びたワンピースを着ていたら、少なくともお金目当てで誘拐されることはない。もし人身売買目的で私を誘拐するような人間がいても、炎の攻撃魔術で追い払ってやるわ。

使用人が簡単に部屋に入ることができないように鍵をかけてっと。カーテンもしっかり閉めてから窓を開けて外に出る。

最初は小一時間ぐらいの散策がいいよね。必要なものを買ったら、すぐに帰ってくることにしましょ。

誰もいないのを見計らい、私は使用人が使う小さな出入り口から外へ出る。

生まれ変わってから初めて、自分の足で屋敷の外へ出た瞬間だった。

レニーの町。

シャーレット領内にある町の中でも、王都から最も近いこともあり、かなり賑わいがある町だ。

王都で働く人々が多く住んでいる、前世でいうベッドタウンみたいなものね。

シャーレット家の邸宅はレニーの町の郊外にある。裏口のドアから邸宅を出ると、雑木林に囲まれた白い小道が続く。

道なりに歩いてしばらくすると、狭い路地に入り、さらに道なりに歩くと大通りに出る。

わぁ、賑やかな町ね‼

思った通り食べ物の露店も沢山出ているし、美味しそうな果物も売っている。

その一方、暗い路地の壁に座り込みぶつぶつと言っている男の人や、ボロボロの布をかぶって鉢を持ち上げる女の人、道の端で眠る老人もいる。

平穏な生活をしている平民がいる一方、家がない、仕事がない、居場所がない人達もいる。

ひどい経済格差ね。お父様はちゃんと対策をしているのかしら？

そんなことを考えながら、銀行の前に着いた私は扉を開けた。

ここで必要な分のお金をおろしてから買い物をすることにしましょう。

領民のことも心配だけど、まずは自分が生き延びなきゃいけない。あんな食生活じゃ、その内飢(う)え死にしてしまう。

破滅(はめつ)の運命を変える前に、今の生活を立て直す必要がある。

これからは一人暮らしをするつもりで、必要な保存食や薬を確保しなきゃ。

二時間後、幸い誰にも見つかることなく邸宅に戻ることができた。

お金も銀行から必要な分だけ引き出すことができたし、シャーレット領一番の町だけあって色々買うこともできた。焼きたてのパンや、栄養剤(えいようざい)や、日持ちする干し肉とか。

うふふ、あつあつの鶏肉(とりにく)の串焼(くしや)きも食べちゃったしね。ジューシーで美味しかったなぁ。

平民の服から普段着用のドレスに着替えていたところ、ノックをする音が聞こえた。

あ、部屋の鍵をかけていたわね。私が鍵を開け、扉を開くと、目の前には不機嫌(ふきげん)そうな初老の執事のトレッドが立っていた。

年齢(ねんれい)は五十代半ばくらい？　見た目は映画俳優のように端整(たんせい)だけど、性格は私からしたら最悪。さっきは鍵をかけていたからノックをしてきたけど、いつもならノックなしに勝手に扉を開けてずかずかと部屋に入ってくるような人だ。

トレッドは、使用人の中でも格別に私に当たりが強かった……というよりも、お父様と同じくらい、ナタリーのことを溺愛(できあい)している。元々お義母様が連れてきた執事だから、前妻の娘である私は敵視する以外有り得ないみたい。

私は訝(いぶか)しげにトレッドに声を掛ける。

「何？」

「旦那（だんな）様がお呼びです」

「え……⁉　王妃様のお茶会に行ったんじゃないの？」

「私は存じかねます。とにかく、旦那様が玄関（げんかん）でお待ちですから」

トレッドは足早に私を玄関まで案内する。女性の歩幅（ほはば）なんか一つも考えやしない。

しかも「何故（なぜ）……第一王子はナタリー様のどこが気に入らなかったのか」と、ブツブツ呟（つぶや）いている。


一体何なの？

お父様が玄関で待っているってどういうこと？

訝しげに首を傾（かし）げながら玄関を出ると、お父様は顔を蒼白（そうはく）にして私に駆け寄り、乱暴に手を引っ張った。

「行くぞ！　お茶会に」

「へ……何故、私が⁉」

「知るか‼　王子が……第一王子は見る目がないのだ‼　ナタリーよりもクラリスがいいだなんて有り得ない。殿下は、貴様の噂を聞いている筈なのに」

思わず間抜けな声を漏（も）らす私に、お父様は苛立（いらだ）たしげな声で吐き捨てた。

というか、今、娘に向かって〝貴様〟って言ったよね、この人。

あー、クズだ。本当にクズだわ、この親父（おやじ）。そのバーコードの髪、炎の魔術で燃やして無毛地帯にしてやろっかな？

それにしても一体、何がどうなっているのだろう？

私は状況を整理してみる。

第一王子って、エディアルド王子のことよね？

主人公の一人であるアーノルドの命を狙う悪役。

優秀な弟アーノルドに対して、兄のエディアルドはどうしようもない馬鹿王子だ。

いや、でも小説でのエディアルドの登場は、ヒロインであるミミリアが登場した後だった筈。小説によるとアーノルドと同様、彼もお茶会には参加していない。

エディアルドもまた、傲慢と噂のクラリスと会うのを避けていたからだ。

後に悪役令嬢クラリスと悪役王子エディアルドは、魔族の皇子ディノに力を与えられ、最恐な悪役コンビとなる。二人は自分の利害の為に共闘はしているが、お互い仲間とは思っていない。むしろ嫌い合っている関係だった。

主人公であるミミリアとアーノルドが不在のこの状況で、エディアルド＝ハーディンは、一体私に何の用があるのだろう？

もう一つのプロローグ

◇◆大知視点◆◇

俺の名前は結城大知。

これまで順風満帆な人生を送ってきたつもりだ。

厳格な父、優しい母、そして可愛くも生意気になってきた弟妹。

それなりに愛され、守られて育ち、厳格な父の教育が功を奏して、一流大学に進学し、一流企業に就職した。

面接の印象が良かったのか、研修の成果から判断されたのか、新卒で大手企業の人事部に配属された。

新人で人事部に配属されるのは珍しく、出世街道に乗ったと父親も喜んでいた。

実際、人事というのは俺にとって天職だったのだろう。新人の育成や企業戦略にそった人事配属を考えるのはとてもやり甲斐があった。

あ、一つだけ悩みがあるとしたら、彼女がいないことかな。

俺はどこにでもいるような普通の顔、所謂フツメンだから、目立たないというか。合コンに行っても必ず引き立て役になってしまう……それでもまぁ、肩書きは悪くないから、親が沢山の見合い写真を持ってきてくれる。

なにげなく見ていた見合い写真の中……お、この娘、可愛いな。

ちょっと気が強そうだけど意志が強そうでいい目をしている。それに笑顔が魅力的だ。

名前はヤマモトホノカさんか。

そうだな、この娘となら……。

俺が両親にこの娘がいい、と電話したら、ようやく結婚する気になったか、と両親は大喜び。さっそく相手に返事をするからと父親は誰よりも張り切っていた。

しかし、しばらくしてから、父親はとても残念そうに俺に伝えてきた。

その娘はつい最近、事故で亡くなったのだという——本当に残念だな、可愛い娘だなって思っていたのに。

それからというもの、仕事も順調にいかないことが増えてきた。

その原因の一つが企画課に所属していた後輩、清水マサヤだ。

こいつは何度か取引先でトラブルを起こし、今は心身不調状態の為、人事部で一時預かりとなっている。

心身不調、とはいっても、何かにつけて溜息をついてはグチグチ呟くだけなんだけどな。普通に出社はしているし、単純な業務くらいならこなすことができる。

企画課では使えなくなったこの人物を、今後どこに配属させるかはまだ決まっていない。上司も今、頭を抱えているところだ。

俺もこいつがそばにいると、何かと気が散って仕事がはかどらないので、早いところ配属先が決まってほしいと願うばかり。どうも清水は、今付き合っている彼女と上手くいっていないらしく、毎日喧嘩をしているのだとか。

一回、愚痴を聞いてやったことがあったが、聞くんじゃなかったと後悔した。

「俺……企画書を書くのに行き詰まって、元カノに助けを求めたんです。でも着拒にされていて。仕方がないので元カノの仕事場に行って、彼女を訪ねたら……彼女、事故で亡くなっていたんです」

おいおい、仕事に行き詰まったからって、元カノに助けを求めるか？

しかも彼女の勤める職場を訪ねただと？　下手をしたらストーカーで訴えられるぞ？

もうその時点で呆れて物が言えなかったのだが、めそめそ泣きながら話を続けるものだから、一応我慢して聞いてやることにした。

「彼女の仕事場今、大変なことになっていて……亡くなった彼女が生きていてくれたらって嘆いている社員が沢山いました」

「ふうん、ずいぶんと優秀な社員だったんだな。その彼女は」

「彼女、会社ではお局様って陰口をたたかれていたんですけどね。若手の子はずっと彼女に頼りっぱなしだったみたいなんです。いざ亡くなったら、フォローしてくれる人がいないことに気づいて、彼女のありがたさが身に染みて分かったのだと思います」

まぁ、それは今カノを差し置いて、元カノに頼っているお前にも言えることだよな？

自分のことを思いっきり棚にあげて、清水は元カノの勤め先だった会社の悪口を言いまくっている。そして目から涙をボロボロとこぼして、嗚咽交じりに愚痴ってきた。

「ううっ……今の彼女は前の彼女と違って掃除をしてくれない。美味しいアップルパイやキッシュも作ってくれないし。えぐっ……洗濯もしてくれないし、ううう……俺が疲れて帰ってきてもご飯を作らずに寝ているだけ。それに俺の仕事のフォローもしないし。彼女が作ってくれたあのアップルパイまた食べたい……」

――お前は、一回死んでこい。

という言葉が喉から出かかったわ。元カノと比較しすぎだろ？　自分の仕事のフォローまでしてくれる彼女なんか滅多にいねぇよ。

心身不調になる前、清水は良い企画案をバンバン出してきて、かなり目覚ましい活躍をしていたそうだが、もしかしたら、その企画って彼女が考え出したものだったんじゃないのか？

私生活も仕事も前の彼女に依存しっぱなしだったのだろう。しかもよくよく話を聞くと、自分からその彼女を捨てて、今の女性と付き合うようになったという。

「今の彼女はか弱くて、俺が守ってやらないと駄目なんです！　前の彼女は俺がいなくても大丈夫だったんで」

とのことだが、何故そんなか弱い今の彼女が、前の彼女と同じように自分を助けてくれると、思い込んでいたのだろう？

そもそもお前が自立できていないくせに、か弱い彼女とやらを守れるわけがないだろ。

アップルパイやキッシュを作ってくれるような料理上手で、他の家事もちゃんとしてくれる上に、仕事まで助けてくれていた彼女に依存していたくせに、その自覚もなく、若い女に走ったってことだ。とんでもないクズ野郎だ。

そんないい女が俺の彼女だったら、凄く感謝するし、一生大切にするのに。

何でこういう奴に限って、いい女に縁があるのだろう？

この世は不平等なものだな。

そして人生というものは無情なものだ。

そんな事を考えていたある日、俺はいつになく疲れて、バスの椅子に揺られながら、うとうとしていた。

しかし激しいブレーキ音で目を覚ますことになる。

窓の向こう、トレーラーがこちらに突っ込んでくるのが見えた。

硝子が割れる音、潰れる金属の音。

何がどうなったのか分からない。

バスが倒れたことで俺は沢山の人に押しつぶされ、さらに後頭部を打った感覚がした。

多分、俺は死んだ。

順風満帆ないい人生だったけど、俺はまだ恋愛も結婚もしていない！

こんなところで死ぬなんて……っっ‼

そりゃないだろ、神様ぁぁぁぁぁ！

第二章　目が覚めたら悪役王子でした

◇◆エディアルド視点◆◇

目を覚ました時、俺は豪奢な寝台の上で眠っていた。

ここはどこだ？　俺は確かバスの事故に巻き込まれた筈。

ものすごいお金持ちに助けられて介抱されているとか？　いや、そんな小説みたいな話は有り得ないだろう。

とりあえず起きて家主にお礼を言わないと。

ベッドから起きて、ドアに向かって歩き出す。

しかし途中、三面鏡に映っている自分の姿を見てぎょっとしてしまった。

誰だ、どこの少年だ？

金髪にスカイブルーの目、非の打ち所がないくらい整った顔立ち。洋画に出てきそうな天使のような少年だ。

俺は自分の頬に触れてみる。すると鏡のむこうの金髪の少年も自分の頬に手を当てている。

何、これが俺？

一体どういうことだ？

混乱しかけて、だんだんと思い出してきたのは現在の自分の記憶。

そうだ、俺は結城大知……じゃなくて、ハーディン王国の第一王子。

エディアルド＝ハーディンだ。

だが、そこで前世の記憶が入り交じってきて俺は今度こそ本当に混乱する。

エディアルド＝ハーディンといえば、俺が妹に勧められて読んだ『運命の愛～平民の少女が王妃になるまで～』という小説の登場人物と名前が同じだ。

あの小説はハーディン王国第二王子アーノルド＝ハーディンと、聖女に選ばれた平民の少女ミミリアのラブストーリーだ。

ところがアーノルドの異母兄である第一王子、エディアルド＝ハーディンもミミリアに一目惚れをしていた。

詳しい話はここでは省略するが、弟への劣等感と嫉妬に狂ったエディアルドは闇堕ちをして、魔族の皇子、ディノによって力を引き出され、『闇黒の勇者』となる。

そして同じくミミリアに嫉妬し闇堕ちをした『黒炎の魔女』クラリスと共に魔物の軍勢を率いて、王城へ攻めこむ。

しかし聖女ミミリアが愛の力に目覚め、魔物の軍勢に大打撃を与えて、アーノルドもまた勇者の剣でエディアルドとディノを倒すのだ。

全てを解決し、アーノルドとミミリアは結婚式を挙げてハッピーエンドという、ベタ中のベタなお話。まぁ恋愛小説初心者の妹にとっては、ドキドキワクワクだったに違いない。

俺から言わせるとアーノルド＝ハーディンという人物は、王子という身分も忘れ、婚約者がいる身の上で、別の女に現をぬかす時点でクズだと思っているし、ましてや王妃教育も受けていない平民の少女ミミリアを王妃に迎えるという無茶な展開がちゃんちゃら可笑しく、まぁご都合主義な話だな、と思ったものだ。

しかし、現世の記憶を掘り起こせば掘り起こす程、俺はそのクズ男に殺された悪役王子、エディアルド＝ハーディンだとしか思えなくなっている。

何だ、これが噂の転生というものか？　小説みたいじゃなくて、小説そのものの世界じゃないか。でも確かにあの挿絵の顔を現実にするとこんな感じか。俺は物語の登場人物に転生してしまうアレになってしまったのか。

何でよりにもよって悪役王子に……とにかく頭の中を整理しよう。

現在の俺の年齢は十七歳。

勉強は不得意、魔術も師から才能が無いと言われ、唯一得意な剣術の実力もなかなか認めてもらえず……優秀な弟にコンプレックスを抱く若者だ。

確か小説ではそろそろアーノルドとクラリスとの婚約が決まる頃じゃなかったか？

そうだ、そういや今日はクラリス＝シャーレットがここに来る筈。

王妃である母上が主催したお茶会に、アーノルドの婚約者候補として彼女が参加する予定なのだ。

小説によると、アーノルドは性悪の悪女と噂されている令嬢が自分の婚約者候補だなんて嫌だと嘆いていたんだよな。それでクラリスには会いたくないが為、お茶会は欠席する。

噂だけで人を判断するなんて情けない。そんなものは会ってみないと分からないものだろう？

小説の中のエディアルドも噂を鵜呑みにして、最初はクラリスと会うのを避けていたけれど、俺はそんなことはしない。

小説では『黒炎の魔女』として、絶大な力を発揮していた人物だ。どんな女性かこの目で見てみたい。

いつもならメイドを呼んで着替えさせてもらうのだけど、エディアルドよ。お前はもう十七歳だ。前世で言えば高校二年生。自分の服ぐらいは自分で着るようにならなければ。

まずは髪を整えて、あ、眉も整えた方がいいな。よく見たらけっこうゲジ眉じゃないか。

確か隣の衣装部屋の棚に、化粧セットの箱が置いてあったよな。大抵その中にはカミソリも入っている筈。

俺は棚の上に置いてある化粧箱の引き出しからカミソリを取り出した。

そして三面鏡の前に座り、カミソリで眉を整えてから、ブラシで髪の毛をとかし整髪料をつける。

さすが王族がつかうだけに天然素材が生かされた極上のヘアオイルだ。こいつで髪を整え、あとは比較的着やすく、動きやすい服を選ぶ。

さてマントも羽織ったところで部屋を出ますか。

社交界は面倒だが、この国の王子として生まれた以上義務は果たさないとな。


俺が部屋から出ると、部屋の外に控えていたメイド達がぎょっとしていた。

既に俺が完璧に着替えをすませていたからだろう。

すぐに駆け寄ってきたのは側近である伯爵家令息のカーティスだ。

小説によると、こいつは俺の側に仕えながら実は、アーノルドを王に据えようとしている。

主人公アーノルドにとっては頼もしい味方だが、俺から見れば裏切り者。まぁ本人は最初からアーノルドに仕えていたわけで、別に裏切ったわけじゃないって言うんだけどな。

小説でも現実でもカーティス＝ヘイリーは事あるごとに弟アーノルドと比較するようなことを言いつのる。俺は彼の言葉を聞く度に劣等感に苛まれていた。

そういえば小説だとカーティスに色々言われて落ち込んでいるエディアルドを、ヒロインのミミリアが励ますんだよな。エディアルドはそんなミミリアの優しさに感激し、彼女のことがますます好きになる。

男は自分を持ち上げてくれる女に弱いからな。特にあんまり褒められたことがない出来損ないの馬鹿王子だったら、イチコロなのだろうな……と他人事のように思ったり。

「驚きました。着替えはご自分で？」

「ああ」

「ははは、そうですね。いい加減自分で身支度ができるようにならなくては。アーノルド殿下もとっくにご自身で着替えておりますし」

……まぁ、こんな感じでね。俺のことを小馬鹿にしているんだよな。

俺が何かする度に、こいつはアーノルドと比較したがる。そんなに弟がいいのなら、そっちへ仕えたらいいじゃないかって思うくらいに。

しかし小説の設定では、こいつはアーノルドの母親である第二側妃、テレスの間者だからな。今ある現実も小説の設定通りだとすれば、おいそれと俺の元からは離れられないのだろう。

でも間者ならそれらしく振る舞ってほしいところだ。あからさまにアーノルドを称えるようなことを言わない方がいいのにな。

カーティス＝ヘイリーは正直、間者には向いていない。

まぁ、記憶を思い出す前の俺にも問題はあったとは思うが、結局のところ権力争いの犠牲者だったわけだ。

前世の記憶が蘇った以上、俺は周囲の言葉には惑わされないし、人に頼りすぎるようなこともしない。ましてや劣等感に苛まれることもない。弟が優秀なら、それはそれで全然構わないと思っている。

はっきり言って、俺は国王という面倒な地位には興味が無いのだから。とは言っても王族である以上果たさなければならないこともある。

今回のお茶会は、俺の母上である王妃メリア＝ハーディンが主催で、俺やアーノルドの婚約者候補になる令嬢達をはじめ、その令嬢との出会いを求める貴族子弟達も参加する。

まぁ前世で言えば婚活パーティーのようなものか。

クラリス＝シャーレットは、王室が決めたアーノルドの婚約者候補の一人だ。身分、血筋から最有力候補と言われている。

広大な領地を持つシャーレット侯爵家の長女、その上クラリスの母親は大公家出身だ。

王室は既にアーノルドを王太子に据えることを考えているようで、婚約者選びにも余念が無い。

俺は今の時点では弟の陰に隠れた可哀想な兄王子なので、婚約者選びにも気合いが入っていないようだ。

まぁ、王室がそのつもりなら、俺は俺で勝手に有力な人材を選ばせてもらう。

王位には興味ないが、王族に生まれ変わってしまった以上、将来の伴侶はやっぱり優秀な人材が望ましい。

平民のミミリアに恋するつもりはないし、嫉妬に狂って闇堕ちする気もさらさらないが、それは置いておいても、将来の身の振り方は考えておくべきだろう。

しかし、そんな俺とは対照的に、せっかく王室がお膳立てしてやっているアーノルドはお茶会に来ていない。

俺はそれとなくカーティスに尋ねる。

「アーノルドは参加しないのか？」

「アーノルド殿下は腹痛で欠席だそうです」

「……ふうん、腹痛ね」

原作通り、アーノルドはクラリスに会うのを避けるため、腹痛を理由にお茶会を欠席しているみたいだな。

王城敷地内の東側にある白薔薇園には、既にお茶会の準備が完璧に調えられていて、招待客も集まってきている。

「あら、思ったよりも早くきたのね。エディー」

ころころと鈴を転がすように笑うのは、俺の母上である王妃メリア＝ハーディンだ。

色鮮やかな金色の髪は盛り髪に結い上げ、菫色の目はくっきりとした二重だ。天真爛漫な性格でお人好し。

今回のお茶会は平たく言えばアーノルドの為のイベントだ。義理の息子であるアーノルドの見合いの段取りまでしなくてもいいと思うのだが、母上はおせっかいなところがあるのだ。

「すいません、寝過ごしてしまいました」

「うふふふ、間に合ったからいいわよ。それにしてもいつになくお洒落に仕上げてくれたのね。今日のあなたはいつも以上に素敵だわ」

「……」

身支度はメイドに手伝ってもらったわけじゃないのだが、敢えて黙っておいた。

どうせ自分で着替えた、と言ったところで信じてもらえないような気がしたので。

白薔薇園には既に多くの招待客が来ている……異母弟の婚約者候補も来ているのかな？　と思った時、一人の少女が歩み寄ってきた。

「初めまして、エディアルド様。私、シャーレット侯爵家次女のナタリーと申します」

「次女？　長女のクラリスはどうした」

俺の問いかけに少女はびくんっと肩を震わせ涙ぐむ。

彼女は零れそうになる涙をハンカチで押さえながら、震えた声で訴えてきた。

「私……お姉様にこのお茶会に来るなって罵られたのです……ぐすっ……でも私は、どうしても憧れていたあなたにお会いしたくて……ぐすんっ……だからお父様に頼んで、私もこのお茶会に参加させていただくことになったのです」

「――で、クラリスはどうした？」

「お姉様はお父様から叱責され、今は自分の部屋で謹慎しております。今日はお姉様の代わりに私が出席することになりましたの」

涙を拭いていたハンカチを口元に当てて俯きがちに喋るナタリーに、俺は苦笑いを浮かべる。

単純な男だったら、無垢そうな可愛い顔に騙されてナタリーの話を鵜呑みにしそうだ。

しかしまだまだ詰めが甘いな。最初は苛められたと半泣きして、健気に訴えていたが、姉が謹慎していることを俺に知らせる時の嬉しそうな口調は、ハンカチを口元に覆っただけでは隠しきれていない。

ナタリーは姉が謹慎処分を受けたことがよっぽど嬉しいのだろう。

小説にはこのお茶会についてはさほど詳しく描かれていない。

ここで重要なのはアーノルドがこのお茶会に参加しなかったことだからだ。彼がいかに王室が決めた婚約者を嫌がっていたか、それを強調する為にこのお茶会がさらっと描写されていたのみだ。

しかし実際にお茶会に現れたのは、クラリスじゃなくてナタリーだ。

何故か小説とは異なる展開になっている。

「エディアルド様ぁ、私、あなたにずっと、ずっと憧れていたんですぅ」

「……」

甘ったるい声、そして恥ずかしそうにもじもじしている姿は、一見可愛らしく見える。しかし、礼儀がまるでなっていない。

王族をファーストネームで呼ぶ時は、敬称は必ず〝殿下〟でなければならない。親しい間柄でも無い限り敬称が〝様〟は有り得ない。

もしアーノルドが出席していたら、ナタリーは多分俺に声を掛けてこなかっただろう。

俺は第一王子で王妃の子。本来ならば正統な王太子に指名されてもおかしくないが、アーノルドの方が優秀らしく、彼が王太子になることは既定路線だ。

とはいえ、俺も王子は王子。立派な王太子の候補者なので、ナタリーは一応俺にも媚を売っているのだろう。王子であれば誰でもいいのかもしれないが。

小説によるとクラリスとナタリー、二人の内どちらかが王族に嫁ぐことになっていたが、王室は男爵家の娘を母に持つナタリーよりも、王家の親戚筋にあたる大公家出身の女性が産んだクラリスを婚約者として指名した。

クラリスが王太子の婚約者になってからは、ナタリーは小説に登場していないので、具体的にどんな人物だったのか良く分からない。そして現実の今の時点で分かっていることは、とにかく無礼な奴であることだけだ。

そこに一人の女性が歩み寄り淑女の礼をとった。

顔が似ているところからして、ナタリーの母親だろう。クラリスにとっては継母になる女性だな。

「恐れながら申し上げます。私はシャーレット侯爵の妻、ベルミーラと申します。既に噂でお聞きかと存じますが、上の娘は礼儀をわきまえず、今回のお茶会には相応しくないと判断いたしました。代理として次女であるナタリーをここに連れてくることにしたのです」

「まぁ、そうだったの」

ベルミーラの言葉を真に受けて、同情めいた相槌を打つ母上に俺は思わず舌打ちをしたくなった。

この人は、人を疑うということを知らない。よく王妃が務まるな……というくらいに。

礼儀をわきまえないのはナタリーも同じだ。しかも、本来ならば家の恥ともいえる娘の所業を社交界で堂々と言うことすら有り得ないのに、王室の了承も得ずに代理を立てるとはね。

こんなことがまかり通っていたら母上が……というよりも王室が軽んじられてしまう。というか、もう既に軽んじられているよな。

俺はひそかに溜息（ためいき）をついてから、冷ややかな声でベルミーラに問う。

「つまり王室からの要請（ようせい）には従えない、ということだな？」

「え……」

ベルミーラの表情は驚愕（きょうがく）に引きつる。

まじまじとこっちの顔を見てから、何とか落ち着き払（はら）った声で否定する。

「いえ、そういうわけでは」

「正式に招待したのはクラリス＝シャーレットだ。普通（ふつう）のお茶会の代理ならともかく、今回は王族の婚約者候補として招待しているのに……王室からの要請もずいぶんと軽んじられたものだ」

「あ、あなたはまだ若すぎるから分からないのです！　クラリスは王族の婚約者に相応しくないとこちらが判断し――」

「王室は身分、血筋、また大公家や諸貴族の強い推挙もあるなど、様々な理由を考慮（こうりょ）してクラリスを選んでいる。王室の判断を蔑（ないがし）ろにし、自分達で勝手に判断するとは、随分（ずいぶん）と王室のことを軽んじているようで？」

「い……いえ……あの」

「シャーレット家の対応は父上に報告させてもらう」

「お、お待ちください!!　断じてそのようなことは」

「だったら今すぐクラリス＝シャーレットをここに連れてくるんだな」

「――っっ!!」

語気を強めた俺に、ナタリーとベルミーラは顔を真っ青にして、口をあわあわとさせる。

貴族達はそんな俺達のやりとりに、ヒソヒソと何か囁きあっていた。

俺が言っていることは至極真っ当なこと。中には、俺の言葉を聞き、ベルミーラに冷ややかな視線を送る貴族達もいた。

ベルミーラはその視線に耐えられなかったのか、ナタリーを連れてそそくさとその場から離れた。

母上がおろおろとした口調で俺に問いかける。

「え、エディー。あなたいつからそんな怖い子になったの？　ベルミーラは私のお友達なのよ？　後妻としてシャーレット家に入ったものの、先妻の娘であるクラリスの身勝手さに振り回され、苦労をしていると嘆いていたのに」

「は……？　たかだか十七歳の女の子に振り回され嘆くようならば、侯爵夫人には相応しくないかと思われますけどね」

「な、何を言っているの⁉　そんなことを言ったら可哀想じゃない」

「事実を申し上げたまでですよ。母上こそ友達だからと言って、ベルミーラ侯爵夫人に甘過ぎです」

俺は戸惑う母上に対して、きっぱりと言っておいた。

王妃メリア＝ハーディンは語学も堪能でとても社交的だが、いかんせん天然で騙されやすいところがあった。

俺の母である王妃メリアと、アーノルドの母である側妃テレスは世間では親友同士と言われている。しかし、その裏でテレスは自分の味方になる貴族達を確実に増やしている。

まぁ、あくまで小説の中の話だが、恐らく現実でもテレスは母と仲よくしている裏で自分の勢力を伸ばしているのではないかと思う。

多くの貴族が第一王子である俺を差し置いてアーノルドを支持しているこの現状は、はっきりいって異常だ。

母上が暢気にかまえている間に、テレス、もしくはテレス側の貴族が金や利権をちらつかせ、他の貴族達を取り込んだからだろう。

小説の展開だと、最終的にメリア＝ハーディンは、魔物の軍勢を先導し、異母弟を殺そうとした愚かな息子、エディアルドの行動に悲観し自殺をしてしまう。母親の死を回避する為にも、俺は愚か者になるわけにはいかない。

それにしてもさっきからカーティスの視線が痛い。

何だか異様なものを見る目で俺のことを見ているな……まぁ、今までの俺だったら親ぐらいの年代の侯爵夫人に対して叱責するなど有り得ないよな。

俺だって普通の十七歳らしく振る舞いたいよ。極力目立つ行動はしたくないが、ベルミーラやナタリーの言動や態度があまりにも目に余るものだったから、黙って見ているわけにはいかなかった。

とりあえず母上の向かいの席に座り、お茶を飲むことにした。本物のクラリスが来るまで俺は待つつもりだ。

彼女が本当に悪女なのかこの目で見極めておきたい。

彼女は『黒炎の魔女』と呼ばれる恐ろしい魔女になるわけだが、元々優れた魔術師だった。

それにアーノルドに対しては一途だったようだし、将来王妃になるべく王妃教育も熱心に励んでいたという。

小説を読む限り、俺だったら絶対にミミリアを王妃にしようとは思わない。

ミミリアは聖女の力を持っているが、その力はいつ発動するか分からない。そんな力よりも確実に相手を攻撃できる魔女が味方にいた方がいいに決まっている。

シャーレット侯爵が慌てた様子で俺の元に駆けつけたのは、小一時間程経ってからだ。

彼はへこへこと頭をさげながら、つらつらと言い訳をしはじめた。

「この度は我が妻の勝手な判断で殿下に不快な思いをさせてしまい、誠に申し訳ございませんでした。しかし、妻はこの王室の為良かれと思い、我が家にとって最上の娘を代役として連れてきたのでございます」

アレが最上の娘ね……笑わせてくれるな。

親馬鹿にしても程がある。あんな礼儀知らずが最上の娘ならば、シャーレット侯爵家も先は長くないな。

俺は射るような視線をシャーレット侯爵に向け、厳しい声で問いかける。

「言い訳は聞きたくない。クラリスは連れてきたのだろうな？」

「つ、連れて参りました。し、しかし、殿下に相応しい娘とは……おい、クラリス、こっちへ来るんだ」

クラリスに対してはやたらに横柄な口調で呼び寄せた。

色褪せた地味なドレスをまとい、紅の髪はポニーテール、子供だから化粧は必要ないものの肌の手入れをした様子はない。

着の身着のままここに来たという印象だ。

そんなクラリスをせせら笑う声が聞こえる。

「クスクス……よくあんな格好で社交界に出られたものですわね」

「あれが傲慢で手に負えない令嬢？　あらまぁ、貧相で地味なこと。シャーレット侯爵も可哀想に」

「ナタリー嬢とは天と地の差だ」

囁きあう貴族達の声に気を良くしたシャーレット侯爵は、ドヤ顔で説明をする。

「先程も申し上げましたが、この娘は妹に暴言を吐くような手に負えぬ娘なのです。王室が我が娘を指名していただけるのは有り難いことなのですが、王太子妃に相応しい娘ではございませぬ故、私、ビルゲス＝シャーレットは次女のナタリー＝シャーレットを王子の婚約者候補に推挙したいと思っております」

妹に暴言を吐いたことが仮に事実だったとしても、自分の子を貶めるようなことを公然と言い放つとは、どうやらこの男はクラリスを家族として認識していないようだな。

俺は冷ややかな声で侯爵に尋ねた。

「ところで侯爵家は財政に逼迫している状況なのか？」

「は？」

「娘に社交界に相応しいドレスを用意することもできないとはね……しかもアクセサリーや髪飾りもないとは」

「え……あ……いや……その衣装のことは妻に任せておりまして」

「ほう？　シャーレット夫人が選んだ服を着ているのか？」

「ええ……まぁ……」

「シャーレット夫人は、上の娘の身勝手さに振り回されて苦労している筈なのに。よくそんな地味で薄汚れたドレスを着せることができたな。手に負えぬ程身勝手な娘であれば、もっと華美な衣装を要求するのでは？」

「あ……いや……妻はこの場に相応しいドレスが良いとクラリスに勧めていたのですが、この娘はこのドレスがいいと言って聞かないので」

「たった今、この質素なドレスは妻が選んだものと言ったではないか。話にならないな。自分が言ったことをすぐに忘れるような人間の言葉は信用に値しない」

「――――」

俺は侯爵をばっさりと切り捨ててやった。ビルゲス＝シャーレットという人物は、認知能力というものに欠けているようだな。

さっきのナタリーのドレスはいかにもお金がかかっていそうな、派手なドレスだったのに対して、クラリスの格好は平民のお出掛け着のようだ。

もうこの時点でクラリスは家族から冷遇されていることは分かった……彼女が悪役になったのも、それなりの事情があったのではないだろうか。

俺は席から立ち上がると、クラリスの元に歩み寄った。

彼女は不思議そうにこちらを見上げている。

ふむ、長めの前髪から見え隠れしている、ピンクゴールドのつり目は猫っぽくて、勝ち気そうだな。色白の肌、紅の髪の毛はポニーテールをほどけば、背中までの長さはあるのではないだろうか。

キュン、と胸が締め付けられる感覚がした。

格好こそは地味かもしれないが、近くで見たら綺麗な娘じゃないか。目はややつり目だけど、人形のように可愛らしい。

前世の俺はいわゆるフツメン。どこにでもあるような顔だった。男子校だったから女の子にはあんまり縁がなく、大学生になっても存在感がなかったせいか、女子からは見向きもされなかった。

俺は三十代前半だった前世の記憶はあるけれど、やっぱり十七歳の少年の感情もある。初めて会った同世代の美少女には年齢相応にドキドキしてしまった。

しかし、顔だけで王室の一員を採用するわけにはいかないからな。

「お初にお目にかかります。シャーレット侯爵家長女、クラリス＝シャーレットでございます」

彼女は淑女の礼を取り、こちらの顔を極力見ないよう俯いている。

……小説のクラリスとはイメージが違うな。

悪役令嬢であるクラリスはお馬鹿なエディアルド＝ハーディンのことを内心見下していて、彼の嫉妬心や劣等感を利用するような人物だった。

しかし今、ここにいるクラリスは、俺に対して恭しく挨拶をしていて、馬鹿にするそぶりもない。

まぁ、本心はどうなのか分からない。初対面だから殊勝な演技ぐらいはするかもしれないからな。

「初めまして。顔を上げてくれるかな？」

俺の言葉に彼女はゆっくりと顔を上げる。

うん、いい目をしているな。

揺るぎのない目の輝きは意志の強さを感じる。決して野心溢れるギラギラした目つきとかじゃなくて、芯の強さを感じさせる目の輝きだ。

「俺はエディアルド＝ハーディン。今日は気楽にお茶会を楽しんでくれたらいいから」

俺は一応そう言うが、それを鵜呑みにして気楽にお茶会を楽しむ貴族はいないんだけどね。

クラリスはそれを心得ているのか、もう一度頭を垂れ、意外なことを言ってきた。

「恐れながら申し上げます。先程殿下は私を指名したとうかがっております。本当に私のような者で良いのでしょうか？　私は父の言う通り身勝手で、使用人を困らせていました。妹に暴言を吐いたことも事実です」

彼女が本当にどうしようもない人間だったら、この場で粛々と懺悔するような言葉を言ったりはしない。

小説のクラリスは王太子の婚約者になる為に、必死になって自分の長所をアピールしていたけれど、今の彼女は正反対の言葉を発している。

先程の言動からしても、彼女は積極的にアーノルドの婚約者になろうとは思っていないみたいだ。

小説のクラリスとこの娘は別物と考えた方がよさそうだな。

今、俺の目の前にいるクラリスが性悪な悪女とは到底思えない。

むしろ妹であるナタリーの方がしっくりとくるのだが、クラリス本人が暴言を吐いたのは事実だと言っているのだから、それを否定せずに話を進めてみることにする。

「これからは妹に暴言を吐かぬようにすればいい」

「ですが、してしまったことは消えません」

「してしまったことは消えないが、やり直すことはできる。それに君が妹にお茶会に来るなと言ったのは間違っていないと思うけどね。こちらは妹を招待していないのだから。むしろ王室の許可もなく、勝手にお茶会に押しかけた分際で被害者面していている方が、俺からしたら頭がおかしいと言わざるを得ない」

俺の言葉にシャーレット侯爵はすっかり縮こまっていた。

その場にいる貴族達もざわざわとしているな。

クラリスは目を真ん丸くしてこちらの顔を見詰めている。そんなにじっと見られると照れるじゃないか。

彼女もハッと我に返り、慌てたように話題を変えた。

「と、ところでアーノルド殿下は？」

「腹痛で欠席だそうだ。大事をとって今日のお茶会は欠席している」

「（やはり）そうなのですね。時節柄体調を崩しやすいですから、お大事にしてくださいませ」

アーノルドが不参加であることに対して、あまりがっかりしている様子はないな。

むしろホッとした顔をしている。アーノルドの婚約者の最有力候補と言われている彼女だが、それを重荷に感じていたのかもしれないな。

クラリスは母上の方へ歩み寄り、一礼をする。

「ハーディン王国慈愛の象徴であらせられるメリア妃殿下にご挨拶申し上げます」

国王、王妃や側妃に対しては、この手のご挨拶がお約束となっている。

強制ではないが、礼儀を重んじる貴族であれば最初にこの決まり文句を告げる。

気難しい妃だと、挨拶がなかったら相手の貴族と一言も話さないこともある。

母上は、まぁ、そこまで気難しいことはないが。

「メリア妃殿下、本日は、素敵なお茶会にお招きいただき、誠にありがとうございます」

「うふふふ、あまり我が儘を言ってベルミーラを困らせないでね。彼女は私のお友達なの」

「肝に銘じておきます」

俺はベルミーラの言葉を鵜呑みにしている母上に少し苛っときたが、クラリスは深々と頭を垂れる。

反論をせずに畏まる彼女の方が母上より大人に見える。

クラリスに席を勧め、その隣に腰を掛けた俺は、クラリスの後ろに控えるようにして立っているシャーレット侯爵の方を見た。

「クラリスは具体的にはどのような身勝手なことを？」

俺の問いかけに、ビクンッと肩を上下させるシャーレット侯爵。

実際のクラリスは大したことはしていないのだろう。むしろ真っ当な抗議をしたら、それを身勝手と捉えていた可能性もある。

シャーレット侯爵は今、社交界でも同情を買うようなクラリスの傲慢ぶりを頭の中で懸命に考えているんじゃないだろうか。しばらく経ってからシャーレット侯爵は額に流れる汗をハンカチで拭きながら、ペラペラとしゃべり出した。

「た、例えば……料理長が用意したお菓子を食べられないと騒いだり、妻がせっかく用意した服を着られないとか喚いたり、部屋が汚い、気に入らないと怒鳴るわ、料理人が心を込めて用意した料理を食べられないと皿を割るわで」

「ほう、そうなのか」

同情するかのように俺が相づちを打ってやると、気を良くしたシャーレット侯爵は、憎々しげにクラリスの背中を睨みながら話をしはじめた。

「そうなのです。この娘はあげくのはてに、サラダについていた虫を妹のナタリーに押しつけたのでございます。サラダにもケチを付けるような野菜嫌いで」

「ふうん？　サラダに虫がついていたんだ。ずいぶんと優秀な料理人なんだね」

調子に乗ってしゃべっていたシャーレット侯爵は、俺の嫌味を交えた言葉を聞いて、凍り付いたように動作が止まった。

「サラダに虫がついていたら、俺だって文句言うけど？」

「あ、あの料理人は故意で虫をつけたわけでは……」

「当たり前だ。故意だったらそれこそ不敬だよ。母上はサラダに虫がついていたら大人しく召し上がるのですか？」

俺は母上の方を見て問いかける。彼女は虫付きのサラダを想像したのか、顔を真っ青にして首を横に振る。

「そ、そんなわけがないわ……それこそびっくりして、騒いでしまうかもしれないわ」

「で、でもその虫を妹に押しつけたのですよ‼　そうだろ⁉　クラリス‼」

王妃の言葉にシャーレット侯爵は慌てて訴える。そして脅すような口調でクラリスに肯定するように促す。

「……父の言う通りです」

クラリスは無表情で一つ頷いて肯定するが、その光景を見た貴族達の視線は冷ややかになる。

さすがの母上も不快そうに眉をひそめている。

あれじゃ親が強制的に子供にやってもいない悪事を認めさせているようにしか見えない。

「その虫のついたサラダに文句を言ったクラリスに、あんたは身勝手だって激怒したんだろ？　クラリスは自分がどんな状況であるか訴える為に、あえて隣席の妹に虫をつけたんじゃないのか？」

「いえ、違います！　クラリスは妹を苛める為に虫をつけたのです！　それを私が叱責しただけで」

「ふーん、でもクラリスを怒る前に料理人を怒った方がいいんじゃないの？」

「それはクラリスが……」

「まさか今度はクラリスがわざと虫を持ってきたとか言うつもりか？」

俺の言葉にシャーレット侯爵の顔が引きつる。何で自分が言おうとしていたことが分かったんだ？　と言わんばかりの顔。そりゃクラリスを悪者に仕立てるつもりなのであれば、今度はそういう言い訳をすることぐらい予想できるからな。

俺は紅茶を一口飲んでから、シャーレット侯爵に言った。

「ああ、それと、まっとうな貴族の娘だったら、そんな色褪せた地味なドレスを用意されたら文句の一つも言いたくなるよね」

「――――」

シャーレット侯爵は何も言い返せず、顔を青くして俯くことしかできなかった。

一連のやり取りを聞いて「確かにそうね……」と納得したように呟いてから、母上は苦虫を噛みつぶしたような表情を浮かべ、シャーレット侯爵の方を見た。

「シャーレット侯爵、あなたクラリスに厳しすぎるのではなくて？」

「いや……しかし」

母上に対し、何とか言い訳しようとするが、良い言い訳が思いつかず、しどろもどろになる侯爵に、俺は追い討ちをかけるようにさらなる苦言を呈した。

「それよりもナタリーには、もう少し社交のルールをちゃんと教えるように。初対面で王族の人間に対して、気安く名前で呼ぶのは無礼極まりない振る舞いだ。名前で呼ぶときは殿下という敬称を忘れずに」

「まぁ!! ナタリーは、あなたのことをそんな風に呼んでいたの!?」

流石の母上もここで初めて、ナタリーの非常識ぶりを知り、愕然としていた。

そしてクラリスが身勝手で手がつけられない娘と訴えるシャーレット侯爵の言葉にも疑問が生まれたのか、複雑な表情を浮かべる。

他の貴族も同様だ。

「……状況からしても、苛められているのはクラリスの方では？」

「地味なドレスといい、髪もまともにセットされていませんものね。まともな親だったら気合いを入れて娘を着飾る筈なのに」

「でもナタリー嬢はこれでもかというくらいに気合いを入れて着飾っていたわよね。いくらなんでも差がありすぎですわ」

「うーん、継母とその娘が前妻の娘を虐げる構図の方がしっくりとくるな」

シャーレット侯爵は顔を真っ赤にして俯いている。

そんな今の状況にクラリスは戸惑っている様子だった。

無理もない。親にも社交界にも悪女というレッテルを貼られてきて、そんな自分の状況が逆転してしまっているのだから。

「クラリス、焼き菓子をどうぞ」

俺はそんな彼女にお茶菓子を勧める。

クラリスは俺の顔をまじまじと見てから、思わず我に返ったように俯いて、おずおずとクッキーを一枚手に取った。そしてそれを一口食べた瞬間、彼女は頬を薔薇色に染めて目を潤ませた。

クッキーの食感や味を噛みしめるように味わっている。

そこまで嬉しそうに食べてくれたら、職人も本望だろうな。それくらいに嬉しそうな顔をしているのだ。

クラリスは、俺と目があった瞬間、かぁぁぁっと顔を真っ赤にして頭を下げた。

「あ……っつ、く、クッキーがとっても美味しくて感激しました。お菓子元はどちらですか？」

「よっぽどクッキーが気に入ったんだね」

「は、はい……こんな美味しいクッキーを食べるのは初めてで」

「……」

このクッキーは数年前に王室専属だったパティシエが王都で洋菓子屋を開き、販売するようになった代表的な商品で、貴族の間ではスタンダードになっている茶菓子だ。そんなに珍しいものではない。

それを生まれて初めて食べた？　今まで何を食べさせられていたんだ？

料理長が用意したお菓子が食べられないと騒いでいた、と言っていたけれど、今までの流れから見て、お菓子に問題があったんじゃないのか？

小説には書かれていなかったが、クラリス＝シャーレットは実家に住んでいた頃、かなり苦労をしていたのではないだろうか。貴族達も囁いていたが、継母が身勝手な継子に振り回されているのではなく、継母が継子を虐げているというのが真実なのだと思う。

小説の中のクラリスがアーノルドの婚約者の座に固執したのも、実家を見返したい思いと、あんな生活には戻りたくないという思いもあったのかもしれない。

恐らく不遇な環境の中で生活しているであろうクラリスだけど、逆境の中でも彼女は目の輝きを失っていない。

生まれて初めての社交の場、少し緊張はしているものの、物怖じしている様子がない。冷静に周囲の状況を読んで、行儀良く振る舞っている。さっきのナタリーと同じ姉妹とは思えない。

母上も紅茶を飲む所作や、なにげない仕草に気品を感じているようで感心したようにクラリスを見ている。

相手の問いかけにもそつなく答え、新参者という立場を弁え決して前に出ることはない。

クラリスのことを礼儀を弁えない傲慢な令嬢……と言ったのは、どこの誰だったか？

本当にとんでもない嘘つきだな。

少なくとも今目の前にいるクラリスは、社交界に出ても恥ずかしくない、むしろ立派な淑女だ。

……決めた。

俺はクラリス＝シャーレットを婚約者に指名する。

彼女は王族の婚約者として申し分ない女性だ。

どうせアーノルドは彼女のことを拒否（きょひ）しているのだから問題ないだろう。むしろ避けていた婚約者候補が兄のものになるなら大歓迎（だいかんげい）するに違いない。

敢えて悪役令嬢を婚約者にすることで、小説とは全く違う展開になることが期待できるしな。

……まぁ、他にも理由は色々あるんだけど、彼女を婚約者にしたいという一番の理由は、一目惚れだ。

クラリス＝シャーレットは可愛すぎる。見れば見る程俺の好みなのだ。

もし本性が性悪な悪役令嬢だったとしても、俺が前世のスキルを総動員して、一から教育しなおすので全くといって問題ない。

俺の婚約者はクラリス＝シャーレットだ。

第三章　悪役令嬢と悪役王子は婚約をする

◇◆クラリス視点◆◇

私はクラリス＝シャーレット。

着の身着のままで王族主催のお茶会に来てしまいました。

そして今、エディアルド殿下は私の隣の席について、優しい笑顔でクッキーを勧めてくれている。

何だか夢を見ているみたい。あの悪役王子が天使に見える。

小説の中のエディアルド＝ハーディンはクラリスのことを内心とても嫌っていたし、社交の場では言葉も交わしたことがなかった。

こんな優しい笑顔を浮かべるなんてこと……私は三十歳手前だった前世の記憶はあるし、知識もあるけれど、精神的にはまだ十七歳だ。

だから同い年の、凄く綺麗な顔をした男子に笑いかけられたら、年相応にドキドキしてしまう。

そう、エディアルド殿下は読者からは馬鹿王子って呼ばれていたけれど、小説の主要人物だけに顔はすごぶる美形なのだ。

胸の高鳴りを悟られないように、私は勧められたクッキーを手に取る。

そして一口食べた……って、めちゃくちゃ美味しいっっっ‼

さすが王族のお茶会に出てくるお菓子だけのことはある。こんなにサクサクとした繊細な舌触りのクッキー、前世でも食べたことがなかった。

ああ……もう口の中に溶けてしまった。

私は無意識のうちに目に涙を浮かべ、クッキーを噛みしめるように味わっていた。

その様子をエディアルド殿下がじっと見ていたようで、私は急に恥ずかしくなって、声が裏返ってしまった。

「あ……っっ、く、クッキーがとっても美味しくて感激しました。お菓子元はどちらですか？」

「よっぽどクッキーが気に入ったんだね」

「は、はい……こんな美味しいクッキーを食べるのは初めてで」

「……」

エディアルド殿下はその時、複雑な表情を浮かべた。

あ、あれ？　私、変なことを言ってしまった？　だって王室のお茶会が出してくれるお菓子だし、そんじょそこらのお菓子とは絶対違う筈よね？

も、もしかして違っていたのかな。

すると王妃様が頬に手を当てて、不思議そうにお父様の方を見た。

「このお菓子は貴族の間ではなじみ深いお菓子だと思っていたのだけれど、シャーレット卿、クラリスにはクッキーを食べさせたことがありませんの？」

「……いえっっ!!　そのようなことは断じて。この娘は嘘をついているのでございます」

「嘘とは思えない反応だったけどね」

お父様の方こそ嘘をついているのだけど、エディアルド殿下には見事に見透かされている。

今にも干からびそうなくらい、顔をげっそりとさせているけれど、助け船は出さないわよ。

これまでの私にしてきたことを思えば、この父親は一度貴族達に白い目で見られたらいいのよ。

「でも嘘だったとしても嬉しいな。だって凄く美味しそうに食べるから」

「……そ、そんな。嘘をついたわけではないのですが」

「ふふふ、分かっているよ」

う、美しすぎる笑顔……っっ‼

その笑顔を向けてくださるのであれば、もう嘘をついたってことでもいい……と一瞬だけ思いかけてしまった。

エディアルド殿下の笑顔、破壊力抜群だわ。目が合っただけで心臓が爆発しそう。

悪役とはいえ、さすが小説の主要人物。

さりげなく俯いた私は、心を落ち着かせる為に紅茶を飲む。

エディアルド殿下はそんな私をじっと見詰めている……な、何？　優しい眼差しには違いないんだけど、何か観察されているような？

まるで入社面接の時の面接官のような目つきだ。優しい笑顔なんだけど、何か見透かされているようなあの感じ。でも、たかだか十七歳の男の子が、そんな目で私のことを見る筈がないし、きっと気のせいよね。

「今年からいよいよ学校だね。君と同じクラスになれるといいな」

「そ……そうですね」

いやいや小説の主要人物と関わりたくない私としては、別のクラスの方が有り難いんですけど。

学園のクラスは成績順に決まるから何とも言えないけどね。小説に登場するエディアルドは勉強が苦手だったみたいだけど、実際のところどうなのかしら。

長い春休みが終わると、私達は学校へ行くことになる。

貴族、王族の子弟が通う王立ハーディン学園。

そこでは学問から魔術、体術や剣術、社交ダンスなど幅広く学ぶことができる。前世の学校とはシステムが違っていて、十七歳から入学が可能。貴族子弟にとっては、王室に仕える為の職業訓練所、女性だったら社交性やマナーを学ぶ花嫁修業の場でもあるのだ。

ハーディン学園は一応三年制なんだけど、在学中に爵位を継ぐことになったり、結婚することになったりして、早期卒業する生徒も多い。

ちなみにエディアルド殿下とアーノルド殿下は同い年の異母兄弟だ。だから兄弟でありながら同じ学年。私とナタリーもそうなのよね。

そして学園はヒロインミミリアがエディアルドやアーノルドと出会う場所でもある。

……なんてことをぐるぐる考えてしまったけど、今はお茶会に集中しないと。

私は気持ちを落ち着かせる為に、紅茶を一口飲む。

うん、ほのかに甘いミルクティー。

そういえば、小説ではエディアルド殿下はミルクティーが好きだって描写があったなぁ。実際のエディアルド殿下もミルクティーを飲んでいる。

「エディアルド殿下はミルクティーがお好きなのですか？」

「ああ、紅茶とコーヒーはミルクと砂糖を必ず入れる。後ろにいるカーティスは子供っぽいって言うんだけどね」

後ろに控える薄茶色の目と髪の少年には聞こえぬよう、小声でエディアルド殿下は言った。

へぇ、あの子がカーティス＝ヘイリーか。

こちらも主要人物だけに顔はいいわね。目つきが鋭く、愛想が良いとは言えないけど。

小説では主役であるアーノルドの忠臣中の忠臣。魔族との戦いの時も、一緒に戦っていた。主の為にスパイという汚れ役も請け負っていてね。悪役エディアルドに対しては、嫌味っぽい性格だけど、アーノルドに対しては忠犬のごとく素直だった。

それから、エディアルドの前でアーノルドと比較するようなことばっか言うのよね。読者達も、もう少しスパイの自覚を持て！　というツッコミが感想欄に殺到するくらいに、やきもきしたキャラでもあった。

紅茶一つでも「アーノルド殿下は砂糖など入れない」とか言ってそう。

思わずカーティスの方を見て、私はぷぷっと笑ってしまった。彼が私の視線に気づき、訝しげに見てきたから、さりげなく視線を逸らしたけどね。

それから私達は今食べているお菓子のことや、紅茶の話、季節の植物の話、それにハーディン学園の学校生活がどんなものになるのかなど様々な話をした。

最初は緊張していたけれど、気がついたら自然体でエディアルド殿下とおしゃべりをしていた。何てことない話をしているのだけど、久々に家族や使用人以外の人と会話をしたせいか、なんだか楽しい。

ふと王妃様の方を見ると、彼女はニコニコ笑ってこっちを見ている。さっきは完全に私に対して身構えた態度をとっていたけれど、今は何だか嬉しそうな笑顔を浮かべているのだ。

そういえば小説では同い年の少年少女と仲よくできない息子エディアルドに、王妃様が心を痛めていた描写があったな。エディアルド自身も王族以外の貴族を見下していたし、その貴族達もアーノルドに劣るエディアルドを馬鹿にしていた。

そもそも同い年の少年少女に対して、どう接して良いのか、接し方が良く分かっていなかった。

だから小説のエディアルドは負の心を募らせてしまったのだ。

実際のエディアルド殿下は誰かを見下している様子はない。それに話をしている限り、そんなにコミュ障には思えない。

それでも身分が身分だけに、同い年の少年少女とあまり仲よくできていなかったのかもしれないな。

ベルミーラお義母様のせいで、王妃様は私に対して悪い印象を抱いていたようだけど、少しは払拭できたかな？　やっぱり王様と王妃様は敵に回したくないし、そうであってほしいなと思う。

エディアルド殿下も意外と気さくで話しやすい人だ。

一緒にいて落ち着く、居心地が良い人っているけれど、王子に対してそんな気持ちになるって、何か違和感が……この人、王子様なんだよね？

だけど、ふとしたことでエディアルド殿下と目が合ったりすると、ドキッとするのよね。

やっぱりその綺麗すぎる顔は反則だわ。

「ねぇ、クラリス」

「は、はいっっ!?」

目が合ってドキドキしているところに、耳元で囁（ささや）いてくるもんだから、私はびくんっと肩（かた）を震（ふる）わせ、裏返った声をあげてしまった。

その反応が面白（おもしろ）かったのか、エディアルド殿下はクスクスと笑う。

わーん、何、動揺（どうよう）しているのよ～、私は。

「今の時点では、君は弟の婚約者候補だけど、弟が君を選ばないのなら俺（おれ）の婚約者になってくれないか？」

は…………!?

い、今、なんと仰（おっしゃ）いました!?

私は思わずぶんぶんと首を横に振っていた。

「そ、そんな……恐（おそ）れ多いです。私は父の言う通り、周りを困らせてばかりで」

「話を聞いた限り、君は悪女じゃないよ？」

「私よりも妹のナタリーの方が愛嬌（あいきょう）もあって可愛（かわい）らしいし」

「愛嬌と可愛さだけじゃ王族の公務は務まらない」

「とてもじゃないけれど、荷が重い……」

「その重責をしっかり認識（にんしき）している君だからこそ、俺は気に入ったんだ」

な、何、この王子様……こっちが何か言う前に、先回りして言いくるめてくるんですけど!?

小説のエディアルドと全然違うじゃない!!

あの悪役王子はヒロインの可愛い顔と、ちょっとした優しい言葉でイチコロになるくらい単純な男だったけど、この人は全然違う。

噂で私のことを判断していないし、お父様の嘘もすぐに見破る洞察力があるし、何より弁が立つ。

それに不思議と話が合うのよね。波長が合うというか。相手は十七歳の少年で、二十九歳の記憶を持つ私とはジェネレーションギャップがありそうなのに、何故か一緒にいても違和感がない。

エディアルド殿下は私の右手に自分の左手を重ね、こちらをじっと見詰めながら言った。

「クラリス、どうか俺の婚約者になってほしい」

私は美しすぎる切ない顔、そして吸い込まれるくらい綺麗な空色の目に見詰められ、胸がきゅんっと締め付けられた。

エディアルド殿下をがっかりさせたくない……そんな気持ちで一杯になってしまって。

ほとんど無意識というか、反射的にこくんと頷いてしまったのだった。

帰宅した私は、夕食を食べることもなくそのままベッドの上にダイブした。

疲れた、疲れた、疲れたぁぁぁ‼

急にお茶会に行くことになるなんて思わなかったよぉぉぉ。

しかも、エディアルド殿下と一緒にお茶を飲むなんてっっっ‼

『クラリス、どうか俺の婚約者になってほしい』

切ない目でこっちを見詰めてくる美貌が、目に焼きついて離れない。

あの空色の目に見蕩れてしまった私は何も答えることができず、ただ反射的にこくんと頷いてしまっていた。

私の馬鹿‼　何であの時頷いちゃったのよぉぉぉ‼

小説の主要人物には極力関わらない方がいいのに、婚約者になっちゃったら、そうもいかなくなるじゃないいっっ‼

私はボロボロの枕をぽかぽかと叩いた。枕はその度に羽根が舞うのだけど、今はそんなの気にしている場合じゃない。

しばらくしてから私はもう一度大きな溜息をついて、枕を抱いたまま天井を見詰めた。

「…………」

で、でもまぁ、私が頷いたくらいで、婚約が成立するってことはないよね？　ただの口約束というか、現場のノリというのもあるじゃない？

それに王室だってアーノルド殿下の婚約者候補だった私を、エディアルド殿下の婚約者に据えることを了承するとは思えない。

その時バタバタと廊下を走る足音が聞こえてきた。

この煩い足音はナタリーね。

彼女は例のごとくノックもせずにドアを開けて、部屋に乗り込んできた。

「お姉様っっ‼　どういうことなの⁉　どんな手を使ってエディアルド様を誑かしたの⁉」

いつもより声のキーが高い。今日の異母妹の声は何デシベルなのかしら？　相変わらず耳がキーンとするわ。

彼女はヒステリックな声で私に突っかかってくる。

「別に誑かしたりしていないわ。エディアルド殿下に誘われて一緒にお茶を飲んだだけよ」

「そんなわけないでしょ!? お姉様が色目でも使わない限り、エディアルド様から誘うなんてこと有り得ない。お姉様、絶対魅了の魔術を使ったでしょ!?」

「魅了の魔術は禁術だし、城内はそういった魔術を無効にする、防御魔術もかかっている筈よ？」

「嘘よ‼ 私、言いふらしてやるんだから‼ エディアルド殿下は、お姉様の魅了の魔術に掛かったって」

「勝手にすれば？」

今回のお茶会で、あなたとお父様の信用はガタ落ちになっているのだけど、果たして何人の人があなたの言葉を信じるかしらね。

ましてや禁術を使っているなんて言いふらしたら、前世で言うところの警察機関である宮廷捜査隊がうちに乗り込んできて捜査するかもしれないのに。

つれない私の態度に、ナタリーは憤慨してドアを叩きつけるようにして閉め、部屋を出ていった。

私はもう一度深い溜息をついた。

あんな馬鹿な言い分ばっかりしていたら、その内社交界の信用を失うわね。お父様もナタリーが絡むといつも以上に判断能力が鈍くなるみたいだし、ろくに領地経営もせずに散財しているから、この家もそんなに長くないかもしれない。

婚約のことで悩む前に、この家が没落することを心配した方が良さそう。

平民として暮らせるよう、就職先を探しておかないといけないかもね。

それに私は小説のクラリスのように魔族の皇子ディノに誑かされて悪役令嬢になる気はない。

どうやったら小説のバッドエンドを回避できるかはまだ分からないけれど、何があってもいいように力を付けておく必要がある。それには元々得意な魔術を生かすのが一番だ。

上級魔術師になれば、就職口に困ることはない。冒険者にもなれるし、魔術を教える教師にもなれるし。

今はエディアルド殿下のことは忘れよう。

とにかく一刻も早く魔術を極めなきゃいけない。

私は勢いよくベッドから起き上がると、座るとぐらぐらする椅子に腰かけ、デスクの上にある魔術書を手に取り、貪るように読み始めた。

三日後――。

執事のトレッドがノックもなしにドアを叩きつけるように開けて、不機嫌な声で「旦那様がお呼びですっ！　どうぞ、執務室の方へっっ!!」と言ってきた。

執事ってもう少しお上品な生き物だと思っていたんですけどね。こんな執事に育てられているのだからナタリーも行儀が悪くなるわけだ。

「あなたも第一王子に色目を使うとは……大公家の血が泣きますよ？」

「色目なんて使っていないわ」

「あなたの悪評を聞いていたら、王子があなたを相手にする筈がない。魅了の魔術など卑怯な真似はシャーレット家の恥です」

ナタリーの言葉を何の疑いもなく鵜呑みにしている馬鹿執事。

私は大きな溜息をつきながら、トレッドに促され執務室に入ると、もの凄く不機嫌そうに頬杖をつくお父様の姿があった。

「王室から正式な求婚の申し込みがあった。クラリス、お前はエディアルド殿下の正式な婚約者となる」

「はい？」

王室から正式な求婚の申し込みがあれば、王室の弱みでも握っている貴族でなければ、断ることはできない。当然、シャーレット家が求婚の申し込みを断れるわけがない。本当は断りたい気持ちで一杯なのだろうけど、素直に断ろうものなら王家への不敬を疑われることになる。

故に王室から婚約の申し込みがあった時点で、実質婚約確定なのだ。

父の報告によるとアーノルド＝ハーディン殿下は私のことを嫌っていた為、喜んで婚約者候補である私を、エディアルド殿下に譲ったのだとか。

何だか嫌な言い方ね。別にアーノルド殿下のものだったわけじゃないのに。

お父様は悔しげに机を叩きつける。

「く……何故、ナタリーじゃなくて貴様なんだ!?　エディアルド殿下に魅了の魔術を使ったのは本当なのか？」

「宮廷魔術師が目を光らせている城内で魅了の魔術が使えるわけがないでしょう？　ナタリーの言うことを真に受けすぎです」

「ま、まさか……惚(ほ)れ薬でも入れたのか？」

「国内では違法(いほう)薬物ですよ。そもそも社交界に出たこともない私が、どうやって手に入れるのです？」

「しかし、そうでもないかぎりナタリーよりお前を選ぶなんて有り得ない」

たとえ私がいなかったとしても、親しくもない王族をファーストネームで呼ぶような礼儀がなっていない娘は、真っ先に候補者から外れると思うけど。

ナタリーに対する盲愛(もうあい)もここまで来ると哀(あわ)れになってくる。

それにしてもまさか主人公のアーノルドじゃなくて、悪役のエディアルドの婚約者になるなんて。

悪役同士がくっつくって有りなの？

将来のバッドエンドを回避する為には、そのパターンも有りは有りなのかもしれない。

エディアルド殿下は、小説とは違いお馬鹿じゃない。むしろ年よりも聡明(そうめい)に思えた。

あの人が小説のように『闇黒(あんこく)の勇者』になるとは考えられない。小説とは全くの別人だ。

私はエディアルド殿下とお茶を飲んだ時のことを思い出す。

エディアルド殿下とは不思議と話が弾(はず)んだ。まさかあんなに気が合うとは思わなかった。十七歳とは思えない落ち着き、安定した話術。王族だからなのか、普通(ふつう)の若者よりずっと大人びていた。

彼との結婚、悪くないかもしれない。

アーノルドとミミリアは勝手に幸せにやってくれたらいいから。

だけど、やはり小説の主要人物との関わりを避(さ)けたい自分もいて……一応、お父様に訴(うった)えてみる。

「お父様、私が殿下の婚約者候補になるなど恐れ多いこと。お父様の口から是非(ぜひ)、ナタリーを婚約者候補として推挙してくださいませ」

「ぬう……話が分かっているではないか。しかし、口惜しいことに儂の力ではどうにもならん。ただでさえ今回のお茶会でエディアルド殿下の不興を買っている」

ああ……そりゃそうでしょうね。お茶会の時、親子共々色々やらかしているから、今更ナタリーを推挙しても、エディアルド殿下は拒否するでしょうね。

「殿下の婚約者として名が挙がった以上、失態は許されないぞ？　もしエディアルド殿下に飽きられて婚約破棄などとなったら、お前はもう役に立たないからな。この家を出ていってもらう」

「……はーい」

エディアルド殿下に飽きられる……有り得る話なんだよね。

だってエディアルド＝ハーディンはヒロインであるミミリアに恋をするという設定なのだ。

今は別人のように思えても、ヒロインが現れたらどうなるか分からない。

婚約破棄され、家を追い出される未来も想定しなきゃいけないな。

結局私は、王族の婚約者になってしまった。しかも相手はアーノルド殿下じゃなくて、エディアルド殿下だ。

婚約者が違うから小説通りの展開になることは避けられるとは思うけれど、王太子の地位を巡っていざこざに巻き込まれるのは嫌だ。

とにかく何があってもいいよう、自立できるように頑張るしかないか。

私がエディアルド殿下の正式な婚約者になってから、家族の風当たりはますます強くなった。

ような気がする。

普通の脳味噌の持ち主であれば、王族の婚約者なのだから、もう少し丁重に扱ってくれてもいい

特に執事のトレッドなんか「ナタリー様の方が数倍美しいのに……」とか、「エディアルド殿下は誠に見る目がないようで」と事あるごとに私に嫌味を言うようになった。

私が王族の婚約者でありながら、こうも当たりが強いのは、エディアルド殿下よりも、アーノルド殿下の方が王太子候補として有力だというのもある。お父様やお義母様はエディアルド殿下の将来は明るくないと見なしている。

代々、王位を争った王族は、処刑、追放、良くても、爵位を与えられ辺境の領地へと追いやられていた。エディアルド殿下もいずれそうなると彼らは予想している。

予想というよりは、希望しているんだけどね。両親はお茶会でエディアルド殿下に叱責されたことを、もの凄く根に持っているのだ。

そりゃいい年をした大人が十七歳の小童に皆の前で怒られたんだものね。その恨みたるもの相当なものだと思うわ。

ナタリーはあれから、社交界に出ては姉から婚約者を奪おうとエディアルド殿下に色目を使っていたみたいだけど、全く相手にされていなかった。

やがてそんなエディアルド殿下に腹を立てるようになったナタリーは、ターゲットをアーノルド殿下に変えた。

元々エディアルド殿下はたまたまお茶会で会って興味を持っただけのようだし、姉の婚約者を奪うよりは、将来有望な王子を捕まえて姉を見返した方が良いと思ったのだろう。

「あんな愚かで無能なクズ王子が婚約者なんて、お姉様も可哀想」

「私は今、とても幸せよ？　むしろ常識知らずのあなたの方が可哀想なのに」

「何ですって⁉　もぉ～～～‼　お父様ぁぁぁ、お姉様がぁぁぁ」

記憶が蘇ってから前世の勝ち気な性格も蘇ってしまったようで、以前はナタリーに何か言われても、お父様の怒声が怖くて何も言い返せず黙っていたけれど、今は魔術書を読みながらしれっと言い返すようになっていた。

そうすると、決まってお父様が怒鳴り込んでくるんだけどね。

「クラリスッッ！　何度ナタリーを苛めたら気が済むんだ⁉　おいっっ‼　……話を聞いているのか⁉　貴様はっっっ‼」

記憶が蘇る前は恐ろしかったお父様の叱責も今の私には馬耳東風。

お父様の怒鳴り声をＢＧＭに魔術書を読めるまでになったわ。どんなに腹立たしくても、さすがに王子の婚約者に対して、むやみに手をあげることはできないしね。

まぁ、その日の夕食は腐ったトマトのサラダとカビだらけのパンと、酷さが倍増したけど。

ナタリーの皿にサラダの虫を入れて以来、食事は自分の部屋で摂るように言われている。

腐った食材は密かに処分できるからその方が助かるけど、町で買ってきた食料がそろそろ底をつきそう。

買い出しに行きたいけれど、ナタリーが新しい服を自慢しに来たり、庭師が雑草取りをしていて外に出られなかったりで、なかなかタイミングが掴めない。

そうこうしている内に栄養不足がたたってか、ある日私は熱を出して倒れてしまった。

私が倒れて寝込んでいても誰も見に来てくれない。せいぜい夕食を運んでくるメイドが出入りするくらいだ。そのメイドも舌打ちしてから「風邪ですか？　私にうつさないでくださいね」と冷たく言い捨ててから立ち去る。

夕食はいつものように腐ったパンのみ。食べたら食中毒を起こすだろう。熱が出た上に食中毒はシャレにならない……体力を付けるためには何か食べた方がいいのだろうけど、今は何も食べずに、寝て回復を待つしかない。

解毒の魔術はあるけれど、それは魔物に噛まれたり、刺されたり、攻撃された時に受ける毒に対して効果があるのであって、発熱や食中毒には効かない。

病気による症状は薬師が調合した薬じゃないと駄目なのだ。

薬を買うことができれば一番いいけれど、症状に合った薬をすぐに手に入れられるとは限らない。

自分で薬を作れるようになれたらな……薬学はかなり複雑で、本を読んだだけでは中々作ることができないようだった。

誰か私に薬学を教えてくれないかな。

確か小説にも薬師が登場していた……クラリスがミミリアを殺す為に毒薬を手に入れようとするのよね。

クラリスはある日突然、薬師の息子を人質にとり、毒薬を作らせる。その毒は少量ずつ服用させて、致死量に至ると死ぬというものだ。アリバイ作りに最適な毒。でも調合が難しくて、上級薬師の中でも一部の人しか作れない。

物語では結局クラリスに閉じ込められていた薬師の息子をアーノルドが助け出す。

クラリスは薬師を脅して毒薬を作らせたことが露見し、貴族社会から追放されることになるのよね。

その薬師の名はヴィネ＝アリアナ。

次期宮廷薬師長になるであろう屈指の天才薬師だったけど、過労で倒れたのを機に宮廷薬師を辞め、王城を去ったという。現在はレニーの町の片隅で薬屋を営んでいる。

私の実母リコリス＝シャーレットとヴィネ＝アリアナは年齢差や身分を越えた友達同士だった。母が先王の王妃様の侍女として仕えていた時、宮廷薬師のヴィネと親しくなり友達になったという。

優秀な薬師だったヴィネの実力を買っていた母は、病床の時も彼女に薬を処方してもらっていたのだ。おかげで余命半年だったのが、一年長く生きることができたらしい。

そんな恩人に対し、悪役令嬢クラリスは息子を人質に毒の処方を依頼するのだから、とんでもないわよね。

小説では波打つ紫の髪の毛、分厚い渦巻きのような眼鏡をかけていて、とても陰のある女性として描かれていたと思う。

そんなヴィネ＝アリアナに薬学の教えを請うのがいいのではないだろうか。

薬師になるには魔術の心得も必要で、ヴィネも恐らく中級魔術くらいは心得ていたと思う。

ついでに魔術についても少し教えてもらえたらいいな。魔術書だけじゃ限界があるもの。

小説の中のクラリスは、ヴィネに毒薬を作らせた悪女だったけど、私はそんなことはしない。

ましてや彼女の息子を人質にとるような卑劣な真似は絶対にしない。

私は薬学を学ぶ為に、ヴィネ＝アリアナに弟子入りするんだ‼

部屋を抜け出し、レニーの町にやってきた私は、さっそく聞き込みを開始した。

小説には詳しい場所は描写されていなかったから、ヴィネがどこに店を構えているか分からない。町外れのひっそりとした場所にあるってイメージだったんだけど。

私は露店のおかみさんに尋ねることにした。

「実は今、よく効く薬を探しているのですが、良い薬屋はありませんか？　姉さんの風邪が中々治らなくて」

「そりゃ大変だねぇ。良い薬屋だったらヴィネの所が良いよ。ちょっと歩くことになるけど、大丈夫かい？」

いきなりビンゴ！

やっぱり天才薬師だけに薬の評判は口コミで知れ渡っているのね。

おかみさんに教えられた通り、メインストリートをしばらく歩いてから、武器屋さんのある場所を右に曲がった裏路地をしばらく歩く。すると煉瓦造りのキューブ形の建物が見えてくる。そこがヴィネの店だそうだ。

小説でもサイコロのような建物って書いてあったけど本当にその通りね。

木製のドアはギギギと音を立て、私がドアノブを放すとその重みでバタンッと閉じた。

薄暗い部屋の中、両側の棚には色とりどりの粉が入った瓶、丸薬が入った瓶、かと思えば透明な液体が入った瓶がいくつも並んでいる。

　私以外の客はいないようね。

　正面のカウンターには黒いフードを深く被った老婆が蹲るようにして座っている。

　私もまたカーキ色のフードを深く被っていて、魔術師の見習い風な出で立ちでここに来ていた。

　老婆は嗄れた声で私に問いかける。

「何の用だい？　お嬢さん。風邪薬かい？　胃薬かい？」

「薬も後で頂くつもりですが、その前に今日はお願いがあってここに来ました」

「お願い？」

　老婆は顔を上げてこっちを見る。とはいっても鷲鼻が見えるだけで、目から上はフードで隠れてしまって見えない。

「私に薬学を教えていただけませんか」

「なんじゃ、弟子入り志願かい。あんたで百人目だよ。あいにく私はもう老いぼれじゃ。誰かにものを教えられる気力も体力も無い」

　老婆は肩を上下に震わせながら、クックッと笑う。

　そして私に帰るように、手を箒のように払う。

　優秀な薬師ですものね。宮廷薬師時代の活躍を知る人も多く、弟子入りの志願者が多いのも頷ける。

　私はクスッと笑ってから言った。

「ご冗談を。ヴィネ＝アリアナ。あなたはまだ二十代半ばと伺っております」

「ひひひ……成る程（ほど）。私の変身魔術を見抜くくらいの実力はあるようだね」

そう言った瞬間、老婆の身体（からだ）は煙（けむり）に包まれた。

紗（しゃ）がかかった視界の中、小さな老婆の身長がぐんぐん伸（の）びて、体つきも若い女性らしいシルエットに変わる。

煙が晴れた時、そこに現れたのは年若い美女だ。

しかも絵に描（か）いたような我がままボディ。出るところはしっかり出ていて、引っ込んでいるところは引っ込んでいる。胸の谷間を強調するかのようなオフショルダーのシャツに、スリットが深い黒のスカートからはすらりと長い美脚（びきゃく）。

髪の色が紫色なのは小説と同じだけど、長い髪は結（ゆ）い上げているし、牛乳瓶眼鏡をかけていない。赤紫の目はくっきりとした二重（ふたえ）でどこか蠱惑的（こわくてき）な印象だ。唇（くちびる）の下にある黒子（ほくろ）がさらに彼女の色気を際立（きわだ）たせている。

「……で、私に薬学を教わりたいって？」

ヴィネが改めて私を見てそう言った時、カウンターの向こうにあるドアから、五歳くらいの男の子が出てきた。

「ママ、お客さんが来たの？」

サラサラした藤色（ふじいろ）の髪、まん丸な赤紫色の目、ぷくぷくとした頬に白い肌（はだ）の、天使のように可愛らしい男の子がニコニコ笑っている。

ヴィネの元にトコトコやってきたその男の子は、見ているだけで癒（い）やされる可愛さだった。

男の子は私と目が合うと、かぁぁぁっと顔を真っ赤にして恥ずかしそうに俯き、ヴィネの後ろに隠れた。

　ありゃ、人見知りなのかな？

　私は小説を読んでいるからこの子が何者かは知っているけれど、現実では初対面だから一応ヴィネに尋ねた。

「息子さんですか？」

「いや、私の甥っ子だ」

「甥、ですか」

「亡くなった姉の息子なんだ。今は私の養子として一緒に暮らしている」

　そういえば、息子とは言っても、厳密に言えば甥っ子だったのよね。

　確か名前はジン君だっけ？　ジン＝アリアナ。

　今は可愛らしい男の子だけど、小説のラストでは格好いい宮廷薬師に成長して、王室を支えるようになるんだよね。尊敬するアーノルドと、初恋の相手であるミミリアの為に。

　ヴィネはそんなことを考えていた私をしげしげと見ながら言った。

「あんた、リコの娘だね。ふうん、随分大きくなったじゃないか」

　良かった、私のこと覚えてくれていたんだ！

　ヴィネは母リコリスのことを、リコと呼んでいた。私とも面識はあったけれど、時々だったし、母が亡くなってから五年は経っていたから、ちょっと不安だったんだよね。

「母親そっくりに育って良かったじゃないか。あのハゲ親父に似ていたら悲劇だったよ」

「は……ははは」

小説のキャラと違って、ヴィネって結構口が悪いのね。お母様ともタメ口で話をしていたのを思い出したわ。

　エディアルド殿下もキャラが違っていたし、この世界は何もかも小説の通りってわけじゃない。むしろ小説の通りに進んでいることの方が少ないくらいだわ。

「先程も言いましたが、私は薬学を習いたいのです」

「何故、薬学を？」

「後学の為です」

「あんたお嬢様だろ。そんなの必要なのか？」

「もちろんです。今は侯爵令嬢ですが、世の中何が起こるかわかりません。ある日、その地位を失う可能性だってあるのです。その為にもできるだけ色々なことを学びたいのです」

「あんた……今のシャーレット家に危機感を覚えているんだね。まぁ、町でもあんたの父親への不満の声が高まっているから無理もないか」

　ヴィネは納得したように頷いた。

　シャーレット侯爵家のお膝元、レニーの町は賑やかだけど貧富の差が激しい。お父様に対して不満の声をあげる住人も多いだろうな。

「まぁ、外ならぬリコの娘だし、一通りの薬学くらいなら教えてもいいけどね」

「ほ、本当ですか。ありがとうございます！」

　本当の理由はいざという時自分で自分を治す為、それと手に職をつける為だ。

　魔術を極めるのも大事だけど、手っ取り早くお金を手に入れる為には、薬のような売れる商品を作れるようになった方がいい。

「その代わりタダじゃないよ。一万ジーロは頂かないとね」

た……高い。でも仕方がないか。店を構えているとはいえ、子供を抱える身だ。ヴィネとしてもできるだけ収入を確保したいのだろう。

一応、報酬のことは言われると思っていたので、一万ジーロは手元に持っていた。財布から十枚のお札を手に取って彼女に渡した。

「即払いとは、さすがシャーレット家のお嬢様だね」

「お母様の遺産があるので何とか……でも、いずれは尽きてしまうことを考えると、できるだけ自分で収入が得られるよう、あらゆるスキルをものにしたいのです」

「ちょっと……父親はどうしているんだい？」

「父は当てになりません。家の資産もほとんど継母とその娘につぎ込んでいるので」

「ああ、成る程ねぇ」

私の話を聞き、家庭の状況を察してくれたヴィネはそれ以上何も言ってこなかった。

そして隣の部屋へ来るように言った。さっきジン君が出てきた部屋だ。

その部屋には乾燥した薬草が入った籠や、木の実が入った瓶。見たこともないくらい真っ赤な木の枝や真っ黒な花。トカゲのホルマリン漬け……ホルマリン漬けかどうかは分からないけど、そんな感じのものが置かれていて、コンロの上には得体の知れない液体がぐつぐつ煮込まれている。

絵に描いたような魔女の部屋だ。

ヴィネが人差し指を軽く回すと、弱火だったコンロの火がポンッと消えた。当然こっちの世界はガスも電気もないからね、火は魔術でおこすのだ。

魔術が使えない人用に、火の魔術が込められた魔石を使って火をおこすコンロもあって、ほとんどの平民はそれを使っているみたいだけど。

「じゃ、まずは回復薬の作り方から教えるよ。ジン、そこにある薬草とエゴマの実を持ってきて」

エゴマ？　前世にあるエゴマと一緒？

見た目も小さな黒い粒。あのエゴマそっくり。

エゴマは身体にいいのよねぇ。そういう意味では回復薬の材料になり得るのかな……いや前世のエゴマとこっちのエゴマは成分が違うかもしれないし、何とも言えないな。

ジン君が用意してくれた材料、そして手渡されたのは乳鉢と乳棒。

「ただ材料をそろえりゃいいってもんじゃないからね。調合の量によって出来不出来が変わるんだからね」

ヴィネの言葉に私は頷いた。

しかも原料になる実の大きさや、薬草の育ち方によっても調合量が変わるらしく、正しく重さを量ればいいというものでもないらしい。

難しそうだけど、凄く面白そうだ。

「私が調合するから、よく見てな」

乳鉢の中にエゴマや薬草、花びらを乾燥させたものを入れて、素早くすりつぶす。

ある程度混ざったら、浄水を加え今度は少しずつ回復の魔術を唱えながらゆっくりと混ぜる。

すると濁っていた水がだんだん澄んできて、綺麗な緑色の液体ができあがる。

「こいつを小瓶につめて……はい、回復薬のできあがり」

す、すごい。あっという間に。

感激する気持ちが見事に表情に出ていたのだろう。私に見詰められたヴィネは気恥ずかしいのか、人差し指で頬を掻いて視線を横に逸らす。

「そんなにキラキラした目でこっちを見るんじゃないよ」

「あ……っ、し、失礼しました！　あまりの神業に本当に感激しちゃって」

「大袈裟な子だねぇ、これくらいのことで」

ヴィネの白い頬に朱が差す。内心かなり照れているみたい。

その表情、ちょっと可愛い。何だか親しみが湧いてきたかも。

「味見するのも大事だからね。飲んでみな」

私は出来たての回復薬を受け取ると、蓋をあけてこくんと飲んだ。

味は無味だ。特に怪我や病気はしていないけれど、のし掛かっていた疲労感が消え失せ、肩凝りや首凝りもなくなって身体が軽くなる。

「凄い……凄いっ‼　これが回復薬の力っっっ」

心なしか気分も良くなって、嬉しさに頬を上気させる私をヴィネは眩しそうに見詰める。

どうしてそんな目で私を見るのかな？

そう疑問に思っていたら、ヴィネはこちらの心を読んだかのように答えた。

「私の薬を飲む度に感激する笑顔は母親そっくりだね」

「そうなのですか？」

「あんたの母親の笑顔、大好きだったよ」

そう言って嬉しそうに笑うヴィネ。本当にお母様と親友だったんだなぁ。

侯爵夫人として気を抜くことができない中、愛称で呼び合うようなお友達がお母様にもいて良かった。

「じゃ、今度はあんたも作ってみな」

亡くなったお母様の話で少ししんみりしてしまったけれど、ヴィネは気を取り直すかのように言った。

私は頷いてから、さっき見た通りに薬を作ることに。

混ぜたものに浄水を入れて、治癒魔術の呪文を唱えながらかき混ぜる。

すると薄緑色の澄んだ液体ができあがった……ヴィネの薬より、色が薄いなぁ。

「ああ……少し魔力を多く注ぎすぎたね。これじゃ薬草の効き目が薄れてしまう。今の半分……いや微量の魔力を加えながら混ぜてみな。薬草や薬実の分量はそれでいいから」

私は頷いて、微量の魔力を加えながら薬を混ぜる。するとだんだん液体が澄んでゆく。

先程よりは濃いめの澄んだ薬品ができあがった……でも、今度はヴィネのより濃くなっちゃったような気がする。

ヴィネは感嘆の声をあげた。

「驚いたねぇ。いきなり上回復薬を作るとは」

「上回復薬？」

「回復薬にもランクがあるのさ。今、私が見本で作った回復薬は平均的なもので、体力を半回復する作用があるんだよ。上回復薬は体力を全回復できる。特上回復薬となると体力全回復にくわえ、魔力も回復する。それに大きな怪我や風邪くらいの病気なら一瞬で治してしまうんだよ。ま、一般的には特上回復薬じゃなくて、万能薬って呼んでいるけどね」

「万能薬？」

「ああ、魔力と体力の完全回復ができるのが万能薬。こいつを作ることができるのは、私と前の宮廷薬師長しかいないよ。今、城にある万能薬のストックは宮廷薬師が作ったものだけど、品質は今ひとつみたいだからね」

ヴィネはそう言って部屋を出ていくと、店の棚から取ってきたのか一つの小さな瓶を私に見せた。うわ、宝石のエメラルドみたいな輝き！

確か前世でやっていたゲームでは、こういうのをエリクサーと言っていたような気がする。

「綺麗……」

「そうだろ。かなり魔力を消費するから、私でも一日一個しか作れないんだ。しかも高すぎるからなかなか買い手もいなくてね。殆ど店のオブジェと化しているけど、売れたら三十万ジーロはくだらない代物だ」

「さ、三十万⁉　……な、何でそんなにするんですか？」

「作り手が少なすぎるのと、作るのに魔力の消費が激しいことと、とにかく手間が掛かるのと理由は色々だ。体力や傷の回復薬を作るのは簡単なのに対し、魔力を回復させる薬を作るのはその数倍難しい。ましてや体力回復と魔力回復を同時に行う薬はさらに難しくなる」

「す……すごい。私も万能薬を作りたい」

多分、今の私の目はキラキラどころか、メラメラと炎が燃え盛っているんじゃないかと思う。

だって万能薬を作ることができるなんて夢みたいじゃない。身体が回復するだけじゃなくて、魔力も回復するなんて便利すぎる。

しかも高値で売ることができるようになれば、実家が没落してもお金に困ることはないだろう。

ヴィネは私の肩を叩いてにこやかに笑って言った。

「万能薬は上級薬師でも作るのは難しいけれど、あんたならできると思うよ。それだけの実力と、あと尋常じゃないやる気があるからね」

やる気も何も、切実なのよ、私は。何しろ今後の人生が掛かっているのだから。

魔術だけじゃない。薬学だって絶対に極めてやる。


こうして私は万能薬を作ることができる上級薬師を目指すべく、屋敷を抜け出してはヴィネから薬学を教わる日々を送ることになった。

家の人間は私のことを完全無視しているから、メイドが夕食を持ってくる時間までに帰っていれば問題ない。

最近はおやつも食事も嫌がらせのネタがなくなったのか、一日一回、夕食しか持ってこなくなった。夕食も良くて残飯、大体は腐ったものが多いわ。

そんなある日、ヴィネは私のことをしげしげと見て言った。

「あんた、侯爵令嬢にしちゃ細すぎるよね？　ろくなもの食べてないんじゃないのかい？」

ヴィネに問われたので、私は正直に今置かれている状況を彼女に話した。

思った以上に酷い扱いに同情してくれたのか、ヴィネは自分のことのように怒って「あの屋敷、燃やしてやろうかしら」と物騒なことを言っていた。

「今日からご飯食べてから帰りな。食べるのも授業の内だ」

そう言って有無を言わさずにパンと野菜炒め、そしてスープを出してくれた。

ナタリー達が食べているような豪華な食事ではないけど、あつあつで栄養バランスもあり、美味しそうな食事だ。

湯気が立った温かいおかずが目の前に来た時には、本当に泣きたくなったわ。

しかも味も美味しくて、涙ぐみながら味を噛みしめる私の肩をヴィネは優しく叩いてくれた。

「そんな嬉しそうに食べてくれたら、こっちも作りがいがあるってもんだよ」

ヴィネの作ってくれる夕飯は絶品で、特にミルクシチューが最高だ。鶏肉もやわらかくて季節の野菜もたっぷり入っていて。

家に帰る時は、いつもジン君が寂しそうな表情を浮かべ私を引き止めてきた。

「ねぇ、あんなお家帰らないでさ、一緒に暮らそう？　僕のお姉ちゃんになってよ」

「コラ、ジン。クラリスを困らせるんじゃないよ」

ヴィネはジン君を諫めるけど、彼女自身も少し辛そうな表情で家に戻る私を見送ってくれる。

別れ際はいつも後ろ髪を引かれる思いに駆られた。

いっそのことヴィネの妹になりたい。

あんな家に帰りたくないよ。

それくらいヴィネ＝アリアナの家は私にとって居心地の良い場所になっていた。

◇◆エディアルド視点◆◇

俺の現世の名はエディアルド＝ハーディン。

小説『運命の愛～平民の少女が王妃になるまで～』に登場する悪役だが、終盤で主人公と戦うことになる主要人物でもある。

ゲームで喩えるとラスボスの次に強い。そう考えると俺にもかなり秘められた能力がある筈なのだ。

実際独学だけで中級魔術が自在に使えるようになってきているので、我ながら凄いと思う。中級魔術師の資格をとるのに十年かかる人間だっているのだ。

記憶が蘇る前は勉強する術を知らなかったが、今は師匠がいなくてもある程度までは自分で学ぶことができている。

小説の中のエディアルドは顔だけが取り柄の馬鹿王子だった。それが主人公と戦うまで強くなったのは、魔族の皇子ディノによって闇の魔術を授かり、本来の能力が引き出されたからだ。

だが悪役として生きたくはない俺としては、魔族の手を借りて自分の能力を引き出してもらうわけにはいかない。

自分自身の力で魔術の実力を上げていかなければ。

それにしてもこの魔術書、めちゃくちゃ面白いな。特に魔術の成り立ちは壮大なファンタジー小説を読んでいるかのような面白さがある。

そんな俺の様子を見たカーティスは。

「そんな本ぐらい、アーノルド殿下はとっくに読み終わって」

「気が散るから向こうへ行け」

カーティスが言い終わらない内に俺は言い放った。

今まで読書をしようものなら、カーティスは弟を引き合いに出して「まだそんな本を読んでいるのか？」と馬鹿にし、恥ずかしくなった俺は読書をやめるというパターンだったのだが、今の俺はガキの一言程度で動揺したりはしない。

俺は悪役王子に相応しい意地が悪い笑みを浮かべ、カーティスに尋ねた。

「そんな本、と言うのであれば、お前も当然この本について網羅しているんだな？　三千年前、炎の術式を作ったのは？」

「イリナ＝ヒースですよ。そんなの当然です」

「うん、だけどイリナの術式はまだ不完全だった。それを完全にするのに、実は二十年の歳月がかかっている。炎の術式を完全なものにした人物はまた別にいる。イリナの弟子、アフロス。少なくとも二つ以上の言葉を紡がなければ、魔術は完成しないことが分かった」

「そ、それが何だというのです？」

「この本を読んでいたら、炎の術式を作り上げた人間は？　と問われイリナ＝ヒースの名前しかあがらないのはおかしなことだ。この本をそんな本呼ばわりする前にお前もちゃんと読むようにしろ。知ったかぶりはハッキリ言って無茶苦茶恥ずかしいぞ？」

「……っっ⁉」

かぁぁぁっとカーティスは顔を赤くして、唇を噛みしめた。そして扉を乱暴に開け閉めして部屋を出ていく。

皆さんあの態度見ました？　王族に対する態度じゃないよな。

態度の悪さを理由にいつでも解雇はできるけれど、彼を辞めさせたところで、アーノルドの母親であるテレスはまた新たなスパイをここに送り込んでくるに決まっている。

あんまり有能なスパイが来られても面倒なので、とりあえず間抜けなスパイを泳がせておくことにしている。

俺はそんなカーティスに密かに舌を出してから、再び本を読み始める。

魔術書には勇者と聖女のことも書かれていた。

この世界では必ず聖女と呼ばれる存在が生を受けることになっている。

同時に生まれるのは勇者だ。この世を創造した女神ジュリによって一人の聖女が選ばれ、そしてその聖女が伴侶として選んだ人間が勇者となる。

二人は女神の加護を受け、膨大な魔力を持ち、人知を超えた力を発揮する。

しかし聖女の力は不安定で、力を発揮するのも聖女自身の心次第。心を病み、力を発揮できないまま生涯を終えた聖女もいるという。

勇者の力は聖女の力によって目覚め、また聖女の心次第で力の強弱が決まるので、これもまた不安定だ。

そこまで読んで俺は顔を上げ、今後について思いを巡らせた。

俺の運命は置いておいても、小説の筋書き通りこの国に魔物の軍勢が攻めてくることは十分有り得る。

その時、聖女と勇者の力で対抗できればいいが……一国の主戦力として考えるには不安要素が多すぎる。

それよりも騎士達の強化、魔術師の育成、効力の高い回復薬の生産に力を注いだ方がはるかに合理的だ。

大体聖女や勇者が活躍した時代の王様は暗主であることが多い。

自分達の力ではどうしようもなくなり、藁にも縋る思いで聖女と勇者の力に頼ったのだ。

まぁ、小説に描かれたアーノルドもそうだよな。あの主人公は国王であり、勇者でもあったけれど、結局は聖女ミミリアの力に頼って諸々のことを解決していた。

聖女の力を当てにしていたら、命がいくつあっても足りやしない。

まずは俺自身が、自分自身の能力を引き出して、強力な魔術を使いこなせるようになれば、勇者と匹敵する力を得ることも可能だ。

俺自身が力を付けることが、小説のバッドエンドを回避することにも繋がる筈。

その為には俺に魔術を教えてくれる優秀な魔術師が必要だ。

独学で中級レベルの魔術までは使えるようになったが、上級となるとやはり誰かから教授してもらわないとならない。

しかし俺の魔術の師匠である宮廷魔術師のベリオースは、早くから魔術の才能を発揮しているアーノルドを教えることに夢中で、俺の方には見向きもしない。

というか、アーノルドの母親であるテレス側妃がその魔術師を紹介しているのだから、当たり前といえば当たり前だ。俺に魔術を教えないように仕向けているのだ。

俺がなかなか魔術を教えてくれないベリオースに抗議をしたこともあったが、奴はそんな俺を鼻で笑ってこう言ったのだ。

『あなたはまず自分で基礎を学ぶべきです。今の実力では私は何も教えることができない』

前世を思い出す前は、ベリオースの言葉を鵜呑みにしていた。

自分には才能が無いと思い込み、そんな自分自身を呪っていたのだ。

初級魔術が少しできるようになっても、ベリオースはまたもや鼻で笑い『そんな弱すぎる魔術じゃ話にならない。私に教えを請うのであれば、もっと能力を高めるように』とかぬかしていた。

能力がゼロなら基本から教えて、能力を高めるのが師の仕事なのに、奴は堂々とそれを放棄している。

何一つ教えていないくせに、ちゃっかり俺の授業料は貰っている。貰った給料分働こうとしない奴はクビだ、クビ。

向こうが教える気が無いのであれば、俺は新たな師を自分で迎えようと思う。

誰を師と仰ぐかはもう決めている。

ジョルジュ＝レーミオ。

宮廷魔術師の一人で、次期宮廷魔術師長にもその名があがる程実力はあるのだが、無類の酒好きで、しかも女好き。故に宮廷魔術師の間では鼻つまみ者だ。

しかし小説によると、この人物は聖女ミミリアと出会い、彼女に魔術を教えるようになる。それまでなかなか実力が開花していなかったミミリアは、異例の早さで上級魔術師クラスの実力を身につけるのだ。

真面目なミミリアと交流する内に、ジョルジュは女遊びをやめて、酒も飲まなくなった。

そして少女から一人の女性に成長したミミリアに弟子以上の想いを抱くようになる。

しかし彼女の気持ちはアーノルドにあることを知ったジョルジュは、その気持ちを自分の心の中にしまっておく。

そう。この小説『運命の愛～平民の少女が王妃になるまで～』のヒロインは、アーノルドやエディアルドだけじゃなく、魔術師のジョルジュや、宰相の息子アドニスにも想いを寄せられるようになる魔性の女なのだ。逆ハーレムって程じゃないけど、色んなタイプの異性に好かれるという、憧れのシチュエーションではある。

前世の俺の妹は確かジョルジュ推しだったっけ？

ジョルジュ＝レーミオは最終的に愛弟子であるミミリアを、魔族の皇子ディノの攻撃からかばって死んでしまう。献身的なジョルジュの愛に胸キュンだったらしいんだよな。

前世の妹の推しキャラだったことは置いておいて。

中級魔術師からなかなか上に行けずにいたミミリアを、上級魔術師に育て上げたことを考えると、ジョルジュはかなり教えることに長けているとみた。

果たして現実のジョルジュが小説のように、先生としての実力があるかは不明だが、とりあえず今、心当たりがある魔術師は彼しかいない。

まぁ小説と違って教えるのも下手な教師だったら即解雇だけどな。

その時ドアの向こうからこちらに近づいてくる足音が聞こえてきた。

『第一王子様が俺みたいなのに何の用があるのかねぇ』

声の主はジョルジュ＝レーミオかな？

面倒だと言わんばかり、欠伸混じりで言っているな。

部屋の外の会話がもろに聞こえるのは、防犯用のアイテムがオブジェとして廊下の脇に置いてあるからだ。

一見リスの置物なのだが、リスの目の部分に魔石が埋め込まれ、その魔石を通して外の会話がこっちに聞こえてくるようになっている。

その置物は俺が使用人に命じて設置させたのだが、使用人達はこれが外の会話を傍受する役割を果たすことを知らない。だから彼らも俺が聞いているとは知らずに会話を続けているのだ。

『知るか。貴様のような奴が王族に呼ばれるだけでも奇跡だと思っておけ』

もう一人の声はジョルジュを探し出した同僚の宮廷魔術師なのだろう。

声だけ聞いても苦虫をかみつぶしたような顔が想像できる。鼻つまみ者が王族に呼ばれることが面白くないのだろう。

『あーあ、めんどくさいなぁ。この後、リリーちゃんと飲む約束をしてるのにー』

うん、面倒だって口に出しているな。何がリリーちゃんだよ。どうせ貢がされて終わりだろ。

普段からそういう態度だから鼻つまみ者になっているのだろうな。

すると同僚らしき男が鼻で笑いながら言った。

『ま、アーノルド殿下じゃなくて残念だったな。馬鹿王子に呼ばれても、お前にメリットがあるとは思えないけどな』

『馬鹿王子？　エディアルド殿下が？』

『ああ、そうさ。城内ではもっぱら優秀なアーノルド殿下の方が王太子に相応しいと評判だからな。エディアルド殿下は常に異母弟と比較されて卑屈になっているという噂だよ』

『そう？　今の時点で馬鹿と決めつけるのは早いような気がするけどな。俺だって魔術に目覚めたのって十八の時だったぜ？』

『王族と平民とじゃ事情が違うんだよ』

そうそう、今の時点で決めつけるのは早いんだよ。

態度は悪いが、ジョルジュ＝レーミオは噂に振り回されない人物とみた。

防犯の為につけた魔石だけど、ジョルジュの人柄を垣間見るのに役に立ったな。

ジョルジュの同僚は、俺のことを馬鹿王子と揶揄し、平民であるジョルジュのことを蔑んでいる。

会話が聞こえてなかったらジョルジュを連れてきたその同僚には素直に感謝するところだった。

二人の宮廷魔術師はドアをノックしてから、何食わぬ顔で入ってきて、恭しく頭を垂れる。

「遅くなって申し訳ありません。ただ今、ジョルジュ＝レーミオを連れて参りました」

狐顔の宮廷魔術師が後ろに控える白のフードマントを纏った青年を紹介する。フードを深々と被っているから顔は見えない。

宮廷魔術師にも色々あって、攻撃魔術や補助魔術が得意な魔術師は戦や魔物退治に活躍する実行部隊に所属する。

実行部隊は、宮廷魔術師と王国騎士団の中でも特に戦闘を得意とする騎士で編成されているのだ。

調べたところによると、ジョルジュは攻撃魔術と治癒魔術、両方が得意だ。本来なら戦いの場でも重宝されるのだが、彼は実行部隊には属していない……いや、確か最初は所属していたんだけど、規律を乱すという理由で追い出されたのだ。

ジョルジュはどこにも属していない、いわゆる無所属の宮廷魔術師だ。

でも実力はあるから実行部隊や救護部隊に駆り出されることもあるらしい。

紹介された青年は前に出るとフードを外す。

象牙色の肌、切れ長の黄緑色の目はやや下がり目、整った鼻梁に妙に整った唇、ややカールがかった髪はミルクティー色。

「ジョルジュ＝レーミオと申します。エディアルド殿下におきましてはご機嫌麗しく」

「堅苦しい挨拶はいらないから。あ、案内してくれたそこの君、どうもありがとう。もう行っていいよ？」

俺は言ったが、狐顔の宮廷魔術師はニコニコ笑ったまま動こうとはしない。

ジョルジュに何の用があるのか気になるのだろう。しかも俺がまだ小僧だと思って舐めているのだ。

俺はやや低い声で言った。

「ジョルジュを探して連れてきたことには感謝している。だから俺のことを馬鹿王子だって陰口をたたいたことは不問にしてあげるよ」

それを聞いた宮廷魔術師はこちらから見ても分かるくらい狐顔を真っ青にし、恐る恐る質問してきた。

「え……ま、まさか聞こえていたのですか？」

「うん、魔石を通して丸聞こえだった。本来なら不敬罪で投獄しているトコだからね？」

「……!?」

俺は口元に笑みを浮かべたまま、小首を傾げてわざと茶目っ気たっぷりに告げる。

ジョルジュを連れてきた宮廷魔術師は、深々と頭を下げてから、回れ右をして、そそくさとその場から退出した。

そんな同僚の様子に溜息をついてから、ジョルジュは腕組みをして俺の方を見た。

「驚いたな。魔石って、ひょっとしてさっきのリスの置物？」

「よく分かったな」

「俺達が通った時、リスの目がほんの少しだけ光ったように見えたからな」

魔石の光はごくわずかで、普通に廊下を歩いていたら気づかないのだが、かなり目ざとい奴だな。常に自分の周辺を注視しているのだろう。

「ところで今さっきの畏まった態度はどこへ消え失せたんだ？」

「堅苦しい挨拶はいらないと言ったのはそっちだろ？　気に入らないのなら、俺も不敬罪で牢に入れてくれても構わない」

確かに堅苦しい挨拶はいいとは言った。だからといってタメ口を許したわけじゃないのだが……面接だったら減点だ、減点。

しかし、こいつはその減点をカバーする程の能力者である可能性があるので、そう簡単に不採用を言い渡すわけにはいかない。

「単刀直入に言わせてもらうけど、魔術を教えてほしい。一応独学で中級レベルの魔術は使えるようになったけど、上級となるとそうもいかなくてね」

「ベリオースに教わっているんじゃないの？　二人の王子を教えているって、あいつ自慢していたけど」

「彼は職場放棄しているから解雇することにした」

「職場放棄？」

「俺は教え甲斐がないから、実力をつけてから指導すると言って、魔術を教えてくれないんだ」

「おいおい、そりゃとんだ給料泥棒だな」

ジョルジュはぷっと可笑しそうに噴き出す。別に笑わせたつもりはないんだけどね。

でも本当に給料泥棒という以外何者でもない。

授業料を貰うだけ貰っておいて、俺の指導をしていないのだから。

ジョルジュは首を傾げて俺に尋ねてきた。

「俺の噂は聞いているだろう？　それでも俺から魔術を習いたいと？」

「酒癖と女癖が悪いというマイナス点を差し引いても、ジョルジュの実力は飛び抜けているからね」

「俺は誰かに束縛されるのが大嫌いなのは知っているよな？」

「うん、知っているよ。ついでに方々の酒場に莫大なツケがあることも知っている」

「う……」

ガキなんかに仕えたくないという気持ちが顔と態度にありありと出ていたので、俺はジョルジュに現実というものを突きつけてやった。

ツケが溜まりすぎて憩いの酒場が出入り禁止になりつつあることは既に調査済みだ。

「俺がそのツケを立て替えてやる。あと魔術の授業時間以外は特に拘束することもないから……」

「喜んで承ります」

俺の台詞が言い終わらない内に、ジョルジュは快諾した。そして胸に手を当て跪く姿勢をとる。

いや、少しぐらい迷うようなリアクションがあってもいいんじゃ……と思ったけど、よっぽどツケが溜まって困っていたんだろうな。あと、授業以外は拘束しないという言葉が効いたのかもしれない。

「じゃ、さっそく分からないところが沢山あるから教えて、ジョルジュ先生」

俺はデスクの下から平積みにした魔術書を取り出して、ジョルジュに笑いかけた。

とにかくありとあらゆる魔術を頭に叩き込んでやる。

そしてこの身体に秘められた強大な魔力を使いこなせるようになってやるんだ。

「おいおい、マジかよ……」

デスクの上に積まれた本を見て、ジョルジュは顔を引きつらせる。

早くも俺の師匠になったことを後悔しているみたいだった。

ジョルジュを師匠に迎えて以来、様々な魔術のやり方やコツ、歴史や雑学も教わるようになり、俺は充実した毎日を送っていた。

マニュアル通りにやれば何とかなる中級魔術とは違い、魔力を引き出すコツがいる上級魔術はやはり教わらないと分からない。

「そう、魔力を手の平に集中させて……まだだぞ、まだまだ溜めとけよ」

上級魔術はいかに魔力を一点に集中させるかによって、威力が異なる。

ジョルジュは魔力を放つタイミングを身体で覚えるように、と俺に言う。

実戦の授業では、魔力がなくなるまで呪文を唱えては魔術を放つことをくりかえす。

呪文を唱えるタイミング、集中させた魔力の加減によって威力は大きく変わってしまう。

「ギガ・フレム！」

宮廷魔術師の技術を磨く道場でもある魔術修練所にて、俺は炎系の上級魔術を唱える。おおよそ野球場のドーム程の広さはあるその場に紅蓮の炎が広がる。

しかし修練所内は外側も内側も強力な防御魔術が何重にも張り巡らされているので、建物が燃えることはない。

「ジョルジュ、どうだ？」

俺はちょっとドヤ顔で、師匠であるジョルジュの方を見た。

最初は中級魔術程度の威力しかなかった炎も、次第に威力を増して、今のが一番うまくいったのだ。

ジョルジュは軽く肩をすくめると、手を正面に差し出し呪文を唱えた。

「ギガ・フレム」

落ち着いた口調……というよりクールな声で呪文を唱えた瞬間、先程よりも大きな爆発音が響き渡り激しい炎がその場を覆い尽くした。

強力な防御魔術が施されている筈の壁は所々焦げ付いて、爆撃の衝撃で壁に罅が入っている。

うわ……これが宮廷魔術師トップクラスの実力か。さっき俺が放った炎とは威力が段違いだ。

「すごいな。ジョルジュ、どうしたらそんな炎が出せる？」

目を爛々とさせて、俺はジョルジュを食い入るように見た。あまりに喰い気味な態度に、少し引かれたけどな。

ジョルジュは何とも言えない表情を浮かべ苦笑した。

「ちょっと魔術を見せただけで、そんなに感激されるとは思わなかったぜ」

「何を言う。素晴らしい魔術を見れば俺だって素直に感激ぐらいはする」

ジョルジュは俺と二人きりの時には、完全にタメ口をきいている。彼はハッキリ言って王族のことなど屁とも思っていない。

彼がその気になれば、いつでも宮廷魔術師を辞め、余所の国へ行くこともできる。ジョルジュ程の実力がある魔術師だったら、他国の王族にも重宝されるだろうし、宮廷に仕えることができなくても、冒険者として食べていけるだろう。

ジョルジュ自身は元々平民だし、身寄りもないらしいので、この国には何のしがらみもないのだ。しかも名誉欲もないのだから、もはや最強だ。

でもまぁ、公の場では王族として敬意を払った態度をとっているので問題ない。むしろ、二人きりの時はフランクに接してくれた方がこっちも気が楽だ。

「殿下のような反応をする奴とは出会ったことなかったけどな。大抵、平民に相応しくない力を持って……とか、平民には過ぎた力だとか」

「……」

宮廷魔術師や宮廷薬師は、実力が認められれば平民でもなることができる。けれども、大半はやはり貴族達が幅を利かせていて、平民の実力者は嫉妬の的となる。

「そいつらはジョルジュを平民と罵ることで、才能が乏しい自分を慰めているんだな」

「……」

ジョルジュは意外そうな顔で俺のことを見ていた。貴族階級の上位である王子様が言う台詞じゃなかったかもしれないな。

日本人だった頃の前世の記憶が、俺にそう言わせているのだけど、俺は今の自分の身分をひけらかしたり、身分が低い人間を見下すような真似はしたくない。

前世の記憶が蘇る前の自分はそういう意味では、かなり恥ずかしい人間だった。

身分を笠に着て横暴な態度を取っていたし、身分が低い人間は同じ人間だと思っていなかったのだから。ジョルジュを師として仰ごうだなんて、思いつきもしなかっただろうな。

うーむ、今までの俺を完全リセットしたい。これがゲームだったら簡単にリセットできるのにな。過ぎたことを嘆いても仕方がない。

これからは何があってもいいように、魔術や剣術を始め、あらゆるスキルを極めていかないとな。

第一王子執務室。

王族として少しずつ公務を任されるようになるので、こういった部屋も与えられるのだけど、ハーディン学園入学を控えた学生である今は主に勉強部屋として使っている。

一時間半程ジョルジュの授業を受けてから、十五分の休憩時間を取る。

俺はデスクの席に座ったまま紅茶を飲み、ジョルジュは窓辺に腰を掛けて、クッキーを食べていた。

「ハーディン学園に行くんだったら、魔道新聞は読んでおけよ。魔術史（魔術の歴史）を教えるジジイは必ず、魔道新聞のネタから問題を出してきやがるからな」

「魔道新聞？」

「主に魔術師が好んで読む新聞だ。魔術を学ぶ以上、目を通しておいた方がいい。魔術の最新情報や、アイテム情報も豊富だからな」

ハーディン学園の魔術史を教えるトールマン先生は、魔術師専門学校の講師もしているらしく、ジョルジュは昔、その教師と質疑応答のラリーをしていたのだとか。

ジョルジュは俺に魔道新聞と書かれた新聞を渡してくれた。

新聞の内容は、地の魔術に関する新説についてや捕縛魔術で上手く魔物を捕らえるコツ、アイテムの効果的な使い方など興味深いことが沢山書かれている。

その新聞の片隅に書かれた上級魔術師受験者募集の項目に目が留まる。

「ふーむ、今年の上級魔術師試験どうしようかな」

「今のお前の実力を見た限り、風の魔術と氷の魔術を仕上げれば受かると思うぞ。あと魔術史と術式のペーパーテストがあるから、そこも完璧に覚えておくようにすればいいだろう。余裕を見て来年行われる次の試験を目指すのも手だ」

「上級魔術はジョルジュに習い始めたばっかりだから、その方が無難かな」

俺はそう呟きながら紅茶を一口飲んだ。

最近、メイドが紅茶を淹れてくれないので、俺は厨房からポットと茶葉、ティーカップを持ってきて自分で紅茶を淹れている。

しかもメイド達は部屋の掃除もしないし、食事も持ってこない。

じゃあ何をしているかというと、廊下でくっちゃべったり、庭掃除をすると言いつつ木陰で昼寝をしていたり、とにかく何もしやしない。

テレスが母上に紹介したメイド達は、ふてぶてしいことこの上ない。仕事をしないメイド達を咎めてみると、彼女達は馬鹿にしたように笑って次のように言う。

「殿下の自立を促す為に、私達は最低限の仕事をしているのです」

「アーノルド殿下を見習って早く自立してくださいませ」

百歩譲って俺の自立を促すとしても、仕事もせずに井戸端会議に興じたり、木陰で昼寝をしていて良い理由にはならねぇよ。俺が馬鹿だと思って舐めた口をきいてくれるな。

「そうか。それなら俺は君達から完全自立するから。明日からここに来なくていいよ？」

「「「え⁉」」」

「短い間、ご苦労様」

そうして新しい専属メイドは、配属されて二日で解雇通知書を突きつけられることになった。

メイド達は呆気に取られていたけど、翌日からは来なくなった。

その代わり、新しく配属されたばかりのメイドが気に入らず、問答無用で叩き出したという悪評が広まったけどな。

俺は手元にあるピンク色の紙を見て溜息をつく。

あともう一人、解雇通知書を送らないといけない奴がいるんだけどな。

しばらくの間は、気に入らない人間をやたらとクビにする横暴な奴という噂が横行しそうだ。

ジョルジュは外の景色を眺めながら、クスクスと笑い混じりに言った。

「天才児である第二王子の陰に隠れた馬鹿な第一王子が、宮廷魔術師長顔負けの魔術の才能があるって言ったら、皆ビビるだろうなぁ」

「あんまり吹聴するなよ？　下手に俺に才能があるってバレたら、怒り狂うおばさんがいるからさ」

「怒り狂うおばさんって、第二側妃のことか？」

「そ。あの人、俺の才能を潰そうとやっきになっているからな」

「成る程、表では王妃の親友面をしている傍ら、自分の子供が天才であることを城内に知らしめ、王太子の最有力候補に仕立てようと必死なわけか」

「俺に魔術の才能があるって知られたら、俺のこと殺すかもね」

「うわ……怖っ……」

物騒な話を世間話でもするようなノリでジョルジュと話していたところ、ばたばたと足音を立ててノックもなく執務室に入ってきた人物がいた。

やや痩せぎすの男で、ぎょろっとした大きな目は上目遣いでこっちを見ている。

「ジョルジュ＝レーミオ、誰の許可を得てエディアルド殿下に魔術を指導しているんだっっ⁉」

怒り心頭と言わんばかりにジョルジュに向かって怒鳴りつける人物に、ジョルジュは指で耳栓をした。

宮廷魔術師ベリオース＝ゲイン。

上級魔術師であり、貴族や王族を相手に魔術の家庭教師をしている。一応、俺の先生でもあったけれど、俺は彼から一度も魔術を教わっていない。

ジョルジュに代わって、俺が冷めた口調で答えた。

「俺が許可した。部外者は去ってくれないか？」

ベリオースはまじまじと俺の顔を見た。口には出していないが、見るからに「生意気な……」と言わんばかりに顔をゆがめている。そして顔を真っ赤にして抗議をする。

「お言葉ですが、私は王妃様の許可を得て正式にあなたの師となっております！」

「その母上の許可を得て、正式にお前を解雇したから部外者だ。あ、コレ。あんたに渡そうと思っていたんだ」

俺はベリオースにピンク色の解雇通知書を突きつけて言った。そこにはちゃんと母上のサインが書かれている。

ベリオースは信じられぬと言わんばかりに首を横に振る。

「な……何を……王妃様がそのようなことをお許しになる筈が」

「ベリオースは第二王子を教えるのに手一杯で、俺の指導までしてもらうのは申し訳ない。もう解放してあげてほしいと言ったら、母上は喜んで解雇通知書にサインをしてくれたよ」

ちなみにこの前メイド達を解雇した時も「俺は完全に自立する為にメイド達を敢(あ)えて遠ざけたい。紹介してくださったテレス妃には申し訳ないが、メイドがそばにいる限り甘えてしまいそうになる自分がいる」と訴えたら、あっさり解雇通知書にサインをしてくれた。

あの人が騙されやすいことは、時に助かることもある。

「い、いや……アーノルド王子で手一杯というわけじゃない。それは誤解で」

なんとか言い訳をしようとするベリオースだけど、聞くだけ無駄なので台詞が終わらないうちに俺は冷ややかに言った。

「事情はどうあれここ半年、あんたは俺の所に魔術の指導に来ていないだろう？　給料を貰った分仕事をしないのは、職務怠慢なんだよ。第二王子の指導に手一杯なら、俺のことはかまわずに、そっちに集中してほしいんだ」

「わ、私が指導しなかったのは、あなたがそこまでの実力がなかったから」

「うん。でもジョルジュは俺がそこまでの実力じゃなくても、ちゃんと教えられるから」

「……っっっ」

ばっさりと切り捨てる俺にベリオースは顔を蒼白にする。まさか馬鹿王子だと見下していた人間の口からそんな反論が返ってくるとは思わなかったのだろう。

ましてや代わりの魔術師を自分で連れてくるなど思いもしなかったに違いない。

「あ、あなたはご存じないかもしれませんが、その男は身寄りの無い平民ですよ？　あなたが見下していたあの平民なのですよ⁉」

「俺は平民を見下した覚えはない」

記憶が蘇る前は思いっきり平民を見下していたんだけど、俺はすっとぼけることにした。

「あんたは無能な俺を教える能力がないんだよな？　能力に見合わない仕事をさせて悪かったな。というわけで、今までご苦労様。まぁ、ご苦労という程教わってもいないけど」

俺はベリオースに満面の笑みを向け、親指で首を切るジェスチャーをしながら告げたのだった。

「ベリオース＝ゲイン、あんたはクビだよ」

「……っ‼」

ベリオースは通知書をぐしゃっと握りしめ、「こんなことがあってはならない！　王室に抗議をするっっ‼」と言って出ていった。

王室に抗議って、どう言い訳するんだろうね。

たとえ不当に解雇されたとしても、文句が言える立場じゃないんだけどな。どうせ第二側妃のテレスに泣きつくのだろう。

ま、テレス側が抗議してきたら、こっちはベリオースの職務怠慢ぶりを抗議し返してやるけどな。

……ところでさっきからジョルジュが喜劇でも見たかのように腹を抱えて笑っている。俺は彼を笑わせた覚えはないんだけど？

「くく……あははは……あのベリオースが小僧に解雇されてやんの。かっこ悪ぃ」

「小僧って言わないでくれる？　もう十七歳なんだけど」

確かに嫌な奴が一回りも年下の人間に解雇される光景を目の当たりにしたら滑稽か。

ベリオースもさぞ屈辱だったことだろう。だけど仕事をしない自分が悪いのだから自業自得という奴だ。

ジョルジュは休憩時間が終わるまでずっと笑い続けていた。

「さて。次は課外授業に行きますか」

「ああ、そうだな」

課外授業とは城から出て王都に繰り出すことだ。

基本、王族も護衛付きだったら、お忍びで外出できることになっている。護衛はもちろんジョルジュだ。彼は上級魔術師であり、剣の腕も立つのでその資格は十分にある。

しかし王城を出たら俺達は別行動をとる。

ジョルジュは飲み屋へ。俺は街の散策へ。

ジョルジュに頼んで平民の服も手に入れた。魔術師のローブをかぶっていると、犯罪に巻き込まれる可能性はぐんと下がるらしい。犯罪者もできることなら魔術が使える人間を相手にしたくないのだとか。

小説『運命の愛～平民の少女が王妃になるまで～』によると、ジョルジュが行きつけのよろず屋を弟子であるミミリアに紹介している。

小人族が営んでいるお店で、普通のよろず屋では手に入らないレアなアイテムがたくさん売っている。ヒロインには申し訳ないが、俺が先に紹介してもらった。今回はそのよろず屋に行ってみようと思う。

白煉瓦造りのおんぼろの建物の中にあるその店は、普段はあまり客が寄りつかないが、普通の店には置いていないレアなアイテムが置いてある知る人ぞ知る店だ。

特に欲しいのはミールの水だ。

この水は小人族が住む夢幻の森にあるミールの泉でしか採れない。生命の危険を脅かす毒に対し、敏感に反応する不思議な水で、例えば料理にその水を一滴たらし、毒を感知すると料理はたちまち青く変色してしまう。

今のところ身体の不調もないし、食事に毒を盛られていることはないとは思うが、少しずつ毒が料理に混入されている可能性も否定しきれない。小説にも登場するような、蓄積されるタイプの毒だったら、たとえ少量でも毎日摂取すれば致死量になるからな。

既に毒を飲まされていることも想定して、あらゆる毒に対応する薬も買っておきたい。

「ようこそ、よろず屋ペコリンへ」

冗談みたいな店名だが、店主の名前からとっているらしい。

店主は一見丸っこい体形の子供に見えるが、小人族の女性だ。赤いとんがり帽子を被っていて、童話に出てくる小人そのもの。まん丸の顔に丸っこい目は人形みたいだ。

俺はさっそくミールの泉の水を売ってもらうようお願いした。

「お客さん、ミールの水の存在を知っているなんて通だね！」

片目を閉じて親指を立てて、快く売ってくれる店主ペコリン。

うん、店はボロくて薄暗い反面、店主は底抜けに明るいな。

カウンターの上に透明な液体が入った小瓶が置かれる。

俺が代金を支払って、ミールの泉の水が入った小瓶を手持ち鞄に入れた時。

「久しぶりね、ペコリン。今日はミールの水を貰いに来たの」

「あ、ヴィネ姉さん、お久しぶり。あれ？　一緒に来ている娘は妹？」

「違うわよ、私の弟子よ」

後から来た客の姿を見ようと俺が振り返った時、そこには二人の女性が立っていた。

一人はなかなかきわどいワンピースをまとった妖艶な美女だ。ここに来るということは、薬師か魔術師なのだろう。

もう一人の女性は……なんと知っている顔だった。

何で彼女がここに？

一瞬見間違いかと思ったが、フードの下に見えるのは綺麗な紅い髪の毛とピンクゴールドの目。俺が一目惚れした、気の強さと可愛さを兼ね備えた、この美しい顔は見間違えようがない。

そこに立っていたのは魔術師の服に身を包んだクラリス＝シャーレットだった。

「く、クラリス……？」

「え、エディアルド……殿下」

第四章　悪役令嬢と悪役王子は共に学ぶ

◇◆クラリス視点◆◇

私、クラリス＝シャーレットは、師匠であるヴィネの付き添いで、王都のよろず屋ペコリンに行くことになったのだけど、そこには何とエディアルド殿下が来ていた。

しかも私と同じような魔術師のローブに身を包んで。

このシーンは小説の描写にはなかった。

そもそも小説に登場するクラリスは、この店を知らない筈。私はヴィネが万能薬の調合にはミールの泉の水がいるっていうのを聞いて、買い物についてきたのだ。

だってよろず屋ペコリンといえば、小説にも出てきたレアアイテムの宝庫。この際だから色んなアイテムを手に入れたいと思うじゃない。

「あら、二人とも知り合い？」

私とエディアルド殿下を交互に見てから、にやーっと笑うヴィネ。

い、いや、そんな期待に満ちた笑みを浮かべられても、少女漫画のような甘い展開とかないですから‼

うわ、店主さんまでニヤニヤしてこっちを見ているし。

そ、そんな甘い展開なんてない――。

「俺はクラリスの婚約者、エディアルド＝ハーディンだ」

「エディアルド＝ハーディン第一王子殿下!?　……幼い貴方を遠くからお見かけしたことはありましたが、ご立派になられて」

そっか、ヴィネは元宮廷薬師だから、城内で幼い頃のエディアルド殿下を見たことがあるのね。

ヴィネは私の方を見てから、何を思ったのかニヤつく唇を手で隠す。そして深々と頭を下げエディアルド殿下にご挨拶をする。

「私はとーってもしがない薬師でございますが、クラリス侯爵令嬢に薬学を教えているヴィネ＝アリアナと申します」

「ヴィネ＝アリアナ……!?」

エディアルド殿下はその名前を聞いてぎょっとした様子だ。ヴィネのことを知っているのかな？　元宮廷薬師だし、かなりの実力者みたいだったから、知っていてもおかしくはなさそうだけど。

エディアルド殿下は、すぐに何事もなかったかのように笑顔を浮かべてヴィネに尋ねる。

「薬学？　クラリスには一体どんなことを教えているんだ？」

エディアルド殿下の質問に、ヴィネは悪戯っぽい笑みを浮かべてから、ドヤ顔で説明をする。

「もちろん惚れ薬とか精○増強剤とか」

「嘘言わないでください!!」

私はすかさず猛抗議をした。

な、何てこと言うのよぉぉぉ!!　そんなもん作っているって思われたら、とんだ変態女に思われるでしょうがぁぁぁ。

「基本的な薬の作り方を教わっているんです‼　風邪に効く薬とか、腹痛に効く薬とか」

「うふふふ、あの子に溺愛されるような強力な媚薬の作り方も教えてあげよっか？」

色っぽい声で耳打ちしてくるヴィネに、私の頭は瞬間湯沸かし器のごとく熱くなった。

ううう、エディアルド殿下に後ろから抱きしめられるシチュエーションを妄想してしまう自分が呪わしい。

去れ、去るのだ、煩悩‼

「そ、そんな事教えてもらわなくてもいいです‼　と、とにかく早く用事を済ませて帰りましょう‼」

「あら、せっかく会えたのだから、婚約者とデートしたらいいじゃない」

「な、な、何を余計なことを……っっ‼」

ますます顔を真っ赤にする私を見て、エディアルド殿下は可笑しそうに笑いながら、こちらに手を差し伸べた。

「クラリス、君の先生もせっかくそう言ってくれているのだし、一緒に街を歩かないか？」

「……⁉」

前世で見た西洋美術で、大天使ミカエルの絵があったけど、あの絵が実写化したらこんな感じの笑顔なんじゃないだろうか。

それほど綺麗な笑顔を前に、きっぱりと断ることができますか？　いいえ、できません。

エディアルド殿下の笑顔に見惚れていた私は、半分無意識に頷いて彼の手をとったのだった。

前世では彼氏もいたし、手を繋いで街を歩くなんてこと、慣れたものだった。でも、あくまでそれは遠い昔の記憶に過ぎない。

今は、恋愛に不慣れな十七歳の乙女な自分もいるわけで、胸のドキドキが止まらない。

「あそこが王都で一番大きい公園、メルン広場だ」

エディアルド殿下は王都をしょっちゅう歩き回っているのか、勝手知ったる様子で案内してくれる。

メルン広場の中央には円形の大きな噴水。その中央には女神像が建っている。

広場の至る所には花が植えられていて、今の時季は青系統の花が沢山植えられている。青薔薇のアーチなんかＳＮＳ映えしそうだ。

それにしてもエディアルド殿下は花を背景にしたら一際美しい。

もう非現実的な美しさだ。ずっと愛でていたい。

私の視線に気づいたのか、エディアルド殿下がこっちを見て首を傾げた。

「どうした？　クラリス」

「い、いえ。何でも」

「もしかして俺に見惚れてた？」

「え……あ……はい」

向こうは冗談交じりに尋ねてきたのだろうけど、私は思わず正直に頷いていた。

まさか私が正直に答えるとは思っていなかったようで、エディアルド殿下は目をまん丸にしてから、顔を真っ赤にした。

うわ、耳まで真っ赤になって……可愛い反応に私の胸はキュンキュンしてしまう。

ここは冷たい飲み物でも飲んで落ち着かなきゃ。

「あ、あの……何か飲みません？」

公園の屋台には果実の飲み物が売っている店もある。火照った顔を冷やしたいし、歩いて喉が渇いてしまった。

エディアルド殿下は頷いて、私の手を引いて屋台の方へ歩いていく。

なんか本当に恋人同士みたい。

あんまり期待しちゃ駄目だけど……だって彼はいずれは聖女ミミリアに恋をする人だ。

でも今だけは、このドキドキ気分を楽しみたい。

飲み物を買った私達は公園のベンチに座った。

「ところで君は何故、ヴィネ＝アリアナに薬学を習おうと思ったんだい？」

「……っ」

一瞬、飲んでいたジュースが詰まりそうになった。

そ、そうよね。貴族令嬢が何故、町の片隅に住んでいる薬師に教えを請うか、不思議に思うのも無理はない。

「私は治癒魔術が得意なのですが、中にはどうしても魔術だけでは治らない病もあります。この前熱で倒れてしまって、得意な治癒魔術も効かず、薬も手元になく、もどかしく感じていた時、病床だった母の薬を処方してくれた人のことを思い出したのです」

「成る程、それがヴィネだったわけだ」

「はい。若いけれど凄く優秀な薬師だったので」

エディアルド殿下は納得(なっとく)したみたいだった。

何かあった時の為に、独り立ちできるよう色んなスキルを得たいという本音は伏(ふ)せておくけどね。

「薬学の勉強は面白(おもしろ)い？」

「はい、とても奥(おく)が深くて面白いです」

「俺も時間があったらやりたいな」

「殿下も薬学に興味があるのですか？」

「ああ、今、魔術を勉強しているのだが、上級魔術は魔力消費が激しいからな。いざ魔力が切れた時、薬を作ることができた方がいいと思って、宮廷薬師に教えを請おうと思っていたところだ」

私は内心ぎょっとした。

上級魔術って今言ったよね？

小説のエディアルドは魔術がろくに習えていなかった筈。確か師匠であるベリオースが、第一王子のあまりの馬鹿(ばか)さ加減にさじを投げていたって設定だった。

悪役王子は『闇黒(あんこく)の勇者』に目覚めてから、初めて魔術が使えるようになったのだ。

お茶会の時から、小説のエディアルドとは違(ちが)うな、と思っていたけれど、きちんと魔術の勉強もしているのね。それに薬学も学びたいって、かなり勉強熱心で真面目(まじめ)な印象を受ける。

このまま正しい道を歩めば、彼も『闇黒の勇者』にならないのでは？

私がそんなことをぐるぐると考えていた時。

「おいおい、師匠が寂(さび)しく一人で酒を飲んでいる時に、弟子(でし)のお前は可愛い娘(こ)とおデートですかあ？」

ベンチの背後、なんだかおどろおどろしい声が聞こえてくる。

振り返ると……わ、かなりのイケメン。でも、ちょっとチャラそう。

白いフードマントには青と銀の糸で翼と剣の紋章が描かれている……宮廷魔術師、しかも上級魔術師の人だ。

師匠、ということは、この人がベリオース？　ベリオースってこんなにイケメンでチャラ男だったっけ？？？

「一人で酒って、また踊り子のリリーさんにフラれたのか？」

呆れているのか、大きな溜息をつくエディアルド殿下に、青年は拗ねたように唇を尖らせた。

「うるせー。どうせ俺は恋愛に縁の無い男だよ。こんなクソガキに先を越されるなんてよぉ」

「クソガキって……俺は一応この国の第一王子なんだが？」

「いっそのこと不敬罪で俺を逮捕してくれよぉぉ。俺を殺してくれぇぇぇ」

おいおい泣きながら後ろから抱きついてくる青年に、ものすごくげんなりするエディアルド殿下。

この人、本当にエディアルド殿下の師匠なの？？　酔っ払っているし、変な人がからんできたわね。

呆気に取られる私に、エディアルド殿下は苦笑いを浮かべて、泣いている青年を私に紹介してくれた。

「彼はジョルジュ＝レーミオ。俺の魔術の師匠だ」

ジョルジュ＝レーミオ!?

あー、それならイケメンなのも納得。それに酔っ払っているのも納得。

小説の中でもかなり人気キャラだったものね。女好きで酒飲みだけどヒロインと出会って改心するのよね。そしてヒロインのことを一途に愛するようになって……ジョルジュが死んだ時は、感想欄が相当荒れたらしい。

でもジョルジュといえば、ヒロインであるミミリアの師匠になる人物だった筈。何でその人がエディアルド殿下の師匠に？？？

私は飲み物のコップを危うく落としそうになりながら、エディアルド殿下とジョルジュを交互に見るのだった。

酔っ払っているとはいえ、自分にすがりついてくる魔術師の青年にエディアルド殿下は迷惑そうだけど、特に不快に思っている感じじゃない。

そもそも小説のエディアルドだったら、平民のジョルジュを師として仰ぐことはまずないだろう。

二人は師匠と弟子という関係以上に、気を許し合える間柄なのがうかがえる。

あ、とりあえず初対面だし、挨拶はしておかないとね。

「は、初めまして。クラリス＝シャーレットと申します」

「クラリス＝シャーレット？　ああ、殿下の婚約者か。噂では聞いているけど……」

ベンチから立ち上がり淑女の礼をとる私に対し、意外そうな目で見ているジョルジュ。

彼の耳にも傲慢なクラリスという噂が届いているんだろうな。あるいは第二王子に嫌われたので、第一王子の婚約者に回されたとか。

「クラリスは性悪な悪女故、第一王子との婚約を不満に思っている。しかも顔が不細工だって聞いていたけど、噂と全然違うじゃねぇか」

「そ、そんな噂が流れているのですか？　エディアルド殿下との婚約は、恐れ多いとは思っていますが、不満など全くありません」

「だよなぁ、不満があったら、そんなにイチャついていないよな」

「い、イチャついた覚えはありません！」

だんだん腹が立ってきた！　身に覚えがない噂を立てられていることに。

私だけなら良い……でもエディアルド殿下が悪く言われるのは我慢がならない。

大方、ナタリーやその母親であるベルミーラが、あることないことを吹聴しているのだろう。

あのお茶会に参加した貴族は、私の噂は偽りだったことが分かっているけれど、お茶会に参加していない人物は、まだ噂を信じているだろうし。

「気にすんなよ、お嬢ちゃん。噂ってのは悪意と願望がコーティングされて広まるもんだからな。特に身分が高くて美人となるとやっかむ奴はごまんといる」

「私のことは良いのです。ですがエディアルド殿下に不満があるだなんて……彼には何一つ不満を抱くような要素などないのに、何故そんな噂が広まるのか分かりません」

「そりゃ第一王子は馬鹿って噂が立っているからな」

「それこそ悪意と願望ですね。第一王子は愚かであってほしいと思う人間がいるのでしょう」

憤慨する私の言葉にジョルジュはしばらく驚いた表情を浮かべていた。

何か変なこと、言った？

首を傾げる私にジョルジュはエディアルド殿下の首に手を回し、頭をぐりぐりと撫でてくる。

「この野郎、お前の婚約者、むちゃくちゃいい娘じゃねぇか」

「ジョルジュ、いい加減にしないと本当に不敬罪に問うぞ？」

「今は王子じゃなくて平民のエディーだろ？　王子が平民の格好をして婚約者と街でデートしていたってバレたら、それこそ問題じゃねぇか」

　確かに今のエディアルド殿下は平民と変わらない出で立ちだ。

王子だと平民の服を手に入れるのは大変だったんじゃないかと思う。ジョルジュに頼んで買いに行ってもらったのかもしれない。

　そ、それにしても、この二人本当に仲がいいわね。

　酔っ払っているとはいえ、王子であるエディアルド殿下に後ろから抱きつくなんて、よほど親しくないとできない行為だ。

　ちょっと私とヴィネの関係に似ているのかな？　小説の悪役エディアルドはとても孤独な人だったから、現実のエディアルド殿下には、ちゃんと心を許し合える存在がいて良かった。

　その時、私の目の前を水の柱が列車のようにビュンと通過した。

　そして咎めるような女性の声が響き渡った。

「若い二人の恋路の邪魔をする奴は馬に蹴られてしまいな！」

　ジョルジュの身体が本当に馬にでも蹴られたかのように突然数メートル先まで吹っ飛んだ。

　水砲撃魔術と呼ばれる水の攻撃魔術で、柱形の水をミサイルのように飛ばす魔術だ。攻撃を食らうと、誰かに蹴られたかのように簡単に吹っ飛んでしまう。

「本当に良い雰囲気だったのに、何てことしてくれるのよ‼」

　あれ……この声は、よーく知っている声だ。

私は顔を引きつらせて振り返ると、ヴィネが剥れた顔で腕組みをして立っていた。

さっきのよろず屋の店主、ペコリンまで来ていて、つまらなそうに口を尖らせている。

「まさか私達を尾行してたの⁉」

吃驚して声を上げる私に、ヴィネは口元を手で押さえ、ペコリンと共にクスクスと笑う。

「まっさかぁ。あたしはペコリンとお出掛けしていただけ。たまたまあんた達と方向が同じだったのよ。ね、ペコリン」

「そうですよー。二人でお散歩していただけですー」

物見高い女子二人は、明後日の方向を見ながら言い訳をしている。

い、今までの様子を二人は気づかれないように観察していたのか、恐るべし。誰かに尾行されている気配は微塵にも感じなかったわ。

「もう少しでキスシーンが見られるって思ったのに」

「そうですよー。ロマンスをください、ロマンスを‼」

目をうるうるさせてこっちを見るヴィネとペコリンに、私はかぁぁっと顔が熱くなる。

そんなこと言われても、まだキスする程の仲じゃないしっっっ‼

いくら正式な婚約者になったからといって、会ったのは二回目で、お互いのこともろくに知らないのだから。

だけど、そんな風に言われてしまうと、思わず妄想してしまう。

エディアルド殿下とのキスシーンを。

ええい！　邪念よ滅びろ！

邪な自分に内心焦りつつ、ふとエディアルド殿下の方を見ると、彼も照れくさそうに笑っている。

ううう……笑うと可愛い男って反則だと思う。

水の柱をぶつけられてびしょ濡れになったジョルジュは、髪を掻き上げて苦々しい表情を浮かべながら立ち上がる。

「誰だよ、俺に水砲撃魔術を食らわせた奴は」

「私だよ、宮廷魔術師さん」

「んだと!? お前、覚悟はできて――」

肩を怒らせ立ち上がったジョルジュの台詞が止まる。まるで一時停止したかのように動かなくなり、ヴィネを凝視する。

豊満な肉体を強調するような露出度の高い服、紅を引いていないのに赤い唇は肉感的。そして女の艶がこれでもかというくらいに溢れでた美貌。

ジョルジュは足早にヴィネの元に歩み寄り、その手をとった。

「いくら俺がいい男だからって、水を滴らせるような真似は感心しないな、お嬢さん」

「あら、せっかく良いところだったのに邪魔する方が悪いのよ」

「人の恋愛を見て楽しむよりは、自分の恋愛を楽しむのはいかがかな?」

そう言ってジョルジュはヴィネの手の甲にキスをする。

チャラい……ジョルジュ＝レーミオがヴィネ＝アリアナを口説くなんてシーン、小説には書いていなかったと思うけど。

ヴィネはジョルジュの手を振り払いツーンとそっぽを向く。

「生憎、野暮な男はタイプじゃないの」

「俺はつれなくされる程燃える性格なんだ」

「もう一回水砲撃食らいたいみたいだね？」

「君の攻撃なら全身で受け止めてみせるさ」

ジョルジュはヒロインミミリアに恋心を抱くようになり、彼女を守る為に魔族の皇子、ディノと戦って命を落とす――でもミミリアに出会う前は、酒好きで女ったらしというクズ男だった。

その女たらしぶりが今、見事に発揮されている。まぁ、当然ヴィネに往復ビンタされてそっぽ向かれているけど。

いくら顔がいいからといっても、出会ってすぐ口説くような軽薄な人はアウトだわ。

こんな人が本当にヒロインのことを好きになるの？

もしかしたら、この世界のジョルジュは違うのかもしれない。既に私やエディアルド殿下も小説の筋書きとは違う道を歩んでいる。他のキャラもそうなる可能性はある。

ジョルジュはチャラいけど好きな女性には一途だったみたいだし、その心がヴィネに向けられたたら……とは思うけど。

ヴィネは派手な装いとは裏腹に女手一つで子供を育てているし、根は真面目で働き者だ。私にも熱心に薬学を教えてくれる。

だからヴィネには幸せになってほしいと思っている。

ジョルジュがヴィネに対して一途になってくれるのなら……とは思うけど、どうなのかしら？

今のところただのチャラいナンパ野郎にしか見えないから、素直に応援できない。

「ところでお嬢さんは、俺の弟子達の関係者か何かか？」

エディアルド殿下に後ろから抱きついて、金髪の髪の毛をわしゃわしゃ撫でているジョルジュに、ヴィネは軽く肩をすくめて答える。

「あなたの弟子の許嫁の師匠よ。可愛い弟子の幸せを願って、ペコリンと共に見守っていたのに」

ペコリンはうんうんと首を縦に振る。

見守っていたって聞こえはいいけれど、人のデートを興味半分で覗いていたと言った方が正しいと思う。

「ちなみに君はクラリス嬢に何を教えているの？」

「薬学よ。この子、自分で薬を作れるようになりたいんですって」

ヴィネは私の隣に腰を掛けて、きゅっと抱きついてくる——変なところでジョルジュと張り合っているわね。

「薬学……っっ!!　そういえば、俺の可愛い弟子も薬学を習いたいって言っていたな？」

「え……ジョルジュに言ってたかな？」

「言っていたよな？　習いたいって」

「……うん、言った」

笑顔の圧力に押されたのか、エディアルド殿下は視線をそらしながら肯定した。

まぁ、確かに私との会話でも、薬学を習いたいってことは言っていたけど。

ジョルジュはそんなエディアルド殿下の金髪を、もう一度わしゃわしゃと撫でながらヴィネに提案をしてきた。

「俺の弟子に薬学を教えてくれないか？　その代わり俺は君の弟子に魔術を教えるから」

ジョルジュは薬学については専門じゃないのだそう。ヴィネはヴィネで薬学が専門で、魔術に関しては、中級魔術までは使えるけれど上級魔術は使えない。

上級魔術も習得したい私としては、ジョルジュ＝レーミオから魔術の教えを受けるという提案は悪くない。というか、むしろ大歓迎なんだけど、彼の下心を思うと素直に「はい」とは言いづらい。

ヴィネはそんな私の心の中を察したのか、くすっと笑って私の肩を叩いた。

「いいよ。王子様の師匠になれるなんて誉れだし、月謝もたっぷり払ってくれそうだし」

「ジョルジュの給料が三十万ジーロだから、それぐらいでいい？」

「!?」

自分が提示しようとしていた額の三十倍の値段をエディアルド殿下が提示してきたので、ヴィネは驚きのあまり白目をむきかけた。

さ、さすが王子様。金持ちすぎるよ。

もちろんヴィネは親指を立てて快諾しましたけどね。そりゃ、逃がさないよね。こんな上客。

こうして私とエディアルド殿下は共にヴィネの家で薬学と魔術を習うようになった。

一つ助かったのは、ジョルジュから人を寄せ付けない為の魔術を教えてもらったこと。私が実家には内緒で薬学を習いに来ていると知った時に教えてくれたのだ。

「ロス・インタレスティア」

私が部屋にその魔術をかけると、部屋にはうっすらと淡い紫の霧が漂う。

この霧が部屋にかかっている間、人々は私に対して無関心になり、この部屋に近寄ろうとしなくなる。

持続時間は三時間だけど、魔石を置いておくと半日持続する。魔石は五万ジーロとかなりお高めながら、何度でも繰り返し使えるし、必要なものなので思い切ってペコリンで購入することにした。

私は時間を気にすることなく、自由に外へ行き来できるようになった。

ヴィネの家には大抵私の方が早く着く。

エディアルド殿下とジョルジュは城から外へ出るのに何かと準備があって時間がかかるのか、後から来ることが多い。

「あ、ジョルジュとエディーだ!!」

エディアルド殿下とジョルジュがヴィネの家に来ると、ジン君は嬉しそうに飛び上がってジョルジュに抱きつく。

意外にもジョルジュは優しい笑顔を浮かべ、そんなジン君を嬉しそうに抱き上げるのだ。

そんな様子を見たヴィネは訝る。

「あんたって子供の扱いに慣れているね」

「俺は孤児院で育っているからな。小さな子供の世話はお手のものだ」

「……」

しれっと何でもないことのように言うジョルジュだけど、ヴィネは複雑な表情を浮かべた。

彼の意外な過去を知って同情しているみたいね。そういえばジョルジュが自分の過去を話すのって、小説ではミミリアだけだったような気がするんだけど。

ヴィネはすぐに気をとりなおして手を叩いた。

「さ、授業を始めるよ」

以前ヴィネと薬を作った部屋が私とエディアルド殿下の教室になった。

最初はジョルジュの授業だ。

ヴィネの養子であるジン君も訳が分からないながらも、一緒になってジョルジュの授業を聞いている。

小さな弟ができたみたいで可愛い。でもジン君は気のせいか、エディアルド殿下のことをライバル視しているみたい。エディアルド殿下のやることなすこと「僕（ぼく）もやる！」といって真似しようとするし。負けず嫌（ぎら）いな男の子なんだよね。

ジョルジュの授業は、面白おかしいエピソードを交えて教えてくれるから、とても分かりやすい。

魔術の成り立ちを知ることで、魔術のコツを掴（つか）みやすくなり、より効力や効果が増す。

魔術の歴史である魔術史は、学校で習う教科のなかでは軽視されがちらしいけど、実は大切なことだとジョルジュは教えてくれた。チャラい男だけど良いことを言うのよね。

私やエディアルド殿下が熱心に授業を聞いているのが嬉しいのか、ジョルジュも得意げになって色々教えてくれる。

小説の通りこの人は本当に教師に向いている――チャラいけど。

一番楽しみなのは授業の合間のティータイム。魔術の授業が終わったら一度休憩（きゅうけい）のお茶会をすることになっているのだ。

毎回ヴィネが焼きたてのケーキやクッキーをご馳走（ちそう）してくれる。

ヴィネが作ったクッキーは凄く美味しいの。この前のお茶会で食べたあのクッキーとはまた違う味わいなんだけどね。全粒粉やオートミールを使ったクッキーは身体にも優しく素朴な味わいで大好きなんだ。

小説の中のクラリスは本当に馬鹿だと思う。こんなにいい人を困らせていたなんて。

私は改めて小説のような悪女には絶対になるまい、と心に誓う。

自分が死にたくないという理由もあるけれど、優しい薬師であるヴィネの笑顔を失いたくないと思ったから。

それに……。

ちらり、と私は隣の席に座るエディアルド殿下を見る。

彼もまた美味しそうにヴィネの手作りクッキーを食べていた。

小説の中のエディアルド＝ハーディンは庶民が作ったものなど食えるかっ！　って、怒鳴っていたような奴なのに。

しかも勉強嫌いな愚かな王子として描かれていたけれど、今ここにいるエディアルド殿下はとても勉強熱心だ。ありとあらゆることを吸収しようとしている。

私が一ヶ月かけて習得した授業内容も、わずか半月で習得してしまい、あっという間に追いつかれてしまった。魔術も既に四元素の上級魔術は極めてしまっていて、今は光の魔術の習得に力をいれている。

ただエディアルド殿下は治癒魔術があまり得意じゃない。できれば上級魔術を使いこなせるようになりたいみたいだけど、四苦八苦しているみたい。

私は治癒魔術や補助魔術は得意なのでそういう部分は彼を補えるかなって思える。まぁ、聖女様にはかなわないけどね。

瀕死の人間を蘇らせる程の威力はないけれど、それでも一人でも多くの怪我人や病人を治せるようになりたい。将来エディアルド殿下の支えになるように……まだエディアルド殿下と結婚するって決まったわけじゃないけど。

ううん、弱気になったら駄目。

小説通りの展開だとエディアルド殿下も最終的には死んでしまう。

先のことを考えると不安にはなるけれど、最悪な事態を回避できるように今、がんばらないとね。

エディアルド殿下は私を婚約者に選んでくれた。

この時点で小説とは全然違う展開なのだから。

この人が死なないように、そして自分も死なないように、フラグを倒しまくって回避していくしかない。

ハーディン学園女子寮の入寮日は入学式の二週間前。

今までお嬢様だった娘がいきなり一人暮らしをするわけだから、かなり早い時期から入寮が受け付けられている。

家具や衣装など暮らしを調えるのにも時間がかかる。また本格的な学業が始まる前に、まずは徐々に寮生活に慣れて、寮生活に向いているか否か篩にかける為など、色々理由はあるみたい。

私はハーディン学園内に併設された女子寮の前に立っていた。

学園は王都のはずれにあり、レニーの町にも程近いから、自宅から通うこともできる。

でも私は寮に入ることを希望した。お父様には「勝手にしろ。ただし寮費はお前がなんとかしろ」と言われた。ナタリーはもちろん自宅から通う。

寮費を自分で工面することを条件に許してもらった私は、入寮日に家を出てきたってわけ。あんな家には一秒たりともいたくないからね。


ここがこれから暮らす所か。

白煉瓦の壁に、三角帽子のような赤い屋根が三つ。

真ん中の屋根が一際高いのは見張り塔になっているからかな。

学校の案内所で入寮手続きを済ませた時に渡されたオレンジ色の魔石は寮の鍵だ。

ドアの真ん中にはめ込まれている無色透明な魔石に、手に持っているオレンジ色の魔石をかざすと、ドアの魔石が緑色に光り入り口が開く。

中のエントランスロビーは、寮というよりホテルのような印象。

そこでは二人の令嬢が何やら話をしていた。

「寮にあのクラリス＝シャーレット嬢が入ってくるって本当?」

「嘘……ものすごく傲慢な女だって噂じゃない」

「そんな人とうまくやっていけるのか心配だわ」

「……」

最後の「……」は私です。

入寮初日、私は他の寮生達に思いっきり警戒されていた。

噂をしていた令嬢達は、私の顔を知らないのね。私が社交界に顔を出したのってメリア王妃のお茶会ぐらいだったから。

「でも、本当は継母に虐げられているって噂もあるみたいよ」

「ああ、だったら寮に入るのも納得」

「あ、あなたもクラリス嬢には気を付けた方がいいわよ」

途中から入ってきた私に気遣うように令嬢の一人が言った。

う、うわぁ……名乗りづらい。

私が見るからに地味なワンピースで来たから、まさかクラリス本人だとは思いもしなかったのだろう。

だけどここで黙っているわけにもいかないしなぁ。

私は極力友好的な笑みを浮かべて自己紹介をした。

「私がそのクラリス＝シャーレットです」

「「！！！？？？？」」

彼女達はまじまじと私を見ている。

傲慢で強欲なお嬢様にしては質素な格好……むしろ平民に近い格好をしているのだ。

にわかに信じがたいと思うのも無理はない。

「ほ、本当にあなたがクラリス様……？」

「はい」

「あのシャーレット侯爵令嬢の？」

「そうですよ」

令嬢達は顔を見合わせてから、さぁぁぁと顔を青くして、何と私の前で土下座をしてきた。

「申し訳ございません‼　第一王子殿下の婚約者であるクラリス様に無礼なことを」

「わ、私はどのような罰でも受けます‼　どうか家族達には咎が及ばぬようご慈悲を……っっ‼」

一体どんな悪女だと思われているのよ、クラリスは。

私は苦笑しながら生徒の一人の肩を叩いて言った。

「社交界で私が何を言われているかはよく分かっているつもりです。噂を聞けばあなた達が身構えるのも当然のこと。けれども私はこの先慎ましく生きていくつもりなので、できれば怖がらずに接してくださるとありがたいです」

「「………⁉」」

私の言葉に令嬢達は目を涙で潤ませ、神に祈るかのように両手を組んだ……先程まで悪女として恐れ戦いていた彼女らは、私がまるで女神であるかのように礼拝をする。

「あ、ありがとうございますっっ‼　クラリス様、何て優しいお言葉。わ、私、ウェブスト男爵家のスーザンと申します。クラリス様のご慈悲、生涯忘れません‼」

「私はコーエン子爵家のケイトです。本当に、本当にご無礼をお許しください」

ウェブスト家もコーエン家も王都からは遠く、経済的にも豊かな家ではない。小説のクラリスはそういった令嬢達を自分の配下にしていた。

何か今でも、私の言うことなら何でも聞いてくれそうな雰囲気だけど、配下じゃなくて、同じ寮生同士対等な仲間として仲よくしたいところだ。

「さっきのことはなかったことにして、お互い仲よくしましょう」

私の言葉に二人は目を潤ませて何度も頭を下げていた。

根は悪い人達ではないと思う、ただ噂に惑わされやすいだけで。

まだちょっと私を恐れている節はあるけれどね。とにかく他の寮生達に迷惑をかけないよう、真面目に慎ましい生活を心がけないと。

私は実家からの仕送りは当然ないので、寮費や学費は自分で払わないといけない。

運が良いことにお金に困ることは今のところなかった。母親の遺産があるというのもあるんだけど、私自身も多少稼げるようになったからだ。

ヴィネの店や王都のよろず屋であるペコリンにも私が作った薬を置いてもらっているし、王国軍からも回復薬や解毒薬の依頼がくるようになった。

品質がいい私の回復薬はかなり売れ行きがよくて、多いときには一日二十万ジーロ売り上げることもあった。

寮の部屋は決して広くはないけれど、一人で住む分には十分。

ベッドが粗末だって愚痴っている貴族令嬢もいるそうだけれど、私にとっては実家のベッドよりはるかにいい。

その時ドアをノックする音がした。

どうぞ、と促すと、スーザンと名乗っていた令嬢がおずおずと林檎が入った籠を差し出した。

「クラリス様、これ、私の領地でとれた林檎です。よろしければお召し上がりください」

「まぁ、スーザン様ありがとうございます」

さっきの無礼のお詫びなのかな？　小説のクラリスだったら鼻で笑っていそうだけど、私は喜んで頂きます！

ちょっと小ぶりな赤い林檎は、甘くて爽やかな匂いがする。

新鮮な内は切って食べるよりはまるごと食べた方がおいしいだろうな。

食べきれなくなったら、この林檎をつかって、今度アップルパイを作ってみよう。

前世、手作りのパイ生地を作るのにハマって、休みの日によく作っていた。そのパイ生地でキッシュを作ったり、ミートパイ、アップルパイを作ったりして。

ヴィネのキッチンを借りて、今度作ってみよう。

私は林檎の爽やかな匂いを嗅ぎながら、心の底から思う。

寮に入って本当に良かったっ！

これからは嫌な家族もいないし、煩わしい使用人もいない。

気楽な一人暮らしを楽しんでやる‼

◇◆エディアルド視点◆◇

小説の悪役王子、エディアルド＝ハーディンに転生した俺は、小説のようなバッドエンドを避ける為に、小説とは違う行動を取ることにした。

最初に小説の主人公の一人であり、俺の異母弟である第二王子、アーノルドの婚約者になる予定だった悪役令嬢、クラリスを俺の婚約者にした。

それからヒロインであるミミリアの師となる魔術師ジョルジュ＝レーミオを俺の師とした。

そのせいで物語の展開にズレが生じたのか。悪役令嬢であるクラリスもまた物語とは違う道を歩んでいた。

まず俺の婚約者になることにさしたる抵抗もせず受け入れたこと。小説のクラリスだったら恐らく全力で抵抗していたと思う。

小説だと息子を人質にとり、毒の処方をさせようとした薬師、ヴィネ＝アリアナを薬学の師と仰ぎ、まるで姉妹のように仲よくしている。

物語のズレはそれだけじゃなくて、ミミリアに恋をする筈だったジョルジュが、ヴィネに恋心を抱くようになった。

出会ってすぐに口説く軽さが禍して、今のところヴィネには完全に警戒されているけどな。

だけどジョルジュは、女手一つで実の子でもない幼子を育てているヴィネを見て、今まで飲み屋のお姉ちゃんを口説いていた時とは違う想いを抱いているみたいだった。

しかも実の両親を失っているヴィネの甥、ジンにも入れ込んでいるようで、さりげなくお菓子や絵本、ちょっとしたオモチャを買っていくことがある。

俺達はまるで家族のようにヴィネの家で過ごしていた。

「今日はクラリスと一緒にアップルパイを作ったよ！」

ヴィネとクラリスが、それぞれ焼きたてのアップルパイの皿を持ってきた。

クラリスが同じ寮に暮らす令嬢から沢山の林檎を分けてもらったので、一人では食べきれない為、アップルパイを作ることにしたらしい。

俺はジョルジュと共に王城からヴィネの家に通っていたが、クラリスはひと足早く学園寮に入り、そこから通うようになっていた。

「クラリスってば料理上手なんだよ。このアップルパイも商品にしたら売れるかも」

「もう、ヴィネってば」

楽しそうに笑い合うヴィネとクラリスは、本当に仲が良い。家族に愛されなかったクラリスにとって、いつの間にかヴィネは心の拠(よ)り所になっていたのかもしれない。

切り分けられたアップルパイと紅茶。

俺のビジョンではこの上なくキラキラ輝(かがや)いているように見える。

こ、これが婚約者の手作り……恋愛経験がないまま死んでしまった俺にとって、泣きたいくらいに嬉しい。しかもこのアップルパイ、ヴィネの言う通り見た目は商品として出しても良さそうなクオリティーの高さだ。

「薬師は料理上手な人間が多いんだよ。時々、殺人兵器になるくらい不味(まず)い料理をつくる人間もいるけどさ」

ヴィネの言葉に俺は納得する。確かに薬を作ることと料理を作ることは共通した部分も多いからな。

俺はさっそく一口アップルパイを食べてみた。

「美味しい……っ」

俺は食レポには向いてない。シンプルな言葉しか出てこなかった。

だけどその場にいる他の人間も「美味（うま）い！」「おいしすぎる～!!」という率直（そっちょく）な言葉が真っ先に出ていた。

サクサクとした生地、甘すぎない林檎の砂糖煮（に）とカスタードクリームも少し入っているのか？

「焼きたてもおいしいのですが、冷めてもおいしいのですよ」

そう言ってにっこり笑うクラリスに、俺はドキッとした。

フォークを口に咥（くわ）えたまま、思わず彼女の笑顔に見入ってしまう。

やばい……一目惚（ひとめぼ）れした自覚はあったけど、さらに好きになってしまいそうだ。

俺とクラリスはあくまで政略結婚だ。こんなに浮かれていていいのだろうか？　いやいや、王子である前に俺はまだ十七歳男子だ。ちょっとは浮かれてもいいじゃないか。

クラリスも小説のような野心があるわけじゃなさそうだし、とっとと王太子の座を放棄（ほうき）して、いっそのこと貴族の座も捨ててしまって、小さな家に二人で住むのもいいよなぁ――思わず非現実的なことを妄想してしまったが、こうやってクラリスの手作りケーキを食べて、紅茶を飲んでまったり過ごす時間は居心地（いごこち）良すぎて、そんなことも夢見てしまう。

小説とは違う展開に進むことで、俺は今どんどん幸せになっている。

どんな未来が待ち受けているのか不安ではあるものの、全員がこのまま幸せな方向へ向かってくれたらな、と思わずにはいられない。

時は瞬く間に過ぎ、俺とクラリスはハーディン学園に入学した。

十七歳になると王族、貴族の子弟は、学校へ行くようになる。王族や貴族としての社会性や教養を身につける為に。

前世では十五歳までが義務教育だったけれど、この世界では十六歳までは家庭学習。十七歳から学校へ行くというシステムなのだ。

ちなみに日本だと四月始まりなのに対し、こっちは入学が六月。社交界シーズンが終わってから学校が始まる。

王立ハーディン学園に入学した俺は、Aクラスになった。

教室に入るとクラリスも同じクラスで、しかも席が隣。これはもう、学校側の計らいとしか言いようがないだろう。

それにしてもこの世界でも、クラス名がアルファベットなのか。冒険者のクラスも確かアルファベットだったよな。まぁ、異世界というよりは小説の世界だからな。読み手にとって分かりやすい設定にしたのだろう。

クラスは成績順に振り分けられ、一番良いのがSクラス。次がAクラスで、次がBクラスといった具合に入学の時点で優等生と劣等生に振り分けられてしまう。

学校の試験を受けたのは記憶が戻る前だったから、エディアルドの成績がどんなものかは分からないが、初級魔術もろくにできなかったみたいだから、本当はもっと下のクラスだったんじゃないか、と思う。

王室の人間がCクラスやEクラスだと体裁が悪いので、Aクラスにしてくれたのだろう。

小説の設定ではクラリスはSクラスだった。恐らく現実でも本来ならばSクラスなのだろうが、第一王子の婚約者として劣等生である俺の面倒を見てほしいが故にAクラスに入れたのではないかと思う——まぁ、あくまで俺の憶測だけど。

勉学については学校へ行く前までに教科書や魔術史の本、魔道新聞などを全て頭に叩き込んでおいたが、それくらいは他の生徒もしているだろう。

せいぜい遅れないよう齧りつくしかないな。

「第二王子はSクラスなのに第一王子はAクラスか……」

「まぁ、Aクラスかどうかもあやしいけどな」

廊下から聞こえよがしに言ってくる二人の男子生徒。

名前は知らんが、第二王子アーノルドの腰巾着だったように思える。恐らくアーノルドの母テレス側の貴族の子弟達で、俺にそれとなく重圧をかけるように言い含められているのかもしれない。俺が何か言い返したら、すかさずアーノルドに助けを求めるんだろうな。

ま、相手にするだけ馬鹿らしいので無視しておく。

一方隣の席に座るクラリスもまた多くの視線を集めている。

特に多いのは憧憬と羨望の眼差し。

そりゃそうだろう。クラリスはこの場にいるどの生徒よりも綺麗だった。

これまで社交界に出たことがなかったクラリス。噂だけは広まっているけれど、その顔を見たのは前回のお茶会に参加した面子だけだと思う。

そのお茶会でも野暮ったい髪形と、地味な平服だったから、彼女の美しさは隠れてしまっていた。

しかし学校へ行くことになって指定された制服、前髪もちゃんと切るよう校則で決められていたので、クラリスはレニーの町の美容師に頼み、髪を調えてもらった。

前髪もカットされたので、今まで俺しか知らなかったクラリスの美貌が露わになり、教室に入った時にはクラス中の人間が彼女に注目した。

「誰だよ、クラリス＝シャーレットが不細工だとか言っていたのは」

「性格が不細工なんじゃないのか？」

「いや、俺だったら性格悪くてもいいな。あんな美人、奥さんにできるのなら」

「ふん、顔だけは良いようだな。第一王子とお似合いだ」

最後に吐き捨てるように言うのは、さっき俺の陰口をたたいていた奴だ。

そんな悔しそうな声で言われてもね。顔がいいというのは、この世に生きていく上で自分の人生を有利に動かす武器となる。

それは前世でも、現世でも同じことだ。有り難いことに、俺は前世と違い今世は容姿に恵まれた。

絶世の美女といっても過言じゃないクラリスとお似合いだ、という言葉は、向こうは皮肉のつもりだろうが、俺自身にとっては最大の褒め言葉だ。

クラリスが美人であることが皆にも分かってもらえて嬉しい反面、誰にも知られたくなかったという独占欲みたいな気持ちもあって、複雑な気持ちではあるのだけどね。

「クラリス、次の授業は何だっけ？」

「魔術史ですよ」

「あー、魔術の歴史ね。年号がちょっとあやふやなんだよな」

「私もです。あと水の魔術の術式を作ったのがイレネで、火の魔術を作ったのがイリナって間違えそうになりますよね。名前が似すぎなんですよ」

クスクスと可笑しそうに笑うクラリス。

く……可愛いな、俺の婚約者は。絶世の美女は笑うと可愛いのだ。

そんな俺達の様子を見て、クラスの皆は信じられない、と言わんばかりにざわつく。

「クラリスは第一王子との婚約を嫌がっているんじゃなかったのか？」

「私は王子の方が嫌がっているって聞いたわ」

「仲よさそうだよな」

「アーノルド殿下があまりにも靡かないから、エディアルド殿下で妥協したのよ」

……おい、今、妥協と言った奴は誰だ？

いくら俺が第二王子よりも劣っているからって、王族を見下しすぎだろ？

俺が何か言おうと口を開きかけた時、クラリスが立ち上がった。

そして俺達の陰口を言っていた女子の前に立ち、笑顔を浮かべたままきっぱりと言った。

「私はエディアルド殿下から婚約者に指名され、恐れ多くもとても幸せに思っています。不満などありませんし、妥協もしていません」

「な、なによ……強がっちゃって。アーノルド殿下には嫌われているくせに。彼はあなたに会いたくないから、この前のお茶会も欠席したのよ」

　何なんだ、あの女子は？

　クラリスにタメ口ということは同じ侯爵クラスか？　もしかしたら大公の娘か？

　かなり無礼な物言いをされているにも拘らず、クラリスは動じることもなく、毅然とした口調で言った。

「アーノルド殿下とはまだお会いしたことがございませんが、噂をお聞きになっているのであれば、そう思われるのも当然でしょう。ですが、エディアルド殿下はそんな私の噂を聞いていても、なお、私を婚約者に指名してくださいました。不満どころか、感謝しかありません」

　クラリスの言葉に俺は息を呑んだ。

　正直、俺自身頭の隅では、アーノルドに振り向いてもらえなかったから、俺で妥協したのかもしれない、という思いがあった。

　だけどクラリスは皆の前ではっきりと言った。

　俺の婚約者であることが幸せなこと、それに感謝もしていると。

　まさかそんな風に思ってくれているとは思わなかった。

「貴方はどうぞ、妥協を許さずアーノルド殿下の婚約者候補になれるよう頑張ってくださいませ」

「……!?」

　俺の陰口を叩いていた令嬢は、否応なくハードルを上げられてしまい、顔を真っ青にして俯いた。

　後で聞いた話、この女子はクラリスにタメ口をきいているから、侯爵クラスかそれ以上の令嬢かと思っていたが、実際は子爵令嬢だったらしい。単に身の程知らずな令嬢がクラリスに向かって吠えていただけのようだ。

堂々としたクラリスの態度に、苦々しい表情を浮かべる生徒もいたが、それ以上に彼女に憧憬の眼差しを送る人物の方が多かった。

俺自身最初は小説の展開もふまえ、クラリスの能力を買っていた部分があって、内面は二の次だった。

しかし実際のクラリス＝シャーレットは傲慢どころか謙虚だし、普段は控えめに過ごしている。その反面、不当なことを言われたら堂々と受けて立つ強さも兼ね備えている。

彼女を婚約者に指名して本当に良かった。

何より嬉しかったのは、俺の婚約者であることが幸せだ、と皆の前で言ってくれたことだった。

魔術史の授業は、御年八十八歳のトールマン魔術博士が講義をする。

前世とは違い、教員に定年というものはないらしい。

トールマン魔術博士は小人族で、身長は人間の子供……百センチ前後しかない。

髪の毛はつるっとしている分、真っ白な口髭は立派なもので床すれすれの長さである。

「ふぉっ、ふぉっ、ふぉ。四元素の魔術の祖については既に知っているとは思うが、クラリス＝シャーレット君。火の魔術の祖は、だーれじゃったかのう？」

「イリナ＝ヒースです。完全に完成させたのはその弟子のアフロスと言われています」

「その通り。ふむ、アフロスの名が出るとは教科書以外の魔術書も読んでおるようじゃの。では、その隣のエディアルド＝ハーディン君。風の魔術の祖と呼ばれているのは、だーれじゃったかのう」

「風の祖はヴィンディオです」

「ふむ、ヴィンディオの家の名は何じゃったかのう？」

この爺さん、なかなか意地が悪い質問をするな。

ヴィンディオの名前の由来は、教科書には書いていない。まぁ、答えられなかったら、王族であれば隣のクラリスを見習うように、と説教をするつもりなのだろう。

悪いけど初日から説教を聞くつもりはないので、俺ははっきりと答えた。

「ヴィンディオの家は、ノード王家です。彼は元々ノードランド王国の王子でした。その王族であるノード家は、代々暴君で国民を苦しめてきました。ヴィンディオはそんな王家を恥じ、後世にも家の名を残さぬよう遺言した、と言われています」

「ほうほう、殿下も魔術書をよく読み込んでおられるようで」

自分の長い髭を手で撫でながら、素直に感心するトールマン先生。

入学テストの出来からしても、俺が答えられるとは思っていなかったんだろうな。

まぁ、俺も前世の記憶が蘇っていなかったら、教科書すら目を通していなかったかも。

ふと周囲を見回すと、何だか異様なものを見る目で俺のことを見ている生徒達がいる。

ああ、こいつらも俺がスラスラと答えられるとは思っていなかったんだろうな。

「それくらいアーノルド殿下ならすぐに答えられる」

ぼそっと呟くように言ったのは、俺の側近でありテレスの間者であるカーティスだ。

するとトールマン先生はカーティスの方を見て目を真ん丸くした。

「ほうほう、君だったらもっと早くに答えられたのかね。それは凄い」

「え……っ⁉　いや、自分ではなく、アーノルド殿下のことで」

「じゃあ君には土の魔術について聞こう。土の魔術の祖は誰かね？」

「え……いや、だから私じゃなくて……」

「土の魔術の祖は、だーれじゃったかのう？」

一際強い口調で質問するトールマン先生に、カーティスは顔面を蒼白にする。

馬鹿だな、授業中までアーノルドと比較するなんて。多分、俺がちょっと活躍したら反射的にアーノルドを称えてしまうんだろうな。

「あ、えっと……ビルモンド＝ペックです」

「うむ。しかし近年、別の人間が土の魔術の祖かもしれないという説があるのじゃが、それはだーれじゃったかのう？」

おいおい、魔術書にも載っていない新説のこと聞いてきたよ、この爺さん。

つい最近学会で発表された説で、魔術師達の間に激震が走ったんだよな。教科書を書き換えなければいけないって。

魔道新聞にもそのことが書かれていたから、知っている人間は知っているのだろうけど、知らない人間の方が多いはずだ。

ジョルジュが魔術史の教師は必ず魔道新聞から問題を出してくるって言っていたが、本当だったんだな。

「何じゃ知らんのかね。学園に入学した時点でもはや成人の一員じゃ。新聞くらい読まんか」

かぁぁぁっとカーティスは顔を真っ赤にして俯く。

小説ではエディアルドが教師の質問に答えられずに、俯くシーンがあったよなぁ。教師からもアーノルドを見習えって言われて落ち込むのだけど、今はカーティスがその状況に陥っている。

「殿下はご存じのようじゃの」

「え？」

「他の生徒と違って目が泳いでおらんからの」

「あ……はい。私も新聞を読んだだけなので詳しくはありませんが、土の魔術の祖はクロード＝フォンス。ビルモンド＝ペックの弟子にあたる人物です」

「その通り。ようは弟子の研究を横取りしたんじゃな、ビルモンドは。来年の教科書には土の魔術の祖はクロードに書き換えられるからの。皆もよく覚えておくように」

……クラスの視線が一気に俺に集中してきたぞ。

全員、異様なものを見る目で俺のこと見ているよ。エディアルドって、どんだけ馬鹿だと思われていたんだ？

あんまり目立たないように立ち振る舞いたかったけど、王子である以上そうもいかないか。


魔術史の授業が終わった後、俺は図書室へ行くことにした。

王城の図書室にはない魔術書が置いてあるかもしれないと思ったのだ。

その途中、Ｂ組の教室の前を通った。

そういやB組ってクラリスの妹、ナタリーがいる教室だったな。

父親が学校にかなりお金を出して、クラリスと同じAクラスに入れるよう希望していたそうだが、忖度(そんたく)にも限界があったらしくBクラスになったと聞いた。

だけど侯爵令嬢という地位と生来の女王様気質からか、取り巻きらしき女生徒は多い。

彼女達は廊下の前を通る俺の姿を見ると、顔を見合わせクスクスと笑っている。

ああいう女子達前世にもいたよな。

俺は溜息をついてから再び図書室を目指し歩いていると、一人の女生徒が向かいから歩いてきた。

その瞬間、俺の顔は引きつった。

パステルピンクのロングヘアとビビットピンクの瞳(ひとみ)、見るからに愛らしく華(はな)やかな美少女がこちらに歩み寄ってくる。

あの髪の色、まさか小説のヒロイン、ミミリア＝ボルドールか？

すっかり忘れていたが、この学園は女主人公であるミミリアを中心に話が回っていくんだよな。

小説ではエディアルドとミミリアは廊下でぶつかり合って、エディアルドが一方的に一目惚れをするのだが……とりあえずぶつからないように、俺はすっと彼女を避(さ)けた。

「え⁉」

と向こうは吃驚したような声を上げた。

ぶつかりそうになったから驚いたのだろうが、大袈裟(おおげさ)に驚きすぎじゃないのか？

しかもすれ違いざま信じられないものを見る目でこっちを見ていた。

ぶつかりそうになったから避けたにすぎないのに、何であんな顔をするんだ？？

ミミリアの態度に違和感を覚えるが、それを考える前に耳をつんざくような怒鳴り声がきこえてきた。

「ミミリア＝ボルドール‼　平民のあんたがこの教室に入っていいと思っているの⁉　言っておくけどあんたの席はもうここにはないわよ‼」

「そ、そんな酷い……」

やっぱり、あの娘はミミリアだったか。俺は立ち止まり一度振り返った。

ミミリアを怒鳴りつけていたのは、なんとナタリーだった。

小説のヒロイン、ミミリアはＢクラスで、クラリスの異母妹であるナタリーに苛められているようだ。

その直後、男子数人がぞろぞろとミミリアの前に立ちはだかり、ナタリーと取り巻き達に抗議し始めた。

「これ以上彼女に乱暴なことをするな」

「お前達が椅子や机を隠しているのは見ているんだ‼」

机や椅子を隠しているところを見てた時点で何故止めなかった？　と俺は突っ込みたかったが、彼らはミミリアの前でいい格好をしたかったのだろう。

ヒロイン、ミミリアは魔性の女。

小説でも主人公や脇役の男達を含め、彼女の可愛らしさに惚れた貴族子弟は少なくなかった。

「煩いわね、男爵令息ごときが」

「侯爵令嬢だからっていい気になるな！」

……まぁ、あれだけ騎士がいるのなら心配なさそうだな。

あの娘、半泣きしているけれど、一瞬だけ嬉しそうに口元をほころばせていた。思っていた以上にしたたかな女子と見た。

妙な茶番を見せられて、少し疲れた俺は深々と溜息をついた。

学校の図書室は思いの外広く、古い本から新しい本まで天井に届くほど高い本棚にびっしりと並んでいた。

これはもう期待大だ。

実は俺には調べておきたいことがあった。

小説の展開では今後、魔物の軍勢が攻め込んでくる。現実でもそうなる可能性がある以上、元凶である魔族のことを知っておく必要がある。

魔族のことが書かれた本は……ああ、この本棚か。

うわ、なんか黒い表紙の本が多いな。その内の一冊を取り出しパラパラとめくる。

本によると数百年に一度、世界は魔族の脅威に脅かされる。

魔族がこの世に降り立つ時、聖女が生まれ、そして勇者も生まれる。

だが魔族もまた『黒炎の魔女』と『闇黒の勇者』を人の中より見出す。

そして『黒炎の魔女』と『闇黒の勇者』は魔物の軍勢を率い、この世を恐怖に陥れる。

成る程、大体小説に書かれた内容の通りだ。

つまり数百年に一度はそういった戦いが起こっていたということか。

同じことが起こると考え、事態に備えている人間は果たしてどれ程いるのだろうか？

数百年前に魔族との戦いがあったのだろうけど、その事実は完全にお伽噺(とぎばなし)のような扱いだ。

俺が〝これから魔族が来るから用心しろ〟と訴(うった)えても信じる奴はまずいないだろう。

それでも国防を理由に、軍強化と魔術師、薬師の育成には力を入れた方がいいだろうな。

そんなことを考え込んでいた時、一人の女生徒が図書室に入ってきた。

あ、クラリスだ。

彼女は慌(あわ)てたように周囲を見回し、何かを探しているみたいだった。

探し物が見つからなかったのか、図書館の窓辺に手を着いて溜息をつくクラリスを見かね、俺は彼女の肩を軽く叩いた。

「どうしたんだ？　慌てたように図書室に駆(か)け込んで」

「あ……エディアルド殿下っ……その、先程のトールマン先生の質問が気になって。私も新聞を読んでいませんでしたから、全く分からなかったのです。図書室なら新聞が置いてあるかと思ったのですが、置いていないみたいで」

「それで慌てて図書室に来たのか。まぁ、先生が言っていたことは、かなり専門的な新聞の内容だから、普通(ふつう)の新聞を読んだだけだと分からないと思うよ」

「え？　どんな新聞なんですか？」

「魔道新聞といって、魔術師専門の新聞だよ。魔術に関する最新情報が載っているから、けっこう面白いんだ。何なら俺が読んでいる新聞、明日から持ってこようか？」

「ほ、ホントですか!?」

「魔術研究の近況を知ることは王族にとっても重要なことだからね」

「あ、ありがとうございます！　殿下」

思わず神様にお願いをするみたいに両手を組んで、目を輝かせるクラリスの仕草が可愛い。

だけど婚約者である彼女から、殿下呼ばわりされるのは、何だか一線を引かれているようで寂しくもある。

この際だから、今の気持ちをはっきり彼女に伝えることにしよう。

「あのさ、君は俺の婚約者なんだし。できることならちゃんと名前で呼んでくれないかな？」

「え……あ、あの既にファーストネームでお呼びしていたつもりだったのですが」

「ファーストネームとは言っても、君は俺のことをエディアルド殿下、と呼んでいる。殿下はいらないの。エディアルドでいいよ」

「そ、そんな恐れ多い」

「恐れ多くないよ。じゃあエディアルド様でいいから」

「え、エディアルド様……ですか」

恐る恐る問いかけるクラリスに愛（いと）しい気持ちがこみ上げる。

小説のクラリスは、正式な婚約者だったにも拘らず、アーノルドの名を呼びたくても呼ばせてもらえなかった。

俺はそんな悲しい思いは君にさせない。

「エディアルド様……」

「うん、良い響きだ。これからは俺のことをそう呼んで」

そう言って俺はクラリスの手の甲にキスをした。

クラリスは湯気が出るんじゃないかというくらいに、顔を真っ赤にして俯いてしまっている。

手のキスだけでそんな顔をしていたら、それ以上の時はどんな顔をするんだ？

もっと恥じらう彼女の顔を見てみたい衝動に駆られる。

もし、唇にキスをしたら、どうなる？

思わずクラリスとのキスを妄想し、俺は慌てて邪念を振り払う。

ま、まだそこまで深まった仲じゃないだろ、慌てるな、エディアルド。

く……恋愛に関しては前世の知恵をもってしてもどうにもならん。前世での経験があまりにも乏しいからだ。少し好きになりかけた娘はいたけれど、見合い写真で一目惚れしただけで、直接会ったわけじゃないし、恋愛が始まらない内に俺は死んでしまったのだ。

ふと俺は、クラリスが一瞬、見合い写真のあの娘に似ているような気がした。特に意志の強そうな眼差しが。

実際は似ても似つかないのだが、クラリスと見合い写真のあの娘が重なって見えた。

俺は目を擦ってから、今一度クラリスを見る。

そこにいるのは紅の髪の毛、ピンクゴールドの瞳が美しいクラリスであり、前世のあの娘の面影はなかった。

それでも何故か、彼女を見ていると見合い写真のあの娘のことを思い出してしまうのだった。

◇◆アーノルド視点◆◇

僕の名前はアーノルド＝ハーディン。

予定通り最もも優秀な生徒達が集まるSクラスに入ることができた。

兄上がAクラスなのは意外だったけれど。本当はBクラス……いや、Cクラス程度の実力だった筈だ。

授業にもついていけずに苦労しているんだろうな、と思いきや、たまたま職員室に用事があった僕は職員同士の会話を聞いてしまった。

「聞いたか？　あの第一王子殿下がトールマン先生の質問にちゃんと答えたらしいぞ」

「……いや、有り得ないだろ？　魔術史の入試テストは二十点もとれていなくて、トールマン先生が〝第一王子は鍛え直す必要がある〟って意気込んでいたんだぞ」

「ところがいざ授業が始まると、第一王子はトールマン先生の質問によどみなく答えていたらしい」

「春休みの間に猛勉強したのかな……だとすれば喜ばしいことなのだが」

職員は僕が職員室にいるのに気づくと、慌てて口をつぐんだ。僕は気づかなかった振りをして、学年主任の先生に必要書類を提出して職員室を出ていった。

トールマン先生は王族に対して全く忖度しない。むしろ王族だからこそ、厳しい質問を投げかけてくることで有名だ。

僕も例外じゃなかったし、兄上にだけ甘い質問をするとは到底思えない。

ということは魔術史の勉強はそれなりにしていたのだろう。

けれども他の授業はどうなのだろう？　あまり王室の恥になるような醜態を晒さないでほしいの

だけど。

「アーノルド殿下、次の授業は魔術の実技ですから移動しましょう」

教室に戻った僕は、クラスメイトであり僕の護衛でもある、騎士団屈指の実力者、イヴァン＝スティークに促される。

同い年の彼は母上に指名され僕の護衛となった精鋭四人の内の一人だ。

とても真面目で、剣術や魔術、勉強をしている姿以外見たことがない。たまには寛いだり、勉学以外の本を読んでもいいと思うんだけどね。

教室を出ると、もう一人の護衛であるエルダ＝ミュラーも、イヴァンと共に僕の後についてくる。

エルダは爪に絵を描いたり、顔に化粧をほどこしたり、髪も黄土色の髪の毛に一房だけ赤く染めていて、かなり個性的な出で立ちだけど、中性的な美貌は女子生徒にも男子生徒にも人気だ。

さらに僕を慕ってくれる貴族子弟達もそれに続く。

「見て……アーノルド殿下とSクラスの皆様よ」

「やっぱり迫力が違う」

「すぐ後ろを歩くのは四守護士のイヴァン様とエルダ様ね」

四守護士。

僕を守る為に母上がつけてくれた護衛の四人を、人々はそう呼ぶようになっていた。

四守護士の内、イヴァンとエルダの二人は僕と同じSクラス。もう一人の守護士、ゲルドは学年が一つ上で、あと一人はAクラスのガイヴ＝ハリクソンだ。彼はカーティスと共に、兄上が無茶をしないか監視するように命じている。

僕がクラスメイト達と共に中庭を歩いていると、図書室の窓辺で兄上と女子生徒が喋(しゃべ)っているのが見えた。

兄上は弟である僕の目から見ても美形だ。容姿と地位に釣(つ)られて近づいてくる女性も絶えないだろうな。

どんな馬鹿女なのか顔を拝んでやろうと、女子生徒の顔を見た僕は息を呑んだ。

兄上が何かを言ったのか、彼女は頬(ほお)を紅潮させ嬉しそうに笑っている。

艶(あで)やかな紅い髪、ピンクゴールドの目は宝石のよう。抜(ぬ)けるような白い肌(はだ)に薄紅(うすべに)色の唇。

遠くから見てもその美しさはあまりにも際だっていた。

ドキンッ……！

だ、誰だ。

誰なんだ、あの娘は。

ずいぶんと綺麗な娘じゃないか。あんな綺麗な娘、見たことがない。

「へぇ、エディアルド殿下とクラリス＝シャーレット嬢じゃないか。政略結婚とはいえ婚約者同士、仲がいいのは結構なことだな」

クラスメイトの一人があの女子生徒のことを知っていたらしい。

い、いや、待て。

あれがクラリス＝シャーレットだと⁉

傲慢で手に負えない令嬢と噂されるクラリス⁉　あの娘が⁉

く……あ、危うく顔に騙(だま)されるところだった。し、しかし、あんな綺麗な娘だったとは想定外だ。

誰だ、クラリスが不細工だと言った奴は？　美的感覚が狂っているんじゃないのか？

そうか……兄上はあの顔に惹かれたのか。それなら大いに納得だ。

けれどもいくら顔が良くても、家族を振り回すような身勝手極まりない娘だったら、気持ちも冷める筈。

クラリスだって兄上の噂を聞いていたら、内心婚約者になるのは嫌だった筈だ。

社交界でも二人はお互いの婚約を嫌がっているという噂が流れていた……兄上は僕から婚約者を奪いたかっただけ、クラリスはクラリスで兄上で妥協した、と言われていたのに。

何で二人ともそんなに幸せそうなんだ？

し、しかも兄上は婚約者の手の甲にキスをしている……そ、そんなに彼女がいいのか⁉

クラリスは恥ずかしそうに頬を染めて俯いている。だけど、その表情はどこか切なそうだ。

その翳りのある美しさに僕は心臓が鷲づかみにされるような気持ちになった。

あの兄上が彼女にそんな顔をさせているのかと思うと、腸が煮えくり返る思いだ。

何で僕はあの時お茶会に参加しなかったのだろう？

もしちゃんとお茶会に出ていたら、あの笑顔も、あの切ない顔も僕のものだったのかもしれないのに。

い、いや、落ち着け。だから顔に騙されるな。彼女は家族ですら手に負えないとんでもない娘の筈だ。

僕の結婚相手はもっと他にいる。

清らかな心を持った優しい女性――そう、伝説の聖女こそが僕の伴侶となる女性だ。

聖女の力はこの国にとってとても重要な国力となる。だから歴代の国王の中には、聖女を妻に娶った者も多い。

聖女は女神ジュリの神託により、未婚の女子が選ばれる。

先代の聖女が亡くなってから数百年が経つ。

今から十七年前、新聖女の誕生の神託を聞いた先代神官長は、新しい聖女の特徴を告げてから息を引き取った。

『手首に薔薇の痣を持った少女こそ聖女である』

神殿は聖女の行方を捜していたが、手がかりが手首の痣だけだったので、見つけるのに時間がかかった。

それが今年に入り、ようやく聖女を見つけ出すことができたらしい。既に神官達は聖女を保護しているみたいだけど、何処の誰なのかは公表されていない。神殿の内情には王族も介入できないので、僕もそれを知ることはできないのだ。

何処の誰かは分からないが、聖女に選ばれたからには聡明で清らかな女性であることは確かだ。

そう、僕の婚約者の最有力候補は聖女だ。それ以外の女性は有り得ない。

……だけど、クラリスの笑顔が目に焼き付いて離れなかった。

第五章　悪役達は敵キャラと仲よくなる

◇◆クラリス視点◆◇

私はクラリス＝シャーレット。

ただ今、胸がドキドキしすぎて授業内容も右から左へ状態。

数学は前世でも得意だったし、予習もしているから支障はないけれど、だ、駄目だぁぁぁ。

エディアルド様の微笑、そ、それにキス……手の甲に触れたあの唇の柔らかさ。

頭から全っ然離れないいっっ！

恐る恐る隣のエディアルド様の横顔を見る。

ううう、横顔も完璧。ノートを取る真剣な顔も格好いい。

どんなに顔が良くても、どうしようもない馬鹿だったら、こんなにときめかなかったと思う。

エディアルド様はちゃんと努力をしている。自分で師匠を見つけてきて、魔術の鍛錬にも励んでいるし、魔術に関する情報も網羅している。

他の授業もきちっと予習をしているのか、意地悪な教師の質問にもスラスラ答えてしまう。

エディアルド様を馬鹿にしている人達は、さぞ勉学もできるのだろうと身構えていたけれど、教師の質問にはしどろもどろだ。

「君は、もう少し殿下を見習いなさい」

と叱られて、私は内心、ざまぁみろ……じゃなくて、ざまをご覧なさいませ、と思ったものだ。

とにかくエディアルド様は馬鹿どころか、とても聡明な方だ。しかも年齢にしては老成しているのか、二十代後半の記憶を持つ私にとっては何となく話が合う。

できればこのままずっと仲睦まじく、時間を共にできたらな……そんな浮ついた気持ちに緊張感が走ったのはその時。

廊下の引き戸が開かれ、一人の女生徒が入ってきた。

「時間に遅れて申し訳ありません。ソニア＝ケリーです」

教室が響めく。

女生徒の制服は基本、ブラウスにリボン型のタイ、その上にジャケットを羽織り、下はスカートなのだけど、その娘はパンツスタイルで腰に帯剣していた。

騎士団に入っている女子生徒はああいう格好なのよね。

アイスブルーの切りそろえた長い髪を、ポニーテールにくくっている。顔立ちは綺麗だけど紺色の目つきは鋭い。かなり負けん気が強そう。

「騎士団の朝練が長引いたようだね。席に着きなさい」

ソニアは頷いてから私の前の席についた。席に着く際、左手に持っていた鞄を右手に持ち替えて机の脇にかけたのだけど、その時彼女は反射的に右肩を左手でおさえた。

肩を痛めているのかな？

それにしても、ソニア……ソニアってどこかで聞いたことがある名前だわ。

ソニア……ソニア……あっ‼

小説に登場する女騎士の名前だ。

ソニア＝ケリー。

悪女クラリスの肩を斬りつけ、大ダメージを負わせた。すぐに反撃を食らって重傷を負うのだけど、彼女の活躍によってクラリスは魔術を使うのがままならなくなる。

それまで無名な騎士にすぎなかった彼女は、それで一気に名を上げる。そして戦いが終わった後、彼女は聖女ミミリアに忠誠を誓う。

――ちょっと待って。

将来私に斬りつけてくるかもしれない人物が目の前にいるっ⁉

こここここ怖いんですけど。

今すぐ机の下に隠れたい。だけど本当に机の下に隠れたら変に思われる。

私は密かに深呼吸を何度かした。

落ち着いて。私はまだ悪女じゃないし、魔物の軍勢を率いる魔女でもない。

彼女に斬りつけられる理由なんてないわ。

それに小説の展開とは違う方向に持っていくのであれば、ソニア＝ケリーと仲よくなっておくのも一つの手かも。

考えが前向きになった時、ソニアが右肩を左手でさすっている姿に気づいた。

まだ肩が痛むのかな？　相当痛めているのか、かなり辛そうだ。

「失礼」

私は小声で言ってから、ソニアの右肩に手を当てた。そして治癒魔術の呪文を唱える。

ソニアの肩は、紫(むらさき)がかった白い光に包まれた。ちょっとした打撲(だぼく)みたいね。大した怪我(けが)じゃないから、すぐに治った。

小説ではクラリスがソニアに肩を斬りつけられることになっているけれど、現実の世界では私がソニアの肩を治している。

何だか不思議な縁(えん)を感じるな。

将来私の敵になるかもしれない……それでも放ってはおけない。

驚(おどろ)いて振(ふ)り返るソニアに軽く頷いて、私は肩に触れていた手を離し、何事もなかったかのようにノートを取り始めた。

すぐにでもお礼を言いたかったのだろう。授業中の為(ため)、彼女はノートの切れ端(はし)にメッセージを書いて、さりげなく私に渡(わた)してくれた。


ありがとうございます。

お陰(かげ)で肩がとても楽になりました。

授業が終わりましたら改めてお礼を言わせてください。

ソニア＝ケリー

メッセージと共に熊(くま)みたいなゆるキャラのイラストが描(か)かれている。

ソニア、凛(りん)とした見かけによらず、可愛(かわい)いもの好きとみた。

ノートの切れ端に手紙……私も前世、学生だった時、授業中に友達(ともだち)に送ったな。

ちょっと懐(なつ)かしい気持ちに駆(か)られながらも、彼女の肩が治って良かったなと心から思った。

授業が終わって休憩時間。

「侯爵令嬢のクラリス様とは知らず、このようなノートの切れ端を送りつけてしまい、申し訳ありません」

――騎士というよりは武士みたい。

ソニア＝ケリーは私の前に跪き、淡々とした口調で謝罪をする。

お礼をどうしてもすぐに言いたくて、お礼のメッセージを書いた紙を私に渡したものの、いかんせん便せんなんかないからノートの切れ端に書くしかなかったそうだ。

私は慌てて両手を横に振る。

「いいえ、あなたの気持ちが伝わってとても嬉しかったわ。それより肩は本当にもう大丈夫？」

「稽古の時油断して相手の攻撃を受けてしまい、肩を痛めていたのですが、クラリス様のお陰で今は何事もなかったかのように無痛です」

「良かった……」

その言葉に私はほっと胸をなで下ろす。

気がつくと私とソニアは注目の的になっていた。

「全然噂と違う」

「下級貴族なんかゴミのように扱っているって聞いたのに……肩の負傷を治しただと？」

「え？　ひょっとしてクラリス嬢って、いい人？」

はいはい、少なくとも身勝手で、下層の者は見下すような傲慢な人間じゃございませんよ。

「きっと何かを企んでいるに違いない」

そう決めつけるのは、いつか率先(そっせん)して陰口(かげぐち)を叩(たた)いていた女生徒。

あの子の言うことは無視しておこう。周りの人間も同調している様子はないしね。

「ソニア様、前の授業のノート見ますか？　良かったら授業内容も教えますよ」

「良いのですか？」

「私も復習になるから丁度いいですし」

私が机の下から魔術史のノートを取り出していたところ、教室は再びざわついた。一人の女生徒がこっちへ歩み寄ってきたのだ。

「デイジー公爵令嬢ともあろうお方があのような悪女に関(かか)わってはなりません！」

彼女の行く手を遮(さえぎ)るように立ちはだかるのは先程の女生徒だけど、デイジーは何も答えず、にこやかに笑ってから、彼女の前をすり抜(ぬ)けてこちらに近づいてくる。

ふんわりボブカットは、プラチナブロンド、銀縁(ぎんぶち)眼鏡の下はオレンジの瞳(ひとみ)。

美少女だけど、どこかたぬき顔で童顔だ。何だか愛嬌(あいきょう)があって親近感がわく。

彼女はノートを持って私の元にやってきた。

「初めまして。私はクロノム公爵家長女、デイジー＝クロノムと申します」

クロノム公爵家は王族とも縁の深い家で、当主は宰相(さいしょう)をしていた筈(はず)。ということは、彼女はあの宰相の娘……ということになる。

確かメリア妃殿下(ひでんか)とクロノム公爵は従兄妹(いとこ)同士なので、エディアルド様とデイジー様は、はとこ同士になるのよね。

この国の宰相、オリバー＝クロノム公爵は、鋼鉄の宰相と呼ばれるくらい敵には容赦(ようしゃ)がない人で有名だ。

それ以上に有名なのが、娘を溺愛してやまないという話。実は私が婚約者候補に指名される前、この娘の方が先にアーノルド殿下の婚約者候補として名が挙がっていたらしい。だけどクロノム公爵が断固として拒否したという。

「たとえ王子といえど、僕の可愛い娘はやれない」と言ったらしい。

王子様が駄目だったら、他の貴族なんか論外になりそうだけどね。

私が公爵家の令嬢を差し置いてアーノルド殿下の最有力婚約者候補になったのは、そういう理由もあったのだ。

デイジー＝クロノムは確か小説では、父親譲りの知略で魔族と戦う際に王室を支えた女性として登場している。Sクラスじゃなくて、Aクラスなのは意外だ。

デイジーは私の目をじっと見て尋ねてきた。

「魔術史のことですが、クロード＝フォンスについては、クラリス様はご存じでした？」

「いえ、私も新聞を読んでいなかったので」

「私は新聞を隅から隅まで読んでいるつもりだったのですが、クロード＝フォンスについては把握できていませんでしたわ。一体、何月何日の新聞記事の内容のことを言っていたのでしょう？」

「ああ、クロード＝フォンスについては、普通の新聞ではなく、魔道新聞といって魔術師向けの新聞に書かれていたそうです。私もエディアルド様から教えて頂いて、初めて知ったのですが」

「まぁ、そうでしたのね。今度から魔道新聞も読むようにしなければ」

デイジーは嬉しそうにノートにメモをした。小説の設定通り勉強熱心な娘ね。

「ありがとうございます、クラリス様。これからも何か分からないことがあった時には、またお伺いしてもよろしいでしょうか？」

「もちろんです。私の方こそ分からない問題があった時には、デイジー様にお尋ねすることがあると思いますので。あ、そうだ。早速ですが、ソニア様に魔術史の授業内容を教えて差し上げようと思うのですが、デイジー様もご一緒にいかがですか？」

「復習にもなりますし、是非！」

それから私はデイジーと共に、ソニアに魔術史の板書を見せ、授業内容を説明した。

教科書にも書かれていない人物の名前が出てきて、ソニアは目を白黒させていたけどね。私は彼女にも魔術書と魔道新聞を読むことを勧めておいた。

デイジー＝クロノム。

ソニア＝ケリー。

小説では脇役だったけど、国の危機を救った立役者だ。

二人とも賢く、悪い噂に惑わされず私の人柄を見てくれている。

小説の展開を避けることを考えると、登場人物とは距離を置いた方がいいのかもしれないけど、もう今更よね。敵になるかもしれない人物と敢えて仲よくなるのも一つの手だ。

クラスメイトとなると、避けたくても避けられないしね。こうなったら、とことん仲よくなってしまおう。

この日以降、私はデイジーとソニアと親交を深め、学校内ではともに行動することが多くなるのだった。

「スーザン様、この前頂いた林檎でアップルパイを作ってみました。どうぞお召し上がりください」

「こ……これをクラリス様がっっ⁉」

ヴィネの台所を借りて、掌サイズのアップルパイをいくつか作った私は、寮生のスーザンから林檎をもらったお礼にアップルパイを渡した。

すごく喜んでくれたので、私も作った甲斐があったなと思っていたのだけど。

数日後。

スーザンをはじめ、アップルパイを食べた寮生達が私の部屋を訪れ、是非作り方を教えてほしいと言ってきた。

彼女達の熱意に押されて、急遽寮の厨房を借りて、料理教室を開くことになった。

「まぁ！　粉がだんだん粘土のようになってきましたわ」

「本当にこれが、あのパイ生地になりますの？」

ああ……普段はすましている貴族令嬢達が、まるで子供のように目をキラキラさせている。

あんな眼差しを見ていると、教えることに生き甲斐を感じる学校の先生の気持ちがよくわかる。もしかしてヴィネやジョルジュも同じ気持ちなのかな。

料理経験がない彼女達にとって、皆で調理をすることが思いの外楽しかったらしく、定期的に料理教室をやろうという話になった。

私も彼女達の為に、アップルパイのレシピやミートパイ、キッシュのレシピをイラスト入りでノートに書き込むことが楽しみになっていた。

料理教室を機に、私と寮生達の距離はぐっと縮まった。

先輩の寮生達も、社交界の噂を聞いていたから、私のことをかなり警戒していたようだけど、もちろん私は我が儘を言うことはなく、問題を起こしたりもしていない。

さらに料理教室も好評で先輩方も参加するようになっていた。

社交界では私が性悪な女だという噂がある一方、継母に虐げられているという噂も流れていたようで、日々の私の生活態度を見て、噂は後者の方が正解なのだろうと寮内では認識されるようになった。

むしろ他の令嬢の方が部屋の狭さやベッドの寝心地の悪さ、門限が早いなど文句を言っていた。

寮生活に馴染むことができるのは、入寮者の中でもごく一握りだという。

実家のように自分の言うことを聞いてくれる使用人がいるわけじゃないし、口に合う料理をだしてくれるシェフがいるわけでもない。

一人部屋とはいえ、半集団生活についていけない令嬢は、寮を去って実家からの通学を選ぶらしい。寮に残っている令嬢は、遠い地方出身が多く、もともと平民とさほど変わらない暮らしをしているのだとか。

私にとっては実家の方がむしろ地獄、ここは天国そのものだ。

煩わしい使用人もいないし、時々訳の分からない自慢話をしては勉強の邪魔をしてくる妹もいないので、集中して勉強ができるのも有り難い。

おかげで中間試験では上位の位置につくことができた。

前世でもあったように、成績が良い人は廊下の壁に順位と名前が書かれた紙が貼り出される。

私の名前は学年で三番目。実のところ、魔術史は魔術の歴史だけじゃなく、術式の事細かな説明まで書かされたものだから、難しすぎて自信がなかったんだけど、それでも五番内に入ることができたから上出来。

「クラリス嬢は本来Sクラスに入る筈だったたって噂は本当だったんだな」

「魔術にも秀でているみたいだぞ。治癒魔術は既に教師を超えているって」

「エディアルド殿下の入試の成績に合わせてAクラスに回されたという噂は本当だったのか……可哀想に」

いいえ、全然可哀想じゃないので。

むしろ気が合う友達と出会えたので、Aクラスで良かったと思っている。

それにエディアルド様と過ごす日々も楽しいし。

隣に立つエディアルド様の横顔を見て、私は一人赤面してしまう。

「さすがクラリス様ですね！　次は負けませんわよ」

デイジーは仲の良い友達だけど、勉強に関しては良きライバルでもある。今回のテストは私が学年三位、デイジーは四位だった。その差は一点差だったので、デイジーとしても悔しかったみたい。

「お二人が勉強を教えてくださったお陰で、私も十位以内に入ることができました」

ソニアもまた、嬉しそうに成績順位が書かれた貼り紙を見上げている。

私とデイジー、ソニアは顔を見合わせ笑い合った。

さて、学年の一番と二番は誰かというと、エディアルド様とアーノルド殿下が同点だったらしく、二人とも一番と書かれていた。というわけで二番は不在。

「嘘だ……あの（馬鹿）王子が一番だって」

「どんな手を使ったんだ？」

「さてはクラリス嬢の答案を覗き見したな」

余程信じられないのか、エディアルド様に悪意を持った生徒達は言いたい放題だ。

いや、カンニングしたのなら私よりも成績が上位なのはおかしいでしょ。

少なくとも私が解けなかった問題をエディアルド様は解いているのだ。選択肢問題は一切ないし、運で点数がとれるようなテストじゃない。まぁ、それを説明したところで彼らは認めないだろうけど。

「気にしないでくださいませ。彼らはエディアルド殿下の授業風景を見ていないからあんなことが言えるのです。A組のほとんどの方はエディアルド殿下の実力であることは分かっていますよ」

デイジーが励ますように言ってくれる。

まぁ、カーティスのような一部例外はいるけれど、A組の生徒の多くはエディアルド様に一目置いているし、気にすることはないわよね。

「うーん、もう少し手を抜くべきだったか」

エディアルド様が隣でぼそっと呟いているのに、私は内心ぎょっとした。

彼はあまり目立つことは本意ではなかったようだ。そこそこの成績になるようわざと手を抜いたみたいだけど、それでも一位になってしまったらしい。

今回のテストはかなり難しかったし、学年全体の平均も低いんじゃないかと思う。私も解けなかった問題がいくつかあったし。

でもエディアルド様は解こうと思えば全問解けたのではないだろうか。

「半分ぐらい残しておけば良かったか……いや、でも五十点はさすがに俺のプライドが……」

――何かブツブツ言っている。

百点を取ろうと思えば取れた筈なのに、どうしてわざと手を抜いたのだろう？

今は周りの皆がいるから尋ねにくいけど、誰もいない時に尋ねてみようかな。

その時エディアルド様と目が合った。彼はニコリと笑って私に言った。

「君のお陰で良い成績をとることができたよ。とても熱心に勉強をしている君を見て、俺もがんばろうと思ったんだ」

「え、エディアルド様⁉」

目を白黒させる私に、エディアルド様は私の手の甲にそっと口づけをして言った。

「本当にありがとう。君が俺の婚約者になってくれたから、俺はここまでがんばれたんだよ。これからも君の為に俺は精進していくつもりだよ」

な、何か私のお陰でエディアルド様の成績が上がったみたいになっている⁉

エディアルド様は私と出会っていなくても、元々勤勉家じゃないの！

するとそのやりとりを聞いていた周囲の女子生徒達が、きらきらと目を輝かせる。

「まぁ、エディアルド殿下はクラリス様の為に一生懸命勉学に励んだのですね」

「分かりますわ。クラリス様のような素敵な方が婚約者だったら、自分を高めたい気持ちになりますものね」

「私も是非クラリス様から色々教わりたいですわ」

女子生徒達からは憧憬の眼差しが私に向けられ、男子生徒からは羨望の眼差しがエディアルド様に向けられる。

「エディアルド殿下は良い婚約者に恵まれたようですね」

「彼女が悪女である噂は嘘だったようだな」

「エディアルド殿下を勤勉家に変えるとは……クラリス嬢は婚約者の鑑だ」

な、何か無駄に過大評価されているような気がする。

私だってそこまで目立ちたくないのに‼

思わず恨めしい上目遣いをエディアルド様に向けてしまう。

さすがに申し訳なく思ったのか、エディアルド様は私の耳に囁いてきた。

「ごめん……あとで美味しいケーキご馳走するから」

そ、そんな美声で甘い誘いをしたって、私は誤魔化されませんからね！

そ、そんな顔を近づけても、ご、誤魔化されないからっっ‼

な……何でそんなに反則的なくらい美形なの。しかも人懐こい仔犬みたいな目で見詰められたら「まぁ、いっか」と思ってしまいそうになる自分がいる。

「ケーキはホール一個分ですよ？」

「そんなに食べるの？」

「持って帰って寮の皆と分けて食べるんです‼」

「じゃあ、お土産用のケーキと、一緒に食べるケーキを買えばいいね」

「……」

い、一緒に食べるって……それじゃまるでデートじゃない。

熱い……今、私の顔は燃え上がっている。

結局エディアルド様の顔の近さに耐えきれなくなった私は、こくりと頷くことしかできなかった。

——私、彼のこと好きになっているかも。

エディアルド様はいつか聖女様に恋をしてしまうかもしれないのに。

期待したら駄目。

前世だって痛い目を見ているじゃない。何で懲りないのよ、私はっっ!!

いくら私が抵抗しても、結局は小説の展開通りになるかもしれないじゃない。

だから甘い期待はしないようにしなきゃいけないのに、嬉しさのあまりドキドキする気持ちは抑えられそうもなかった。

私にソニアとデイジーという友達ができた一方、エディアルド様もクラスメイト達と積極的に関わっているみたいだった。
小説のエディアルド＝ハーディンは常にクラスメイトを見下していた描写があったけれど、現実のエディアルド様は何から何まで違う。

「ウィスト＝ベルモンド、良かったら俺と手合わせ願えないだろうか」

そう言ってクラスの男子生徒に話しかけた時には驚いた。

ウィスト＝ベルモンド。

身長は百八十センチ以上はある。男子の平均身長が百七十センチなので、背は高い方だ。身体も がっしりとしている。ブラウンの髪、ブラウンの瞳。顔は整っているけれど、やや険しい印象が強い。

小説ではたった一人で、魔族の軍勢を半壊させた人だ。だけど身分は騎士爵で、爵位はあっても貴族の一員とは見なされない。

ウィストの家は平民だけど、父親は騎士爵を授与されているので、学園に通うことができる。将来、騎士として王族や貴族の家に仕えるのに、礼節を学ぶ必要があることから、平民ながらも貴族の学校に通うことが許されているのだ。

しかし騎士爵は戦で余程活躍でもしない限り、他の貴族達から見下される。

小説の筋書き通りだったら、間違ってもエディアルド様から声をかけるなんてこと、有り得ない。

ウィストは師匠である父親にしか剣技を教わっておらず、騎士団に入団したものの身分の低さから軽んじられていて、誰もその実力を知る者はいなかった。

教室の中もざわめいていた。

騎士団屈指の実力者であり、アーノルドの四守護士と誉れ高いガイヴ＝ハリクソンがクラスメイトの中にいるというのに、彼を差し置いてエディアルド様が声を掛けたのは、何の実績も無い騎士爵の息子だ。

「あんな平民に何ができるんだか……」

ガイヴ＝ハリクソンが苦々しく呟く。

彼は当然、最初に声を掛けられるのは自分だと思っていたのだろう。だけど、もしエディアルド様に声を掛けられたとしても、アーノルド殿下に忠誠を誓っている彼は嬉々として断っていたと思う。小説でもそんなワンシーンがあったしね。

それでも身分が低くて、名も無い騎士である人物に先を越されたのが、相当悔しかったのだろう。ウィストはウィストで「本当に自分で良いのか？」と言わんばかりに、自分のことを指差している。

「俺は君と手合わせしたいんだ。もし差し支えなかったらよろしく頼む」

「差し支えなど……滅相もございません！」

ウィストは頬を紅潮させてから、声を弾ませて言った。

二人は共に校内にある中庭へ出た。

中庭は青々とした芝生が広がる憩いの場。

生徒達はボール投げやランニングなど、運動に興じたり、あるいは寝転がったりと思い思いに過ごしている。

エディアルド様達は近くに人がいない場所を確保し、お互いに向き合った。

ぶつかり合う剣と剣。

二人とも真っ正面から相手に斬りかかっていった。

剣と剣の押し合いが続くけれど、埒があかないと踏んだのか、いったん距離を置くべく、お互い後ろへ飛び退いた。

　連続で斬りかかってくるエディアルド様を、ウィストはすかさず受け流す。

　剣のことは良く分からないけれど、何だかとても見応えがあるわ。

　気が付くと、他のクラスメイトも教室の窓から二人の稽古風景を眺めていた。

「やるな、ウィスト＝ベルモンド」

「エディアルド殿下もああ見えてかなりの使い手だからな」

　ちゃんとエディアルド様のことを認めているクラスメイトの声を聞くと嬉しくなる。

　一方、四守護士のガイヴは苦虫をかみつぶしたような顔をしている。

　そんなに苛つくなら、二人の稽古を見なきゃいいじゃない。忠誠を誓ったアーノルド殿下の顔だけ見ていなさいよ。

　この日以降、エディアルド様とウィストは昼休みの度に剣の稽古に励むようになり、それを見学するギャラリーも日に日に増えていくのだった。

「クラリス様、これ私が焼いたクッキーですの。良かったら食べてくださいませ」
「クラリス様、こちら私が作ったポーチですが良かったらお使いください」
「クラリス様、我が家の庭で育てた（レアな）薬草、良かったらお使いください」
　学園に入学してから二ヶ月。

最近クラスメイト達が私に声を掛けてくるようになった。

そしてお礼の品を貰うことが多い。

というのも、熱中症で倒れたクラスメイトに治癒魔術をかけたり、素行の悪い貴族の子弟にからまれている令嬢を助けたり、肌荒れに悩んでいる令嬢に塗り薬を作ってあげたりと、まぁ小さな親切を繰り返した結果なんだけど、何だかわらしべ長者にでもなった気分だ。

善行を重ねたお陰か、寮にもクラスにも友達ができて、特に仲がいいのは女性騎士のソニアと公爵令嬢のデイジーだ。

小説だとクラリスと敵対する筈だったキャラ達と一番仲よくなるとは思わなかった。

メガネっ娘のデイジーは、見かけ通りかなり勉強熱心な娘だ。勉強だけならSクラスに所属してもおかしくないのだけど、Sクラスは文武両道の上、魔術も優れていなければならない。

デイジーは魔術が苦手で、Aクラスになってしまったらしい。

私は本来Sクラスだったらしいけど、担任の先生に内々に聞いたところによると、エディアルド様の勉強の手助けをしてほしいという理由でAクラスになった。

入学テストの時、エディアルド様の成績はかなり悪かったみたい。だけど、王族がBクラス以下というわけにはいかないので、Aクラスに在籍させているのだという。

王子の教育を婚約者に丸投げってどうよ？　とは思うのだけど、現在のエディアルド様はかなり勉強ができる人だったので、私の手助けは必要なかった。

エディアルド様、入学テストの時は身体の調子でも悪かったのかしら？　前世の私も英語のテストの時にお腹壊して、成績が散々だったってことあったから。

デイジーとソニアと共に、教室の窓辺でクラスメイトから頂いたクッキーを食べていたところ。

「あ、今日も殿下がウィストと稽古していますね」

「彼のこと、ご存じなのですか？　ソニア様」

男性を下の名前で、しかも敬称もなく呼ぶのは、かなり親しい仲であることを示している。

尋ねる私にソニアは少し照れたように指で頬を掻きながら説明をする。

「家が近所の幼なじみなのです。それにウィストの父親から剣術を習っていたもので、兄弟弟子でもあるのです」

へぇ、意外な人間関係。小説にそんなこと書かれていたっけ？

エディアルド様がウィストと稽古しているというのも、小説の筋書きにはない展開だもんね。

この世界は登場人物こそは小説と同じだけれど、筋書き通りに進んでいる部分と、そうじゃない部分がある。

今まで自分自身の学園生活で精一杯で、そこまで気が回っていなかったのだけど、そういえば小説のヒロインも入学している筈。

筋書き通りなら、とっくにエディアルド様との出会いのシーンがあった筈だけど、エディアルド様はいつも通り私に優しいし、一目惚れして心ここにあらずということもない。

次の授業の予鈴が鳴ったので、エディアルド様とウィストは稽古を止めた。

ああ……タオルで汗を拭うエディアルド様、超絶素敵。

二人はなにやら話をしながら校舎へと戻っていく。

その時、向かいから一人の女生徒が走ってきて、エディアルド様にぶつかった。

私はハッと目を瞠る。

後ろ姿からして、とても華奢で可憐だ。顔は見えないけど、波打つピンク色の髪の毛はまさにヒロインのトレードマーク。

まさか、彼女がミミリア＝ボルドール⁉

驚いたのは私だけじゃない。ソニアもデイジーも目をまん丸にしていた。

ピンクの髪の女生徒は、可憐な少女であろうことは後ろ姿でも分かるけど、彼女はその容姿に似つかわしくない行動をとっていた。

まるで猪のような勢いでエディアルド様に向かって突進していたのだ。予鈴が鳴っているのに校舎から逆の方向に走っていくのも不自然だ。

余程慌てていたのだろうか……いや、でもなんか、わざとぶつかったように私には見えた。

「い、今……わざとぶつかっていましたわよね？　あの娘」

顔を引きつらせるデイジー。

「私もわざとぶつかっているように見えました」

異様なものを見る目で女子生徒の後ろ姿を見ているソニア。

やっぱり二人の目から見ても、わざとらしくぶつかったように見えたんだ。

ぶつかって倒れ込んだピンクの髪の女子生徒を、エディアルド様は助け起こす。

「……っっ‼」

今、あの小説のシーンが現実になっている。

急いでいたミミリアがエディアルドとぶつかるシーン。ぶつかってきた女子生徒にエディアルドは怒鳴ろうとするけど、彼女の美しさに目を奪われ言葉を失う。

そしてエディアルドはミミリアに一目惚れをしてしまうのだ。

ズキッと胸が痛む。

「わざとエディアルド殿下にぶつかるなんて、あの娘、どういうつもり？」

苦々しいデイジーの呟きに私は平静を装いながら、

「相当慌てていたのかもしれませんね。わざとだと決めつけない方が良いのでは」

と答えてみるけど、ソニアは首を横に振る。

「予鈴が鳴っているのに逆走するなんて、あまりにも不自然です」

「い、いや、でも家に忘れ物とかあって、取りに行こうとしたのかも？」

「校門とも反対方向ですわよ‼　わざとエディアルド殿下にぶつかって接触しようとしているのですわ‼」

「王子にお近づきになりたい女性は多いですからね」

憤慨極まりない口調のデイジー。そして眉間に皺を寄せているソニア。

小説と違って女主人公に対する二人の印象は最悪なものだった。

確かに不自然さは否めないけど、この世界が小説の通りに進んでいるのなら多少、強引な設定も有り得る。

「クラリス様、そのように暢気に構えていたら、エディアルド殿下を取られるかもしれませんよ？」

ソニアの言葉にデイジーもウンウンと頷く。

あ、ありがとう。二人とも私のことを心配してくれて。

私的にはエディアルド様がミミリアに一目惚れしてしまうのは想定の範囲内だけど、二人の気持ちが今、心に染みわたる。

覚悟はしていても、やっぱり振られるのは辛い。

「……もし、私が婚約破棄になってしまったら、二人とも私のこと励ましてくれますか？」

「な、何を縁起でもないことを⁉」

目を剥くソニア。

「そんなに弱気になっていたらいけませんわ！　あんなにあなたに夢中な殿下があっさり心変わりする筈ありませんもの」

拳を握りしめ力説するデイジー。

わーん、二人ともありがとう。

だけど、だけど人生って何が起こるか分からないのよ。だって前世では、結婚秒読みだったのに、突然彼氏に裏切られたのだから。

そうだ、振られたら傷心の旅に出掛けようかな。どうせ役立たずとして家からは追放されると思うし。しばらくの間はヴィネの所でやっかいになって、旅支度をして。

私が頭の中でぐるぐると暗い未来予想図を描いていたところ、エディアルド様とウィストが教室に戻ってきた。

ヒロインに一目惚れした彼は、惚けた状態に違いない。小説では心ここにあらずって書いてあったもの。

怖いけど、確認する為にエディアルド様の顔を見る。

……あれ？

エディアルド様はいつも通り涼しい顔。

けれど私と目が合うと何だか心配したように顔を曇らせてこちらに近づいてきた。

「どうしたんだ？　クラリス、顔色が悪そうだけど」

心ここにあらずどころか、私の額にそっと手を当てて、体調を気遣ってくれている。

本当に、本当に優しい人だ。だけど、その優しさに甘えてはいけない。

もしヒロインに一目惚れをしたのであれば、私が背中を押さなくては。

「え、エディアルド様。先程女子生徒とぶつかっていましたけど、大丈夫でしたか」

「ああ、大丈夫だ。俺も怪我はないし、向こうも無傷だから」

「ど、どんな女性でしたか？」

「うーん、どんな女性と言われても、今のところ無礼極まりない女性としか思えないな」

不機嫌な表情を浮かべているエディアルド様に、私は目を点にする。

あれ？　一目惚れしていない？？

彼はさらに溜息交じりに言った。

「わざと俺にぶつかってきておいて、謝罪の一つもない。ただこっちをじーっと見詰めているかと思うと、人のことを馴れ馴れしくファーストネームで呼ぶし……ああ、君の妹とよく似ているな」

――――え⁉

な、何か凄く苦々しい表情を浮かべている。

エディアルド様にぶつかってきた上に、初対面の王族に対してファーストネームで呼ぶって、確かにナタリーと同じことやらかしている。

い、いや、でも小説でも天真爛漫って書いてあったし、天然なところもあるから、誰に対してもフレンドリーなことは有り得る。だけど、まさかそれがエディアルド様にとって悪印象になるなんて。

考えてもみたら、今の彼は小説とはまるで違う。

考えなしに行動することはなく、周囲の人間の陰口に過敏になるようなこともない。もう、性格自体が違っているのだから、ミミリアに対しても違う印象を抱いても不思議じゃない。

小説と全然違う展開に戸惑う一方、私はほっとする。

エディアルド様がミミリアに一目惚れするようなことがなくて良かった。

ひとまずは安心したけれど、それでも何かのきっかけで恋に落ちることはある。男の人は放っておけない女性の方が気になるみたいだし。

前世の彼がそうだったもの。期待はしないようにしないと。

そうじゃないと、また惨めで悲しい気持ちを味わうことになってしまう……。

「で、でも、可愛らしい方だったでしょう？　あ、あの……私との婚約はあくまで王室が決めたものですし、もしエディアルド様に好きな方ができたら、私は潔く身を引きます。だから、気持ちが変わった時には教えてください」

「何を馬鹿なことを言っているんだ？　それに君との婚約は王室が決めたんじゃなくて、俺が決めたことだよ」

「え、エディアルド様……」

突然、私はエディアルド様に抱きしめられた。

こ、ここは教室の中なんですけど⁉

彼は皆には聞こえないように耳元で囁いてきた。声優並みに綺麗な美声で。

「俺は一生、君のことを大切にする」

「え……エディアルド様」

「だから何があっても不安に思わないで。俺は日々を重ねるごとに君のことが好きになっているから」

じゅ、ジュリ神よ、これは夢なのでしょうか？　幸せすぎて泣きたくなる。

この世界は小説の世界とは違う……誰かの手によって描かれた世界じゃなくて、自分の意志で紡いでいく世界なんだ。

不安な気持ちは拭いきれないけれど、でも今はエディアルド様の言葉を信じたい。

「エディアルド様、ありがとうございます。私もエディアルド様をお慕いしています」

私はエディアルド様の背中に手を回して、今の気持ちを正直に告げた。

するとエディアルド様の表情がぱぁぁっと明るくなり、私の身体をさらにきつく抱きしめた。

そんな私達を祝福する拍手が二つ。デイジーとソニアだ。他のクラスメイトもそれにつられるように拍手を送ってくれる。

何だかとても恥ずかしかったけれど、温かい気持ちと幸せな気持ちがないまぜになって、私は目に涙をにじませた。

◇◆ミミリア視点◆◇

私の名前はミミリア＝ボルドール。

前世の名前は中辺(なかのべ)ミコ。ごく普通のサラリーマン家庭の娘として生まれた。

両親も兄弟も平凡(へいぼん)な容姿なのに、私だけ突然変異のように可愛く生まれた。

皆、可愛い、可愛いって私のことをとても褒(ほ)めてくれた。二人のお兄ちゃんは私の取り合いをするくらいだった。

学校でも男の子に告白されることが多くって、一部の女の子からは妬(ねた)まれたりもした。苛(いじ)められそうになったら必ず守ってくれる男の子がいたし、先生も私の味方をしてくれたから、可愛くて苦労したってことはそんなになかった。

せっかく他の人達よりも可愛く生まれたのだから、私は平凡な人生で終わりたくなかった。

この容姿を生かすには芸能界しかない！　格好いい俳優さん、おもしろいお笑い芸人さんと知り合いになりたい。

最後にはイケメン社長と結婚！

そんなことを夢見ながら芸能オーディションに応募(おうぼ)した。

でも、世の中ってそんなに甘くなかった。

オーディションの舞台(ぶたい)に立つどころか、書類選考で落選してしまった。

勝ち残った子を雑誌で見たけれど、私と同じぐらい可愛い子の写真が沢山(たくさん)載(の)っていた。

私はモデルになれる程スタイルがいいわけじゃない。バラエティで活躍できる程キャラが立っているわけじゃない。

オーディションに落ちて落ち込んでいた私を見かねた友達が、一冊の本を薦めてきた。

「この本でも読んだら？　私、今ハマってるんだ」

「小説？　あんまりそういうの読まないんだけど」

「ミコでも読みやすい文章だよ」

「ミコでもって、どういうこと⁉」

「あははは、ごめんごめん。でも、本を読むのもいいことだよ。読むことで恋愛した気分にもなれるし、冒険した気分にもなれる。一冊の本との出会いが考え方を変えてくれる可能性もあるんだから」

「ふーん」

本について熱心に語る友達。地味でお人好しな子。いつも私の引き立て役になっているんだけど、そんなことにも気づいていない。本さえあれば彼女は幸せみたい。だけど、彼女は私のことを一つも妬まないから、一緒にいても居心地が良かった。

渡された本を見ると綺麗なイラストだ。文章も分かりやすくて思った以上にサクサクッと読むことができた。

『運命の愛～平民の少女が王妃になるまで～』

主人公アーノルド王子と女主人公である平民少女ミミリアの恋物語。だけどそのアーノルド王子には貴族令嬢の婚約者がいて二人の恋は困難を極めるの。

ミミリアはミミリアで可愛すぎるものだからアーノルドの異母兄、エディアルドにも好かれてしまう。こいつ、顔はいいんだけど馬鹿なのよね。性格も悪いし。

あと魔術の師匠であるジョルジュ＝レーミオや、宰相の息子で絶世の美男であるアドニスにも好意を寄せられるようになる。

小説だけど乙女(おとめ)ゲームのような展開だ。ゲームだったら誰とハッピーエンドになるか選べるんだけどな。

あらゆる困難を乗り越えてアーノルドとミミリアは結ばれる。

平民から王妃なんてシンデレラみたいで素敵な話。主人公とヒロインが幸せになって良かった。

私もミミリアみたいに前向きに生きないとね。

だけど、運命って残酷(ざんこく)。

前向きに生きていた矢先、私は車に轢(ひ)かれて死んじゃったの。

そして生まれ変わったのが平民の娘、ミミリア。

何とあの小説の主人公に生まれ変わってしまっていた。

しかも両親は平凡な顔、兄弟も平凡な顔、そしてやっぱり私だけ可愛く生まれて……前世と同じような家庭環境(かんきょう)だった。

前世と大きく違うのは、私が聖女に選ばれたこと。

ある日、神官達が私の家を訪ねてきた。

「ここに薔薇(ばら)形の痣(あざ)を持った未婚の女性はいないか」と。

私には生まれつき、手首に薔薇の形をした痣があった。

前世の記憶が蘇(よみがえ)る前はコンプレックスだった痣だったけれど、これは私がヒロインである絶対的な証(あかし)だ。

聖女に選ばれた女性は、王族のお嫁さんになることが多い。

王族からしたら聖女の凄い力を手元に置きたいから。

神官は私がいずれ王族の誰かと結婚すると予想して、男爵家の養子になるように言ってきた。

そこで貴族のマナーなどを習う必要があるんだって。

今まで平民として暮らしてきた私が貴族として務まるのか、家族は不安だったみたいだけど、私は迷いもなく男爵家の養子になることを受け入れたわ。

私を迎え入れた男爵夫妻は吃驚するくらい優しかった。二人ともお爺ちゃん、お婆ちゃんなんだけど、子供を授かることができなかったから、私という可愛い子供ができて凄く嬉しかったみたい。

小説でもミミリアは男爵夫妻にすっごく可愛がられているのよね。

特に夫人は女の子が欲しかったみたいなので、綺麗なドレスや宝石を沢山買ってくれた。

ボルドール男爵も「礼節は追々学校で習えばいいから」と言って、私のことを実の娘のように可愛がってくれた。

そして私は王立ハーディン学園に入学。

Bクラスになった。ここまでは小説の設定通り。

小説の通りに進めるには、最初はエディアルドとの出会いからはじめなきゃ。彼は私とぶつかって一目惚れするというのが、物語の筋書きだ。

そうそう、ミミリアって運命のアーノルドと出会う前に、馬鹿王子エディアルドと出会っちゃっているんだよね。エディアルドに強引に迫られているところを助けられるというのが主人公達の最初の出会い。次がクラスメイトの女子に苛められているところを助けられる。

そんなヒーロー、アーノルドにヒロイン、ミミリアは惹かれていくのよねぇ。

とにかく筋書き通りになるように、まずはエディアルドとぶつからなきゃ‼

そう思っていたのに、なかなかその時が来なーい。

授業初日にぶつかりかけたことがあったのだけど、あからさまに向こうから避けるんだもん。

目と目がばっちり合ったから、私に一目惚れしたと思ったのに。

私のことを気にも掛けていないようだった。

後で分かったことだけど、エディアルドは既にあの悪女クラリスと婚約していたの。

その時点で小説と全然違う。何で筋書き通りじゃないの⁉

クラリスの婚約者はアーノルドでしょ⁉

Aクラスの人に尋ねたら、アーノルドはクラリスのことを嫌っていたので、見合いの場であるお茶会に参加しなかった。そこまでは小説と同じだからいいんだけど。

問題はそれをいいことに、エディアルドがクラリスを自分の婚約者にしてしまったとのこと。だから結局アーノルドとクラリスの婚約は成立しなかった。

……って、何それ⁉　何、悪役王子と悪役令嬢が勝手にくっついているのよ。

小説だとエディアルドだってクラリスのことを「冷たい女だ」って、ひどく嫌っていた筈。お茶会にも参加していなかったじゃん。

それなのに何⁉

それとなくAクラスの教室を見たけど、エディアルドとクラリスは席が隣同士。どこから見ても幸せな恋人同士にしか見えないくらい仲よく話をしている。

し、しかもエディアルド……よく見ると凄く格好いい。た、確かに小説でも顔だけはいいって描写があったような気がするけど、挿絵よりも何十倍もカッコよくない⁉

クラリスと楽しそうに笑い合うエディアルドの笑顔。その笑顔はクラリスに向けられるものじゃない。私に向けられなきゃ嫌‼

駄目……このままじゃ小説と違う展開になっちゃう！

こうなったら強引に、私とエディアルドの出会いを作るしかない。

エディアルドは私に一目惚れしなきゃいけないんだから‼

学校にいる間はほとんどクラリスとべったりだったから、なかなかチャンスが来なかったけれど、ある日エディアルドがクラスメイトと共に、中庭で剣の稽古をしているところを見かけた。

チャンス‼

忘れ物を取りに行くフリをして彼とぶつかっちゃえ。

一緒にいる騎士が余計だけど、とにかく私の顔を見せて一目惚れをさせたらいいんだもん。

学校の予鈴が鳴った瞬間、私は校舎から飛び出してエディアルドにぶつかった。

物語通りなら彼は私に一目惚れをする筈。

今の自分は前世より数倍美人で可愛いって自覚はある。既にクラスメイトからも何人か告白されているんだから、彼だってきっと……。

「一体どういうつもりだ。わざわざ俺にぶつかってくるなんて」

彼にタックルしてから、その場に尻餅をついていた私は、ぎょっとして顔を見上げた。

そこには冷ややかに私を見下ろすエディアルドがいる。

え……一目惚れ、しているんだよね？　何でそんな怖い顔でこっちを見ているわけ？

「王子を狙う暗殺者かと思って、危うく叩き斬るところだった」

横にいる騎士が、無邪気な笑顔で怖いことを言っている。

本当に剣を抜きかけているしっっ‼

エディアルドは大きな溜息をついてから、私を助け起こした……なんか、嫌々助け起こしている感じがするのは気のせい？

「あ、あのエディアルド様」

「殿下」

「え？」

「俺は君に名前で呼ばれる程仲よくなった覚えはない。名前で呼ぶのなら、殿下という敬称をつけるんだな」

「な、何でよ。様だってりっぱなケーショー（敬称）でしょ？　様と殿下の何が違うわけ？」

「王族を名前で呼ぶ場合、親しい者のみ〝様付け〟が許されている。親しくない人間が王族を呼ぶ時は、敬称は殿下と決まっている。貴族の行儀作法で習わなかったのか？」

「習ってないし、何で私は〝様付け〟が駄目なのよ。これから親しくなるかもしれないじゃない」

「分からない？　端的に言えば、君には馴れ馴れしく名前で呼ばれたくないってことだ」

「――――⁉」

ちょ、ちょっと待って。

その台詞はアーノルドがクラリスに対して言った言葉じゃなかったっけ？？？　何で私が馬鹿王

子にそんな風に言われなきゃいけないわけ⁉

腹が立つっっ‼

いいもん、別に馬鹿王子の気を引きたいわけじゃないんだから。

「ミミリア＝ボルドール、今後は一切俺に関わらないでくれ」

え……？

エディアルドがどうして私の名前を知っているの？　あ、もしかして、私のことは前からチェックしていたってこと？

何だ、そういうことか。

あんな冷たいことを言っているけど、結局は私のことが気になるってことか。

エディアルド＝ハーディンがツンデレキャラだったなんて意外。

思っていたのと違うけど、彼は私に惚(ほ)れている。ちゃんと筋書き通りになっているから良し！

エディアルドはもう落ちたも同然だから、今度はアーノルドとの出会いを果たさなきゃ！

あ、その前に私の推(お)しでもあるジョルジュとの出会いが先か。

だけどそうなると彼に弟子入りしなきゃ駄目なんだよねー。うーん……魔術の勉強は嫌！　超めんどくさい。思った以上に難しいんだもん。本も読んだけど全然頭に入ってこない。

別にあとの出会いは小説の順番通りじゃなくてもいいよね。

やっぱり王道からはじめよっかな。アーノルドとの出会いのシーンから進めていこっと。

待って……後々(あとあと)宰相になるアドニスをチェックしてからでも遅(おそ)くないか。

うーん、誰にしようか迷っちゃうなぁ。

◇◆エディアルド視点◆◇

はっきり言ってしまおう。

俺の婚約者クラリス＝シャーレットは可愛い。

まず笑う顔が可愛い。

真面目に勉強をする姿も可愛いし、不思議そうに首を傾げる顔も可愛い。

そしてどこか不安そうに俺を見詰める目も、抱きしめたくなるくらいに可愛い。

「エディアルド様、一人で魔物を追いかけるなんて無茶をしないでください」

「ちょっと油断していたからな。まぁ、軽い引っかき傷だし、ほっといても治るから」

「ちゃんと治療しなくてはいけません！」

怒る顔も可愛いんだよなぁ。

しかも俺のことを思って怒ってくれているのだから、ますます愛しくなる。

最近、ウィストと共に、王都周辺の森に出没する魔物の退治に出向くようになった。

戦闘力、経験値を上げるにはやはり実戦を重ねるのが一番だからな。しかし今日は魔物を深追いしてしまい、思わぬ反撃を食らったのだ。とはいっても猫系の魔物に軽く腕を引っ掻かれただけなのだが。

何事もなかったかのように学校へ行くと、俺の怪我を見つけたクラリスはすぐに治癒魔術で俺の傷口を塞いでくれた。

クラリスの治癒魔術の実力は魔術師の中でもトップクラスといってもいい。ひっかき傷など一瞬でなかったかのように治してしまう。

しかもヴィネ直伝の質の良い回復薬もくれるので、どんなに疲労困憊になっていても、元気な身体を取り戻すことができる。

クラリスが作る回復薬は即効性がある上に力が漲る。万能薬に近い上質なクラリスの回復薬はかなりの高値で取引されているのだとか。

傷が治ってほっとする婚約者の顔を見て、俺はじーんと幸せを感じてしまう。

前世は順風満帆な人生で、突然不慮の事故で死んだ時には理不尽に感じたものだが、今はこの世界に生まれ変わって良かったとさえ思っている。

前世にはなかった女の子との青春の日々に、俺の毎日は充実している。

クラリスは悪女という噂を真に受けていたクラスメイト達も、最初は遠巻きにクラリスのことを見ていたが、俺と仲よく話をしている姿や、真面目に授業に取り組んでいる姿、それにクラスメイトのソニアの怪我を治癒魔術で治したことや、他の生徒達にも親切にしていることが知れ渡り、次第に噂が間違いであることに気づき始めた。

そして、いつしかクラリスの周りにはクラスメイト達が集まるようになっていた。

まぁ、一部の生徒はその様子を苦々しく見ているんだけどな。

俺は俺で有能な騎士や魔術師達を見極め、自分の味方に引き入れるべくクラスメイトとの交流を積極的に行っていた。

学園の長期休暇前には大規模なダンジョン攻略の試験もある。まずはそこを中期目標に定め、人材を見極めながら、ダンジョン攻略に挑む仲間を探している。

「エディアルド殿下、先程の実戦授業で旋風を繰り出しておられましたが、あれはどうやるのですか？」

「ああ、魔力の集中とタイミングにコツがいるんだ。風向きを読むのも大事だぞ。君は将来魔術師になるのか？」

「いえ……家が代々騎士なので、自分も騎士になるつもりなのですが、魔術にも興味があって」

「もしその気があるのなら、宮廷魔術師になる為の勉強をしたらどうだ？　君は騎士よりは魔術師の方が向いていると思うよ」

「ですが、我が家は騎士になるのが当然の家風なので」

「もし両親が反対するのであれば、俺からも説得する。できるだけ魔術の勉学に集中できるよう支援する」

「あ、ありがとうございます！　自分の一存では難しいかもしれませんが……可能なら是非！」

世間話をしている内に、授業内容のことや魔術上達のコツなど聞かれるようになり、さらに悩み相談、進路相談までするようになっていた。

ただSクラスの人間は殆どアーノルドの信者、そしてAクラスの中にもアーノルド側の人間がいたので、なかなか人脈を広げるのは難しい部分もあった。

とりあえずは親交のある生徒達を有能な人材に育てることから始めないといけないな。

Aクラスは文武両道のSクラスと違い、実力に偏りがある人間が多いものの、その特技を極める方向へ持っていけば、学園を卒園したと同時に即戦力となる。

先程話をした生徒のように、家業とは違う、向いている職業に導くのも悪くない。

その為には就職先の伝(つて)も作っておきたいところだな。

宮廷内であれば、王子の権限を使えば大抵(たいてい)のコネは通じるとは思うが、冒険者ギルドや商人ギルド、情報屋ギルドの伝も作っておきたい。

とにかく俺の周りを使える人材で固めることが重要だ。

カーティスは一応俺の側近ということになっているのだが、休み時間になると、教室を出てどこかへ行ってしまう。まぁ、大方アーノルドに俺の近況(きんきょう)を報告しているのだろう。

周りを有能な人材で固めることも大事だが、俺自身も精進しなければならない。

特に実戦で使える戦闘能力をものにしたい。その為には自分の実力を高めてくれる稽古相手が必要だ。

その相手として目を付けたのがウィスト＝ベルモンドだった。

小説では脇役だが、魔物の軍勢をたった一人で半壊させた猛者(もさ)。

現時点では平民上がりの騎士の息子という身分の低さもあって、クラス内では舐(な)められた存在だ。

騎士団に所属しているものの、なかなか実力を発揮する場がないせいで認めてもらえず、実行部隊に入れてもらえない。

実行部隊とは騎士団の中でも認められた実力者しか入ることができず、大体はスカウトされる形で入ることが多い。ただ実力はあっても、それを推薦(すいせん)してくれる人や、スカウトしてくれる人がいないと実行部隊には入れないのだ。

俺はウィストが誰よりも強いことを知っている。そしていずれはその強さを生かす地位に就(つ)かせるつもりだ。

俺自身、貴族のおぼっちゃま騎士が相手だと魔物退治なんか付き合ってもらえそうもないので、本当にウィストの存在は有り難い。

倒した魔物は冒険者ギルドの館に持っていくと高く買ってくれるし、俺自身の小遣いも増えるから一石二鳥。

俺は毎日のようにウィストと行動を共にするようになっていた。

その日の休み時間も中庭に出るとお互いに向き合い剣を構えた。

俺が腰を据え、かまえを変えると、それまでおどおどしていたウィストの目が鋭くなる。

仔犬はその瞬間狼に変貌する。

ウィストは俺が手加減できない相手、油断していたらやられる相手だと心得ている。俺もそれだけの剣技は持っているからな。

俺が距離をつめ、剣を振りおろすと、ウィストはそれを受け止めた。

く……右手だけで受け止めやがったよ。

俺が両手で剣を振り下ろしたのに対し、彼は軽々とそれを片手で受け止めているのだ。言っておくが、俺が弱いわけじゃない。こいつがとんでもなく馬鹿力なのだ。

他の騎士は、俺の攻撃を両手で受け止めている。それくらいの重みはあるはずだ。力の差が歴然としていることが分かっている以上、剣の押し合いは賢明じゃない。

俺はすぐさま後ろに飛び退き、剣を横に薙ぐ。当然ウィストも後退し、刃をかわす。

今度は連続で俺がウィストに斬りかかる。しかし悉く避けられ、時々反撃を食らう。俺は振り下ろされた剣を慌てて避ける。

動きについていくのが精一杯だな。だけど、いいぞ。このスピードに最後までついていけるようになれば、俺の実力は格段に上がる筈。

夢中になって打ち合いをしている内に予鈴が鳴ったので、俺達は稽古を止めることにした。

「ありがとう、いい勉強になった」

「滅相もございません！　自分で良ければいつでも」

嬉しそうに頬を上気させるウィストに、俺も自然と笑みがこぼれた。

本当に人懐こい仔犬みたいだな。

そして毎日稽古を続けていく内に、ウィストは次第に声を掛けられるようになった。

「ウィスト君、是非うちの部隊に来てくれ」

「最近魔物が増えてきて人手が足りないんだ！　頼む！　うちの部隊に来て‼」

「君なら即戦力だ！　お願いだから第二部隊に来てくれぇぇ」

稽古を終えて教室へ戻る途中、ウィストの実力を知った実行部隊の生徒が、自分の隊に入ってほしいと早くもスカウトの手を差し伸べてきた。

俺は元々剣術だけは実力があると一部では言われてきた。そんな俺と互角以上に戦っているウィストの姿を実行部隊の人間が見たら、放ってはおかないだろうとは思っていた。

敢えて人目につく中庭を稽古場に選んだ理由はそこにあり、ウィストには早い段階で実行部隊に入ってもらいたいと思ったのだ。

実行部隊に入れば魔物討伐の仕事が定期的にくるので、ウィストの経験値も上がる。

将来魔物達が襲来する時にそなえ、ウィストにはできるだけ実戦の経験を重ねてほしいと思っていた。

俺の思惑通りウィストの噂は学園中に広まり、実行部隊にも届いたようで何よりだ。

ただ、俺とウィストの稽古風景を見ても、アーノルドの取り巻き連中はなかなか俺のことを認めようとはしなかった。特に剣術の心得がない貴族連中は、稽古風景を見ても「ウィストが手加減をしているから」と言ってせせら笑っているようだった。

しかし当のアーノルドは、剣術に関しては俺のことを認めている節があった。

過去に何度か、一緒に稽古をしないか？　と誘われたこともあったのだ。しかし前世の記憶を思い出す前の俺は、弟の誘いを頑なに拒んでいた。

自分の実力を上げるチャンスなのに、つまらん意地をはっていたものだ。機会があったら俺の方から誘ってみようかな……今度は向こうが断ってくるかもしれないが。

その日も授業が始まる前に、軽く魔物退治をすべく、王都近隣にある〝静けさの森〟に足を踏み入れた。

そこまで深い森ではないし、さほど強い魔物が出てくることはない。

登校前の準備運動なノリで俺とウィストは森に足を踏み入れた。

だがいつになく周囲は霧に包まれ、視界が良くなかった……ジョルジュも連れてくれば良かったかな。

するとの前にキラーラビットと呼ばれる、ウサギ形の魔物がやってきた。

ウサギ形とはいっても前世のウサギのように可愛らしいものじゃない。耳は長いが毛は黒くて剛毛、しかも全長は俺達よりも一回り大きい。

ウサギならではの跳躍で襲い掛かってくるキラーラビット。

「メガ・フレム！」

小さな炎の魔術で威嚇するとウサギ形の魔物はそれだけで驚いて、回れ右をして逃げ出した。

俺達は追いかけようとしたが、霧の中から鋭い爪を持つ大きな手が現れ、キラーラビットを捕らえた。

「……!?」

俺達が上を見上げると霧がスクリーンのように、大きな影を映し出していた。

ハーディアンギガリザード……長い名前だが、ハーディン王国のみに生息する巨大な蜥蜴だ。前世でいうティラノサウルスの姿に近い。

ようするにめちゃくちゃでかい魔物が俺達の目の前に立っているのだ。

こんな強敵な魔物が学園近隣にある〝静けさの森〟に現れるなんてこと、これまで一度もなかったのに。

巨大蜥蜴はウサギを丸呑みしてしまうと、今度は俺達にロックオンした。ウサギを捕らえたあの手が、今度は俺達を捕らえようとする。ティラノと違うのは、前脚が長く器用なところか。

俺は剣を振り上げ、すぐさま前脚を切りつけた。

痛みに叫び声をあげる巨大蜥蜴。それに驚いた森の鳥達が一斉に羽ばたいた。

もはやここは静けさの森ではない。

とりあえず俺とウィストはその場から逃げることにした。できるだけ魔物から距離を保ってから魔術の攻撃をしたい……って、巨大なくせにあいつ足が速くないか⁉　咆哮を上げながらドスドスと足音を立てて追いかけてくる。

走りながら呪文を唱えるしかないか、と俺が思っていた時。

「キャプト・ネット！」

空から声が聞こえてきた。

見上げる間もなく、巨大蜥蜴の叫び声が耳をつんざく。

俺達を追いかけていた足音もそこで途絶えた。

振り返ると巨大蜥蜴は蜘蛛の巣のように張り巡らされた捕縛魔術の糸に捕らえられていた。

捕縛から逃れようと魔物がもがいている間に、一人の男が空から降りてきたと同時に、大剣でその身体を斬りつけた。

鎧のように丈夫な皮膚で覆われている身体は、真っ二つに……あとはグロい表現になるので詳しくは語らないが、とにかく一撃で巨大蜥蜴は倒されたのだ。

俺達の前に立ちはだかるのは、見るからに筋骨隆々な後ろ姿の男。騎士なのかクロスされた剣と翼の紋章が描かれたマントを身に纏っている。

いや、ただの騎士じゃない。

ウィストのように一般的な騎士はマントの色が青いが、目の前に居る人物のマントは黒い。しかも紋章も金の刺繍がほどこされている。

あのマントを羽織ることができるのはただ一人。

ロバート＝シュタイナー。

この国の将軍だ。

四十代後半、浅黒い肌に銀色の髪が良く映える。目の色もまた銀色で若い頃は銀の貴公子と呼ばれていたとか。しかし戦果を重ねるにつれ、目つきが鋭くなり、身体もごつくなったせいか、貴公子は鬼公子と呼ばれるようになった。

軍事の最高位にいる人物が、今、俺の目の前にいる。

彼は俺の前に跪き、淡々とした声で言った。

「ご無事で何よりです、エディアルド殿下」

「あ、ああ……ロバート。だけど何故、お前がここに？」

「私は早朝ここを散歩するのが日課なのです」

「………」

ごくごく真面目な口調で答えているが、俺は顔を引きつらせる。

いや……まさか、まさかだとは思うが。

「もしかして俺のこと、護衛してたとか？」

「何のことでしょう？　私は散歩をしていただけです。最近、この辺りも強力な魔物が増えてきましたので、見回りも兼ねておりますが」

「……」

小説によると将軍ロバートは、エディアルドのことを死ぬ間際まで気に掛けていた人物だった。多分、今回も密かに俺のことを見守ってくれていたのだろう。将軍という忙しい身分にも拘らず。馬鹿王子と言われ、周りから見放されていると思っていたけれど、ちゃんと俺のことを誠心誠意守ってくれる人間もいるんだよな。

「ありがとう、ロバート。じゃあ、今度は一緒に森を散歩しないか？」

「い、いや、しかし殿下。今のような魔物が出たら……」

「俺は実戦でも戦えるように強くなりたい。その為にはできるだけ多くの経験を重ねないといけないんだ。あんたみたいに一撃でこの巨大な魔物を倒せるぐらいじゃないと話にならない」

「何故、そこまで力を求めるのですか？」

「学園でダンジョンの試験があるだろう？　所謂試験勉強だ」

「しかし、王子である貴方がこんな危険な目に遭ってまで強くなる必要は……」

ロバートの言葉が終わらない内に、俺は首を横に振る。

「俺は守られるだけの存在でいるわけにはいかない。だけど最初から巨大な敵に挑むのも無謀だからな。しばらくはロバートの力を借りたいんだ」

そして最終的には魔物の軍勢が襲来する将来に備えたい。

それに小説の通りの展開になるとしたら、ロバート将軍は、闇の化身であるダークドラゴンと相打ちになり死んでしまう。

ロバート将軍、あんたを死なせない為にも俺自身が強くならないといけないんだ。

……とは言えないが、俺の切実な気持ちを感じ取ったのか、ロバートは何も聞かずに頷いてくれた。

そして彼の視線はウィストの方に向けられる。

「ウィスト＝ベルモンド、ここ数日君の戦い振りを見せてもらったが」

密かに見守ってきたことをぽろっとバラしてしまう、少し天然な将軍。

ウィストはまぁ、将軍に名前を呼ばれた時点で、呪いでも掛かったかのように身体をガチガチにして気を付けの姿勢で固まっているけどな。

「君の実力であれば、実行部隊でもすぐに活躍できるだろう。希望の部隊があれば、私から推薦状を書いておく」

「あ、有り難き幸せ……で、ですが、どうしてそこまで」

「君の父上には一度命を助けられているからな」

ウィストの父親は、平民の傭兵に過ぎなかったのだが、大きな活躍をした為、王室から騎士爵を賜った。その大きな活躍というのが、当時将軍になったばかりの若きロバートを、魔物の一撃から守ったことらしい。

小説にはそんなエピソードは書かれていなかったような気がするのだが……もしかして裏設定って奴か？

事情はどうあれ、ロバートの推薦状があれば、ウィストの実行部隊入りは確実になるな。

その日以来、早朝の魔物退治は、将軍という強力な助っ人と共に、さらなる強敵を相手にするようになった。

多少危険を伴うが、大物の魔物を相手に戦う術を学ぶことができた。

そして、その経験は後々、ダンジョン試験の時にも大きく役に立つことになるのだった。

休み時間、いつものようにウィストと剣の稽古をしていたが、多くの足音がこっちに近づいてくる音がしたので一度稽古を中断した。

何事かと思って顔を向けると、そこにはアーノルドとゆかいな仲間達が。

まぁ、ゆかいな仲間というのは冗談として、四守護士であるイヴァン＝スティーク、それにエルダ＝ミュラーだ。

二人はアーノルドの護衛であり、クラスメイトだからな。一緒にいることが多い。それから何人かのSクラスの人間がアーノルドの後ろに控えていた。

さらに少し離れた場所には、カーティスも控えているな。建前上、俺の側近なので、Sクラス連中の後ろの方にいるけど。

「兄上、僕も稽古に混ぜてくれませんか？」

「……！」

いつしかアーノルドと稽古をしたいと願っていたが、思ったよりも早くチャンスが到来した。

まさかアーノルドの方から申し込んでくれるとは。過去、俺にあんなに拒絶されても、懲りずに稽古を申し込むハートの強さはなかなかなものだ。

ダークブラウンの巻き毛に、俺と同じ空色の目。

さすがは主人公様。

俺自身も美形ではあるが、向こうは爽やかさと、なにより華がある。

記憶を思い出す前の俺が劣等感を抱くのも無理はない。しかしそんな過去はリセットして、俺は極力優しい笑みを浮かべ快く頷く。

「ああ、かまわないよ」

まさかの反応にアーノルドは目をまん丸にしていた。

後ろに控える取り巻き達も、信じがたいと言わんばかりの目で俺を見ている。

……ま、そういう反応になるよな。思い返しても俺が弟に笑顔を向けたことは一度もなかったからな。

母親が違うとはいえ兄弟だし、バッドエンド回避の為にも主人公とは良好な関係でいたい。

小説の通り、アーノルドが王になった場合、俺は彼を支える存在になれたら、と思うのだ。

『気を付けてください、殿下』

『きっと何か企んでいますよ！』

……ま、そう簡単にはいかないだろうけど。取り巻き達はアーノルドに小声でなにやら言っているが、大方そんな忠告でもしているのだろうな。

取り巻き達を制し、アーノルドはウィストの方を見た。

「まずは君と稽古をしてみたいな」

アーノルドの言葉にウィストは少し戸惑い、俺の方を見た。

俺はこくりとひとつ頷く。アーノルドの稽古の相手をするように無言でウィストに伝えた形だ。

そんな俺達のやりとりに、カーティスは面白くなさそうに眉をひそめている。

不機嫌になるのも無理はないよな。俺とカーティスは、何も言わなくても意思の疎通が図れるような間柄にはなっていないのだ。

悪いが間者であるお前とそういう関係になるつもりはサラサラないからな。

アーノルドとウィストは互いに向き合い剣を構える。

ふむ……ウィストはさすがに隙がないな。もし俺が先制攻撃をしかけるとしたら、どこから攻めるか迷うところだ。

しかしアーノルドは迷うことなく正面から攻撃をしかけてきた。剣が受け流されると分かっているので、その次のターンで隙を狙うつもりだろう。

もちろんウィストがそんな隙を見せることもなく、剣を受け流した後すぐさま彼の方から斬りかかる。

アーノルドは華麗に身を翻して、その刃をよける。

さすがは物語の主人公様だな。避ける立ち振る舞いが舞のよう。所作がいちいち美しいのだ。

俺は自分自身の剣技を見たことがないので何とも言えないが、あんな華麗さはないように思える。

「さすがはアーノルド殿下‼」

カーティスが絶賛の声を上げる。取り巻き連中もアーノルドに声援を送っていた。

しかし四守護士である二人の反応は違った。

「まさかあれ程の実力者がまだ隠れていたとは」

四守護士の一人、イヴァンはウィストの実力に驚きが隠せないようだ。

こいつにあだ名を付けるとしたらミスター＝ストイック。ウィストとアーノルドの戦いから何か学び取ろうと、食い入るように観察をしている。

エルダも頷いてから、悪戯(いたずら)っぽく笑って呟く。

「可愛いわねぇ。食べちゃいたいぐらい」

……おいおい、食べないでくれよ、ネエさん。

小説によるとエルダ＝ミュラーは槍術(そうじゅつ)に長(た)けた人物で、四守護士に入るぐらいだから、かなりの実力者。しかし心は乙女という設定だ。

恐らく現実のエルダも小説の設定通りなのだろう。ウィストをまるで仔犬でも見るかのように愛(め)でている。

しばらく剣の打ち合いが続いたが、不意にウィストが俺の方を見た。この勝負をどうすべきか、俺に判断を仰(あお)いでいるのだ。

うーん、俺達は別にまだ主従関係じゃないから、お前の思うままにしたらいいと思うけどね。

しかし、アーノルドの信者に取り囲まれたこの状況……まぁ、わざと負けてあげる方が波風が立たないだろう。

俺は軽く肩をすくめてから、一つ頷いた。

負けてやれ——というサインだ。

ウィストは俺のサインをしっかり見てから、しばらくの間アーノルドの剣を受けていたが、何度か剣をぶつけ合っている内にさりげなく剣を手放した。

傍(はた)から見ればアーノルドの剣がウィストの剣を弾(はじ)いたように見えただろう。アーノルドはウィストに剣を突(つ)きつける。

「参りました」

そう言って頭(こうべ)を垂れるウィストに、取り巻き達は歓声(かんせい)を上げる……わざと負けたことも知らずにね。

もっとも四守護士であるイヴァンとエルダは複雑な表情をしていたけどな。二人くらいの実力になると、ウィストがわざと負けたことくらい、容易に見抜けるだろうな。

イヴァンに至っては、横にいる俺に誰にも聞こえないように「お気遣い感謝します」と礼を言ってきた。

イヴァンとエルダはアーノルドの護衛であるが、昔から俺のことを見下すようなことはなかった。イヴァンはそもそも根が生真面目(きまじめ)だし、エルダはまぁ、美を愛する人物なので、俺の顔が好みなのだと思う。

アーノルド自身も恐らくウィストがわざと負けたことぐらいは分かっているだろうが、そこは敢えて追及(ついきゅう)しないことにしたみたいだ。

彼は爽やかな笑顔を浮かべ、ウィストに言った。

「君、すごく見どころがあるね。良かったら僕の護衛にならないか？　君が加われば四守護士から五守護士に名前を変えないといけないけどね」

アーノルドの申し出にざわついたのは取り巻き達だ。

四守護士は、側妃テレスが騎士団の中から厳選した若手の騎士。エリートでもなかなかなれるものじゃなく、アーノルドを慕う騎士達からすればこの上もなく羨ましい誘いともいえる。

現時点ではアーノルドの方が王太子になる可能性は高い。

普通の騎士だったら喜んでアーノルドの誘いに応じただろう。

小説の設定でもウィストは魔族との戦いの後、アーノルド王に忠誠を誓っている。

だが——。

「申し訳ありません。自分には既に心に決めた主がいるので」

予想外のウィストの即答に周囲は呆気にとられる。

俺もまさか迷いもなく答えるとは思っていなかったから、びっくりしたけどな。

その場にいる人間の殆どが、喜んでアーノルドの申し出に飛びつくであろうと予想していたから、驚きが隠せないようだった。

「……そっか。でも気が変わったらいつでも僕に声を掛けて」

アーノルドは少し寂しそうな笑みを浮かべた……でも手はぐっと拳を握りしめている。

まさか断られるとは思いもしなかったのだろうな。

「何て馬鹿な奴なんだ」

カーティスを始め、アーノルドの取り巻き達はそんなウィストを嘲笑う。

しかしウィストは気にすることはなく、俺の元に歩み寄った。

「そろそろ授業が始まりますから戻りましょう」

俺の目をじっと見詰めてウィストは言った。

何も言わなくても不思議と彼が言わんとしていることが分かる。

自分が主と決めているのは、貴方ですと。

アーノルドの誘いに乗った方が、出世街道の可能性は高まるのにな。

それでも彼が俺のことを選んでくれたのはとても喜ばしい。

嬉しい気持ちを巧みに隠しつつ、俺は極力クールな表情を浮かべウィストと共に教室へ戻ることにした。

ふと校舎の方を見ると、教室の窓からクラリス達が心配そうにこっちを見ていた。

俺は何事もなかったかのように、そんな彼女達に手を振る。

ああ、俺の婚約者は本当に可愛いなぁ。

思わず顔がだらしなくなってしまいそうになった時、不意に鋭い視線を感じ、後ろを振り返った。

……え……アーノルドがこっちを睨んでいる？？

お、俺、何かしたか⁉

ウィストに断られたのが、余程腹が立ったのか？

でもそれはウィストが決めたことだし、俺を恨んでも仕方がないことなのだが。第一、ウィストは心に決めた主が俺であることは、まだ公言していない。

アーノルドは俺と目が合うと、すぐに何事もなかったかのように、そばにいる取り巻き達と話をしはじめた。

一体、何だったのだろうか？

第六章　悪役達は青春を謳歌する

◇◆クラリス視点◆◇

私はクラリス＝シャーレット。

とある小説の登場人物で、悪役令嬢というポジションだ。

自分の婚約者と恋仲になったヒロインに嫉妬し、事あるごとにヒロインに嫌がらせをし、しまいには命を狙うようになる。

ところが現実は全然違う。

小説では主役であるアーノルド殿下と婚約をしていたクラリス。

だけど現実の私は、アーノルド殿下の異母兄であるエディアルド様と婚約をしている。

しかも――――。

「クラリス、今度二人で美術館に行かないか？」

「え……エディアルド様っっ」

校内の美術室に飾ってある絵を何気なく見ていた私は、後ろからエディアルド様に抱きしめられた。

う、後ろからハグッッッ……ずっと前に、妄想しちゃった時はあったけれど、まさか現実になるなんて。

振り返るとこれでもか、というくらいに熱い眼差しで私を見詰めてくる。

どんな鈍感な女でも気づくだろうってくらいに、熱すぎる眼差し。

季節は夏。

例年以上の猛暑がそうさせているのか。

目と目が合いエディアルド様がそっと顔を近づけてきた。

……あ、唇にキスされる。

ここ、学校なのに。

でも美術室の中には誰もいないし、窓から誰か見ているってことはないよね？

だけど唇と唇が重なりそうになった瞬間、美術室に誰かが近づいてくる足音が聞こえてきた。

エディアルド様は我に返ったように、近づけていた顔を慌てて離す。

び、びっくりした。このままキスしてしまうのかと思った。

いくら婚約者同士だからって、学校内でキスは駄目駄目。

私達以外にも貴族同士で婚約している生徒達はいる。恋人同士のように仲睦まじくしているカップルもいるけど、さすがに校内でキスはしていない。

もしかしたら人知れずに、キスぐらいはしているかもしれないけど……学校以外だったらいいのかな？

……って、何を考えておるのだ⁉　私はっっっ‼

去れ‼　煩悩よ、去るのだ‼

エディアルド様がミミリアとぶつかったあの時、小説の筋書き通り、エディアルド様がヒロインに一目惚れをするんじゃないのかと思っていた。

そんな私の不安が表情に出ていたのだと思う。

『何があっても不安に思わないで。俺は日々を重ねるごとに君のことが好きになっているから』

あの言葉は美声と共に今でも耳に残っている。

思い出すと顔が熱くなって、胸も高鳴ってしまう。

前世は恋人もいたけど、あんな風に言われたことなんてなかった。

「君がいないと駄目なんだ」「君だけが頼りだ」「君の力が必要なんだ」とは言われていたけどね。

いつも私に頼って、縋っていたあの言葉が愛の囁きだと勘違いしていたみたい。

不安に駆られている私をエディアルド様は優しく抱きしめてくれた。安心させるように背中もさすってくれて、泣きたいくらいに嬉しかった。

あれ以来、エディアルド様は私との距離を徐々に縮めてきている。

さりげなく私の肩を抱いたり、目立たない場所では手をつないだり、それに今のように、何かとハグするようになって。

政略結婚の婚約者というには、私達の間にはあまりにも甘い空気が漂っている。

何だか申し訳ないくらい、普通に恋愛だよ、これじゃ。

しかもお互い目が合う度に、唇が重なりそうになる。

でもそういう時に限って、誰かが教室に駆け込んできたり、先生の足音が聞こえたりとか、まぁ、お約束かってくらいに邪魔が入るのよね。

「クラリス、今日は愛しい婚約者様には内緒でかるーい媚薬作っちゃおうか」

「な……何言っているんですか？」

「大丈夫。合法のかるーい媚薬だから」

ヴィネも私達の仲を祝福してくれるのはいいんだけど、余計な応援もしてくるのよね。

合法な媚薬って何なのよ。

「だって婚約者同士なのに、キスの一つもできてないってどういうこと？　貴族だからってそんなにお堅くなる必要ないんだよ」

「貴族は貴族でもエディアルド様は王子ですし、皆に示しがつく生活態度をとらなければ」

「あんた達真面目すぎ～。ちなみにこれが軽媚薬、通称ラブラブポーション。飲みやすい苺味。好きでもない人間を惚れさせる違法薬物の媚薬とは違って、想い合っている相手にしか効かないからね。恋人同士や夫婦が気持ちを高める為のソフトな媚薬だよ」

小さな瓶に入っているのは苺シロップのような赤い液体だ。

薬師としては作ってみたい代物だけど、不純な動機があると思われると嫌なので作りづらいわ。

そんなやりとりをしている内に、買い出しに出掛けていたエディアルド様とジョルジュ、そしてジン君が帰ってきた。

ヴィネはラブラブポーションを隣の調理場兼作業場の部屋に持っていって、どこかにしまったようだった。

ジン君が買ってきた紅茶の缶を手に取り、弾んだ声で言った。

「僕、最近お茶が淹れられるようになったんだ！　今日は僕が皆のお茶淹れるよ。皆どんなお茶がいい？」

ジン君の申し出に、全員がデレデレ顔になる。君が淹れてくれるお茶なら何だって飲みますよ、と言いたいところだけど、せっかくなので注文してみることにした。

「じゃあ、俺はストレートティーで頼むわ」

ジョルジュは椅子に座りながらジン君に注文する。

「あたしも同じのでお願い」

ヴィネは茶器を出しながらジョルジュと同じものを頼んだ。

「俺はミルクティーをお願いできるかな？」

エディアルド様は買ってきた薬の原料を運びながら注文。

「私もミルクティーを淹れてくれる？」

私はお皿やフォークをセッティングしながらお願いした。

それぞれに飲みたいものを聞いたジン君は頷いてから、茶器を載せたトレイを持ってすぐに調理場の方へ行った。

ヴィネも調理場から木の実がぎっしりつまったパウンドケーキやクッキーを持ってくる。

程なくしてワゴンを押したジン君が、ストレートティーとミルクティーを持ってきてくれた。

紅茶は蒸らす時間とかタイミングがあるから難しいのよね。どれどれ、どんな味かな。

飲んでみると、程よい苦味とミルク……それにピリッとした刺激。あ、もしかしてジンジャーも入れたのかな？　身体がぽかぽか温まる。

「おいしい。ジン君、少しジンジャーも入れたのね」

「これを入れると身体が温まるとママが言っていたよ。女の人は身体を冷やしたら駄目、とも言ってたなあ」

ご、五歳児の発言とは思えない。ヴィネの受け売りなのだろうけど。

ヴィネとジョルジュもストレートで紅茶を頂いている。

「どう？　ストレートの方にはさっき苺シロップを入れてみたんだよ」

「ああ、確かに苺の匂いがするな」

ジョルジュが感心したように紅茶の香りを嗅ぐ仕草をする。

へぇ、紅茶にシロップ入れるなんて、ジン君洒落ているなぁ。こっちにもそこはかとなく苺の香りが漂ってくる。

「苺のシロップ……？」

ヴィネは震えた声でぽつりと呟いてから、紅茶のカップを乱暴に置いて、慌てて調理場の方へ行った。

ど、どうしたんだろ？

直後。

ジョルジュもカップをソーサーの上に置くと、突然胸を押さえ何度か深呼吸をしはじめた。その顔は耳まで真っ赤だ。

「……じゃ、ジン。君が入れたのは、苺シロップだったんだよな？」

「うん。多分、ママが作ったものだと思う。赤い小さな瓶の中に苺の香りがする液体が入っていたから」

……え!? それってまさか。

ジン君、苺シロップと間違えて、ラブラブポーションをジョルジュとヴィネの紅茶に入れちゃったってこと?

ジョルジュは自分の身に起きた症状から、薬の内容を把握したみたいで、頬を赤くしながらも、何だか愉快そうに笑う。

「そ、そうか……ははは……ママは何でそんなもの作っていたんだろうな」

エディアルド様は様子がおかしい師匠に、何だか心配そうだ。

ジン君も訳が分からずオロオロしている。

ラブラブポーションの解毒薬はないだろうなぁ。恋人同士や夫婦が気分を盛り上げる為のアイテムだもの。

え……っと、この場合どうしたら良いのだろう?

「じょ、ジョルジュ、ちょっといい……?」

しばらくして顔を赤らめたヴィネが恐る恐る部屋から出てきた。

するとジョルジュは勢いよく立ち上がり、足早に彼女に歩み寄り、どんっと壁を叩いてヴィネの顔を覗き込んだ。

おおおお、あれが噂の壁ドン!? 生まれて初めて生で見た! 本当にやっちゃう人がいるんだ。

「色々と聞きたいことがあるんだが……」

「事情は後で話すよ」

顔を近づけて問い詰めるジョルジュ。顔を背けるヴィネ。

甘いマスクの持ち主である魔術師と、妖艶な美女である薬師は見ていてとても絵になる。

私とエディアルド様は完全にラブストーリーのドラマを見るようなノリで二人のことを、固唾を呑んで見守っていた。

「今じゃなきゃ困る。この責任、どうとってくれるんだ？」

「じ、時間が経てば効果が切れるから」

「馬鹿を言うな。この薬は発火装置のようなものだ。元々くすぶっていたものに刺激を与えたらどうなるか分かっているだろ。この炎は時間の経過だけじゃ消えない。この際だから今日こそ俺の気持ちに応えてもらう」

「……」

ヴィネは顔を真っ赤にしながらも、しばらく何かを考えるように黙り込んでいた。

ラブラブポーションは想い合っている相手にしか効かない筈よね？

ジョルジュがヴィネのことを好きなのは分かっていたけれど、ヴィネも同じ気持ちだったたってことかな。

ヴィネは私達に顔を見せないように俯いてから、小声で言った。

「……今日は自習にする。私はジョルジュと一緒に出掛けてくるから。ジン、店番たのんだよ」

そう言ってヴィネはジョルジュの腕を引いて出ていってしまった。

事情が分からないエディアルド様とジン君は戸惑うばかり。その時店の方でお客さんが呼ぶ声が聞こえてきたので、ジン君は部屋を出ていった。

彼が部屋のドアを閉めたのを見て、エディアルド様は私に尋ねてくる。

「君は何か事情を知っていそうだね、クラリス」

「え……何のこと？」

「ジンが苺のシロップを入れたという話をした時、すごく驚いた顔をしていたから」

よ、よく私の顔を観察していらっしゃる。

エディアルド様は私の顎を持ち上げて、ささやくような声で問いかけてきた。

「知っていること、教えてくれる？」

「……っっ⁉」

言えるわけないじゃない‼

だって、そんなこと言ったら、私とエディアルド様のキスのくだりまで話さなきゃいけなくなる。

そんな恥ずかしすぎること言えるわけ――。

「クラリス、どうしたの？　もしかして恥ずかしいことなの？」

「！！！？？？」

ど、ど、どうしよう。

ここで黙っていたら、怪しまれてしまうっっ‼　も、もしかしたら婚約者に黙って媚薬を作ろうとしている変態女に思われるかもしれないじゃない。

「クラリス、恥ずかしがらなくていいから……ね？」

……ね？　は、反則でしょう‼

優しい笑顔という何ともタチの悪い圧力に負けて、私は正直にラブラブポーションのくだりをエディアルド様に話した。

決して、私が望んでそれを作ろうとかしていたわけじゃありませんぞ！　あくまでヴィネのおせっかいだから！

事情を聞いた彼は何とも言えない苦笑いを浮かべる。

「まぁ、お互いに恋愛感情がなかったら、ラブラブポーションを飲んでも効果がない筈だからな。効果があるってことは、両想いと見ていいだろう。先生達もいい大人なんだし、放っておけばいいとして」

エディアルド様は私の方を見た。

そしてそっと右の手で頬に触れ、私の目を見詰めてくる。

「媚薬なんか俺には必要ない」

「――――」

そう言って彼は私の唇にキスをした。触れあう程の軽いキス、お互いの唇の柔らかさと温かさが感じ取れる、そんなキスだった。

ジン君が戻ってくる足音がしたから、すぐに唇を離したけれど、エディアルド様は人差し指を唇に当て、内緒というジェスチャーをした。

その姿も絵になるくらい格好よくて。

き、キスくらい前世の恋愛でもしたけど……全然違うっっ!!

ドキドキしすぎて、胸が爆発しそう。

今日安眠できる自信が全然無い！

ジン君が戻ってきてからも、私は顔の火照りを冷ますことができずにいた。

「どうしたの？　部屋、暑い？」

顔を真っ赤にしている私に気づき、ジン君は首をかしげる。

私はブンブンと首を横に振って、にこやかに笑って言った。

「今はとっても身体が温かいの。ジン君が淹れてくれたお茶が美味しくて一気に飲んじゃったせいかも」

「僕が淹れたお茶、美味しかった？」

「うん、美味しかった。ありがとう、ジン君」

顔を赤くしたまま、なんとか誤魔化す私に、横にいるエディアルド様がクスクスと笑っていた。

ううう、ジン君がいなかったら背中をポカポカ叩いてやりたい！

「ジンは紅茶を淹れるのがうまいな」

「ほ、ホント⁉」

褒められて、嬉しそうな顔を浮かべるジン君に、エディアルド様はにっこり笑ってティーカップを軽く持ち上げて言った。

「ああ、もう一杯欲しいくらいだ」

するとジン君は頬を上気させ、何度も首を縦に振ると「すぐに作ってくるねー！」とはりきった声を上げ、隣の調理場へ行った。

そして部屋の中は再び二人きりに。

ま、また胸が高鳴ってきた。

自分でも顔が熱くなっているのが分かる。

エディアルド様は何も言えず俯いている私を抱き寄せて、もう一度顎をくいっと持ち上げてきた。に、二回目のキス。

今度は、何度か唇が触れあう長いキスだ。

自分からキスしておいて、エディアルド様の顔も赤い。しかも嬉しそうな顔して……女の子とキスするの、初めてなのかな。

いくら馬鹿王子と言われてきた人とはいえ、それだけ顔が良くて、しかも王族だったら、多くの女性が寄ってきたと思うのだけど。

エディアルド様はぎゅっと私を抱きしめてきた。

そういえば、小説のエディアルドもミミリアが初恋だったんだよね。

初めての恋。いつも憂鬱な学校もミミリアと出会ってからは楽しみになっていた。

彼女が笑いかけてくれるだけで、エディアルドは幸せだった。

ミミリアの心がアーノルドのものじゃなかったら、エディアルドは闇堕ちしなかったのかもしれない。

エディアルド様、私はあなたを孤独にさせたりはしません。

絶対にあなたを『闇黒の勇者』にはさせない。

私はエディアルド様の背中に手を回す。

——きっと、今のあなたなら大丈夫。

だってあなたはもう孤独じゃない。私だけじゃなくて、ジョルジュもいるし、ウィストもいる。ヴィネもあなたのことを弟みたいに思っているから。

ジン君がこっちにやってくる足音がしたので、エディアルド様は抱擁（ほうよう）を解いた。

「今頃（いまごろ）、ジョルジュ達もデート中かな。メルン公園も花が見頃だしな」

「……」

まさかこんな形であの二人の距離が縮まるとは思わなかったけど……お互いが想い合っている上で距離が縮まったのだから、素直（すなお）に祝福すればいいのかな。

ジョルジュの過去のことを考えると、ついつい小姑（こじゅうと）な自分が出てくるみたいで、私は思わずぼそっと呟いた。

「ヴィネを泣かせたら絶対に許さないけどね」

「ヴィネが泣くことはないと思うよ。ジョルジュが泣くことはあるかもしれないけど」

エディアルド様が言うのなら、そうなのかな。

ジョルジュが今、ヴィネに夢中なことは確かだ。小説でも本気で好きになった女性にはすごく一途（いちず）だったものね。

彼の気持ちを信じて、今は素直に祝福することにしよう。


ジョルジュ＝レーミオが宮廷（きゅうてい）魔術師の独身寮（どくしんりょう）を去ったのはそれから一ヶ月後のこと。

ヴィネの家で暮らすことになったらしい。

元々、独身寮には帰らず、ヴィネの家に居座っていたことが多かったみたいだけど。

ヴィネと出会ってからジョルジュは飲みに回るようなことはなくなったし、他の女の人に目移りするようなこともなくなった。

ジョルジュが正式（？）にヴィネの家に暮らすようになってから、ジン君はジョルジュのことをパパと呼ぶようになった。

三人が楽しそうに笑い合っている姿を見ていたら、これで良かったのかな？　と思える。

小説ではミミリアと出会ったことでジョルジュは変わったけれど、この世界ではヴィネがその役割を果たしている。

これでジョルジュがヒロインを庇（かば）い、命を落とす確率はぐんと低くなった。

そうなるとヒロインを庇う人がいなくなっちゃうけど、諸悪の根源である私自身がそうならないように今がんばっている訳だから、そこは気にしないようにしよう。

私はこれまで、自分が生き残ることだけを考えて行動してきた。だけど今は、守りたい人達がいる。

それはとても幸せなことだけど、同時に怖（こわ）いことだ。

この先の展開……未来のことを思うと余計に怖い。

今の幸せはいつまで続くのか分からない。

だから私は強くならないといけない。

聖女や勇者のように選ばれた存在じゃないから、得られる力は限られているけれど、王族であるエディアルド様の婚約者として、国を守る為にできることをしていかないといけない。

大切な人達を守る為にも。

「クラリス、どうした？　難しい顔をして」

その日の休み時間、私はエディアルド様と共に学園内にある温室庭園を散歩していた。

今は様々な種類の蘭が咲いている。

天井にはカラフルな鳥も飛んでいて、南国情緒溢れている。

ヴィネやジョルジュのことを思い出している内に未来のことも考え込んでしまい、私は知らず知らずの内に険しい顔になっていたみたいだ。

「いえ……何でもありません」

「何か悩みがあるのなら、いつでも相談にのるから」

「……」

本当のことなんて言えない。

ここが小説の世界で、あなたと私は悪役だなんて絶対に言えない。

私は自分が何者なのか婚約者にも話すことができないのだ。

「俺はいつだってクラリスの味方だから」

エディアルド様はそっと私のことを抱きしめる。

温かくて広い胸にドキドキする反面、肩にのし掛かってくる重圧がふっと軽くなるのを感じた。

この人と一緒なら、どんな展開になっても大丈夫——根拠はないのだけど、そんな安心感がある。

抱擁が強くなるにつれ、絶対に私を不安な気持ちにさせないという気持ちが伝わってくる。

その一途な気持ちに私も彼に愛しさを覚える。

本当に信じられない、こんなに幸せでいいのだろうか。

……ううん。

幸せに浸っているばっかりじゃ駄目だ。

小説の筋書き通りだとすると、魔族の皇子ディノが魔物の軍勢を率いて王都に攻めてくるかもしれない。

もし物語と異なりディノが攻めてこなかったとしても、エディアルド様はこの国の王子。小説の展開通りにいかなくても、高確率で覇権争いには巻き込まれてしまう。

校内の噂ではアーノルド殿下の母親であるテレス第二側妃が、次々と有力な貴族達を懐柔しているという。

エディアルド様がジョルジュを師匠にした経緯も聞いたけれど、魔術師のベリオースはテレス妃が紹介した人物だったそうだ。

エディアルド様に魔術を教えようとしなかったベリオース。そこにはテレス妃の影がちらついているような気がする。

小説では知略で知られていた主人公の母親、テレス第二側妃。陰で主人公を支えていた存在って書かれていたけれど、その実態はかなりの食わせ者と思った方が良い。

それにエディアルド様の側近であるカーティス＝ヘイリー。

彼は事あるごとにエディアルド様とアーノルド殿下を比較する。

エディアルド様が活躍しても、絶対に認めようとはしない。

カーティスが真に忠誠を誓っているのは、第二王子であるアーノルド＝ハーディン殿下。エディアルド様の行動を監視する、テレスが放った間者でもあるのだ。

だけどハッキリ言ってエディアルド様は、カーティスのことを全くといって信用していない。

入学以降、私とエディアルド様は授業が終わったら、学校から直接ヴィネの家に行っているのだけど、カーティスには何かしら用事を言いつけては自分の側に置こうとしない。

しつこく着いてこようとする時は、護衛として迎えに来たジョルジュが睡眠の魔術をかけて眠らせたり、催眠の魔術で別のことに興味をもたせるようにすることもある。

さすがに私とエディアルド様が二人きりの時は、用事がない限りは近づいてこないけど、常にエディアルド様の行動に目を光らせているので、正直言ってうざい。

そんなカーティスがある日私に声をかけてきた。

「クラリス嬢、少しお時間をいただけますか？」

私はソニアとデイジーと共に談話をしながら、エディアルド様とウィストが中庭で稽古をしている様子を窓から見ていた。

意外な人物に声を掛けられたものだから、私は訝しげに首を傾げる。

「ヘイリー卿、どのような御用ですか？」

「アーノルド殿下がお呼びです。すぐに生徒会室に来ていただけますか？」

「……あら、エディアルド様の側近であるあなたが、アーノルド殿下の使いとして私の元に来るなんて、不思議なこともあるものですね」

「⁉」

ビクッと肩を震わせるカーティス。

自分が間者であることを気づかれたか、と思い吃驚しているわね。

小説を読んでいるから私は最初から知っていたけれど、読んでいなくても普段からの態度でバレバレだから。

あんなにアーノルド殿下のことを褒めていたら、間者とまでは思わなくても、誰だって彼がアーノルド側の人間であるという察しはつく。

「あなたはもうアーノルド殿下に仕えた方が良いのではなくて？」

デイジーは、可愛い笑顔で直球を投げてくる。

「騎士たる者、真に仕えたい者に仕えるべきだと私も思います」

ソニアは極真面目な顔で、もう一発直球を投げてきた。

デイジーとソニアに痛いところを突かれ、目を泳がせるカーティス。

平静も装えないなんて、本当にこの人は間者には不向きな性格だ。

本来ならカーティスだって、堂々とアーノルド殿下に仕えたいところだけど、彼はエディアルド様の監視役を担っているので、表向きはエディアルド殿下の側近として仕えなければならない。

希望の部署には行けず、不向きな仕事をさせられている社員のようなものだと考えれば、まぁ、可哀想といえば可哀想なんだけど。

それでも上司であるエディアルド様には敬意を払わないと駄目だ。そもそも誰であろうと王族を軽んじたらいけない。

カーティスを間者に選んだのは、完全にテレス妃の人選ミスだわ。

私は一度咳払いをしてからカーティスに言った。

「今ここにいる二人の友人も一緒に連れていきたいのですが」

「え……!? そ、それは」

「婚約者がいる身で女性が単独で殿方に会いに行くというのは、あらぬ誤解を招きかねません。場合によっては、アーノルド殿下の立場も悪くなるかもしれませんよ」

「わ、分かりました! では、二人もご一緒に」

アーノルド殿下の立場という言葉が効いたのか、カーティスは慌てたように首を縦に振った。

私は申し訳なさそうに友人二人の方を見たが、彼女達は任せてくれと言わんばかりに親指を立てて頷いている。そのジェスチャーって、前世と共通しているのかな?

そういうわけで私はソニアとデイジーを連れて、物語の主人公であるアーノルドに会いにいくことにした。

私は入学したばかりだから、詳しいシステムはよく知らないのだけど、生徒会役員の選抜は、この学園独自のルールがあるみたい。

学年上位の成績で入学し、家柄、社交界の評判など、あらゆる条件を満たした人物が、現役の生徒会員にスカウトされる。

デイジーのお兄さんであるアドニス=クロノム先輩も、家柄も良く、かなり優秀だったので、生徒会からスカウトが来たらしい。しかし彼は学業に集中したいという理由で断ったそうだ。

そのあらゆる条件を満たし、生徒会入りをしたアーノルド殿下。

小説のエディアルドは、「何故、自分は生徒会に入れないんだ!?」って喚いていたのよね。現実のエディアルド様はそんなこと言わないけどね。

だけど――。

「アーノルド殿下は生徒会に入ることができたのに、エディアルド殿下ときたら」

「また兄弟格差ができたな」

周りは揶揄するし、勝手に比較する。

エディアルド様自身は全く気にしていないみたいだけど、私は正直悔しいと思うことがある。

アーノルド＝ハーディン。

物語の主人公、そして小説ではクラリスの婚約者だった人物。

多くの貴族が褒め称えるアーノルドがどれ程の人物か、この目で見てやろうじゃないの。

「よく来てくれたね。かけてくれたまえ」

生徒会室は教室と同じくらいの広さがあり、そこには立派な応接セットが置かれていた。

アーノルド殿下に勧められ、ソニアとデイジーとともに席に着いた私は、向かいに座るアーノルド殿下の姿を初めてまともに見た。

さすがは物語の主人公様ね。

王家特有の空色の目は涼しげ、髪の毛は黒に近いダークブラウンだ。やや目つきが鋭い時があるエディアルド様と違い、柔和(にゅうわ)な顔をした美男だ。

一目惚れをする娘(むすめ)も多いでしょうね。

まぁ、私からすればエディアルド様の方がイケメンだと思いますけど。

眼鏡をかけた女子生徒がすぐに紅茶とお茶菓子(ちゃがし)を運んできてくれた。学校でも紅茶とお茶菓子が出てくるのね。

そういえば、小説でも生徒会室でミミリアがアーノルドと紅茶を飲んでいたシーンが書かれていたっけ。

アーノルド殿下に「どうぞ」と勧められたので、私はとりあえず紅茶を一口飲むことにした。あ、美味しいダージリンティーだわ。

しかし、ふと視線を感じて、私はちらっと向かいのアーノルド殿下の方を見た。

え……な、何か険しい顔。私、何かしたっけ？

アーノルド殿下は腕組みをして、溜息(ためいき)交じりの声を漏(も)らした。

「実は君の妹について話がある」

「妹、ですか？」

予想外のことに私は目を丸くする。

妹といえば異母妹(いぼまい)であるナタリーのことしか考えられない。

あの子は私と同い年で、同じ学年だ。

ナタリーの学力だったら、せいぜいCクラスが関の山なのだけど、お父様が学校関係者にお金を渡(わた)してBクラスにしてもらったみたい。

エディアルド様の情報によると、本当はAクラスにしろ、と学園長に無茶振りをしたらしいけどね。私がナタリーよりも上のクラスだったのが納得いかなかったようで。

学校側もCクラスの人間をAクラスにするのはかなり無理があったようで、Bクラスに格上げするのが精一杯だったみたい。

アーノルド殿下は厳しい声で私に問いかけてきた。

「君は一体、妹にどういう教育をしているんだ？」

「と、申しますと？」

「教室にずかずかと入っては、煩く僕に話しかけてくる。初対面の人間をファーストネームで馴れ馴れしく呼ぶのもそうだが、手作りの料理を押しつけてくるわ、こちらの都合も考えずに昼食に誘ってくるわ」

……ナタリー、あんた何をやっているのよ。

あまりのことに頭痛を覚え、私は額を手で押さえた。

だけど、よく考えたら小説のクラリスも同じことをしていなかったっけ？

アーノルド王子の気を引く為に手作りの料理や、刺繍したハンカチを渡したり、昼食に誘ったり……うわ、私の代わりに、ナタリーがそれをやっちゃっているんだ⁉　しかも恋人でも婚約者でもないのに。

ナタリーが手作りの料理ねぇ……多分、料理長に作らせたものだろうな。

「しかも同じクラスのミミリア＝ボルドール嬢のことを目の敵にし、事あるごとに嫌がらせをしていると聞いているっっ‼」

ええええ⁉

そ、そんなことまで私の代わりにやっているの⁉

うわぁ、何か違うところで小説通りの展開になっているわ。

これ以上、驚くことを聞かされたら飲んでいる紅茶を噴き出しそうなので、私はとりあえずカップをソーサーの上に置くことにした。

「可哀想に……ミミリアはすっかり元気をなくして。君は一体、妹にどういう教育をしているんだ？」

「はい？　あの、お言葉ですが、教育しているのは両親であって、姉である私は一切関与しておりません」

「何を言う？　姉であれば、妹を教育するのは当然のことだろう？」

「…………………」

えーと……彼は優秀な王子様なんだよね？　稀に見る天才児って言ってなかったっけ？

カーティスだって、どんだけ彼を褒め称えていたことか。

確かに勉強や魔術、剣術は優秀なのかもしれない。

だけど、とんでもなく単細胞だ。

あんまり物事を深く考えていない。しかも考え方も年より幼くない？　あれ？　十七歳ってそんなものだったっけ？

私自身はアラサーの記憶もあるから、余計そう思っちゃうのかもしれない。

だけど、そう思っていたのは私だけじゃないようで、デイジーがずれかけた眼鏡を持ち上げた。

「殿下、発言の許可を頂いてもよろしいでしょうか?」

「む……君は宰相の娘の。ああ、かまわん」

デイジーの父親は宰相なのよね。

国政の中心にいる人で、国王陛下を陰で支えている。アーノルドも彼女のことは無下にできないし、無視もできない。

「殿下の仰せになる常識が正しいのであれば、アーノルド殿下はエディアルド殿下から教育を受けていることになるのですが?」

「な、何故、僕が兄上から教育を受けなければならないんだ?」

「だって殿下のお兄様ではありませんか。弟である貴方は当然、お兄様の教育を受けてこられたわけですよね?」

「ぼ、僕の場合は違う! 母親も違うし、一緒に暮らしているわけじゃないから」

子供っぽい返しに呆れながら、私は溜息交じりに言った。

「私とナタリーも母親が違います。それに同じ屋敷にはいましたが一緒に暮らしているわけではありません」

「王族と貴族とでは事情が違うだろう!?」

王族と貴族は確かに違うけど、姉が妹を教育しなきゃいけないという理由にはならない。年が離れているのならともかく、私とナタリーは同い年で、同じ学年なのだ。

「とにかく私はナタリーを教育する立場ではありません。苦情は両親にお願いします。私に苦情を言ったところで、妹は私の言うことを聞き入れませんよ」

「君は姉だろう。言うことを聞かせられる筈だ」

何故、そう断言できる？

私も一応社交的な笑みを浮かべてはいるが、いい加減苛立ちが顔に出そうになる。

多分、額には米マークが付いていると思う
「先程も申し上げた通り、その理屈であれば、あなたもお兄様の言うことは何でも聞き入れるということになりますが」

「だから、王族と貴族とでは事情が違うのだ」

「お言葉ですが兄弟間に王族も貴族もありません。私よりも父に言った方が良いですよ。私に言われても何もできることはありません」

私はじっとアーノルド殿下の目を見て言った。

苛立つ気持ちはとりあえずおさえて、誠実さをアピールしつつ、穏やかな口調で進言しないとね。

アーノルド殿下は私と目が合った瞬間、何故か逃げるように視線を外し、少し上ずったような声で言った。

「……わ、分かった。君の言うことも一理あるな。後でシャーレット侯爵に苦情を入れておくことにする」

あれ？

意外とあっさり納得したな。さすがにそこまで馬鹿じゃなかったってことか。

アーノルド王子は軽く深呼吸をしてから、テーブルの上にある紅茶を一口飲んだ。

「ところでクラリス嬢、本題に入るのだが」

……は⁉

今までの話は本題じゃなかったの⁉

ちょっと、何なのよ。この王子様。

私は思わずデイジーとソニアの方を見た。二人とも何とも言えない複雑な顔をしている。

アーノルド殿下は、私達の間に漂う微妙な空気に気づくことなく話を続ける。

「実は生徒会のメンバーが数人程辞めてしまったんだ。それで新しいメンバーを募集している。ちょうどデイジー嬢やソニア嬢もいることだし、君達にもお願いしたい。是非生徒会に入ってほしい」

「「「…………」」」

私達は呆気に取られた。

全っ然、理解できない！

初対面の人間に苦情を言った後に、生徒会のスカウトをしてくる第二王子の神経がどういう仕組みになっているのか、誰か教えてほしい。

デイジーは再び、ずれかけた眼鏡を持ち上げて口を開いた。

「少し質問があるのですが……」

「かまわない。何かな、デイジー嬢」

「数人程生徒会を辞めたと仰っていましたが、差し支えなければ理由を教えてください」

「ああ、一人は勉学に打ち込みたい、もう一人は体調を理由に挙げている。僕が生徒会に入って間もなくだったので、詳しいことは分からないのだけど」

もう一度私達は顔を見合わせた。

　表向きは勉学や体調を理由にしているが、アーノルド王子が生徒会に入って間もなく辞めたということは、アーノルドと生徒会の仕事をしたくなかったのでは？　と推察できる。

　私達だって五分もしない内に分かったもの。この第二王子が噂と違って、へっぽこだってことが。こんな奴と仕事していたら、どんな尻拭いをさせられるか分かったもんじゃない。

　私は深々とお辞儀をしてから、もっともらしい理由を述べ、丁重にお断りをすることにした。

「せっかくのお誘い有り難いのですが、何分私は今、魔術の勉学に打ち込みたいのです。将来この国を支える為にも、より多くの魔術を習いたい。その為に授業だけではなく、放課後も個人的に魔術の勉強をしております」

「おお、そうなのか……なんと感心な」

　するとデイジーも毅然とした表情を作り、恭しく頭を垂れてみせてから、申し訳なさそうな声で言った。

「私も将来国を支えるべく、今も父のお手伝いをさせていただいています。光栄なお誘い有り難く思いますが、辞退させてくださいませ」

　さらにソニアもそれに続いて、武士のごとく粛々と殿下に告げる。

「私も今は剣の鍛錬をせねばならぬ身。女という体力的にも体質的にも不利がある分、より多くの練習量と経験値が必要とされます。私も辞退させてください」

　まさか全員に断られるとは思わなかったらしく、かなりショックな表情を浮かべているアーノルド殿下。

　そうね……普通の女子生徒だったら、王子様から誘いが来たら飛びつくかもしれないわね。

私はその時、あることが閃いた。

「私よりもっと相応しい方がいらっしゃるではありませんか。私達をこちらに案内してくださったカーティス＝ヘイリー卿。彼はAクラスの中でも優秀ですし、何よりアーノルド殿下のことを尊敬してやまないようですし」

「それは有り難いことだけど、彼は兄の側近だから」

アーノルド殿下は、ちらりとドアの側に控えるカーティスの方へ目をやりながら、何とも言えない表情を浮かべる。監視役としてエディアルド様の側に置いているのに、自分の元に戻ってしまったら意味が無いと思っているのだろう。

「ああ、お兄様の側近を自分の側に置くことに気が引けるのですね。生徒会の活動は放課後ですし、その時間帯でしたらエディアルド様は私と共に勉強会をしておりますので、どうぞ気になさらずに」

「そ、そうなのか」

カーティスの方を見ると、あからさまに彼は嬉しそうな顔をしている。

よかった、本来の主と同様、物事をふかーく考える人じゃなくて。

「そ、それならカーティス、放課後は僕の手伝いをしてくれないか？」

「はいっっ‼　喜んで」

似たもの同士気が合っていいじゃない。ま、私は絶対一緒に仕事はしたくないですけどね。

放課後ヴィネの家まで着いてこようとするカーティスを、アーノルド殿下に押しつけることに成功した私は、内心ガッツポーズをした。

「あと、殿下が気に掛けていらっしゃるミミリア＝ボルドール嬢も推薦したいと思います」

私の言葉に、アーノルドは目をまん丸にする。

まさか私の口から彼女の名前が出るとは思わなかったのだろう。

小説の展開ではミミリアはアーノルドの推薦で生徒会に入り、ボランティア活動に従事するのよね。活動先で怪我人(けがにん)や病人を多く救って、聖女としてのスキルを少しずつ上げていく。

その部分は小説通りで良いと思う。

だってもしも将来魔族の皇子と戦うことになったら、聖女様の力があった方が良いと思うから。

しかしアーノルド殿下はとんでもないことを私に言ってきた。

「き、君はミミリアに嫉妬(しっと)しているのではなかったのか……!?」

「私が？　何故？」

「僕はミミリアに惹(ひ)かれている。ミミリアも同じ気持ちだ」

「それは結構なことで」

「僕達の仲を嫉妬する者は多い。君も元婚約者候補だ。僕に未練があるのではないかと思って」

……は!?

私は、いや、私だけじゃなく、デイジーやソニアも目を点にした。

この男は何を言っているのだ!?

私は引きつりそうになる笑顔をどうにか社交的なものに保ちながら、アーノルド殿下に言った。

「殿下、私の婚約者はエディアルド様です。あなたの婚約者候補として名前だけは挙がっていましたが、私達はあくまで今日が初対面。何をもって未練を抱(いだ)く必要があるのでしょうか」

「知り合いではなくても僕を好く者は多い」

「確かにそうでしょうが、私は違います。ましてや婚約者以外の男性に目を向けるなど、あるまじきことです」

私はごく常識的なことを言ったに過ぎないのだけど、アーノルド殿下は信じられないと言わんばかりに首を横に振り、震えた声で尋ねる。

「まさか……私より、兄が良いというのか？」

「はい。エディアルド様は私にとって大切な婚約者ですから」

満面の笑みで私が頷いた時のアーノルド殿下の顔——それはもう、天変地異でも起きたかのようだった。

顔面を蒼白にし、目は白目を剥いた状態。

いやいや、そんなにショックを受けること⁉

私はあんたの兄の婚約者なのよ？　あんたのことが好きになるなんて、普通は有り得ないし、あっちゃいけないことでしょ？

まさか世の中の女子全員が自分のことを好きだと思っていたのだろうか。

だとしたら勘違いも甚だしい。もし自分の身内だったら「自惚れにも程が有る」と説教してやりたいところだ。

その時、丁度予鈴が鳴ったので私は立ち上がり、淑女の礼をとった。デイジーとソニアもそれに続く。

「それでは予鈴が鳴りましたので、これで失礼いたします。殿下、ミミリアには魔術の才能があると思います。是非、彼女の才能が開花するよう、殿下が力になってあげてくださいませ」

「あ……ああ……クラリス、そなたは誠にできた女性だったのだな」

ミミリアという名を聞いて、我に返るアーノルド殿下。

やっぱり主人公はヒロインのことが好きなのね。

この設定だけは変わっていないみたい。

何をもって私のことを〝できた女性〟と言っているのかは置いておいて、ナタリーと違ってミミリアを応援している私に好印象を抱いたようだ。

単細胞とはいえ主人公。

敵に回さない方がいいに決まっているからね。

アーノルド殿下、ミミリア、お二人ともどうぞお幸せに。

悪役令嬢はここで大人しく退場しますので、もう絡んでこないでくださいね。

第七章　悪役達はダンジョンを攻略する

◇◆エディアルド視点◆◇

俺はエディアルド＝ハーディン。

悪役として転生したが、悪役になる要素が一ミリもないくらいに、明るく楽しい学園生活を送っている。

小説の中のエディアルドとクラリスは共闘し合う仲ではあったが、お互いのことを嫌いあっていた。エディアルドは自分を見下すクラリスを嫌っていたし、クラリスは愚かしいエディアルドを蔑んでいた。

しかし、現実は違う。

俺はクラリスのことが好きだ。もう、大好きだ。

彼女は小説とは違って冷たい女じゃない。むしろ優しく、健気だ。気が強いところも愛しくて可愛い。

しかも令嬢とは思えないくらいに料理がうまい。

特にパイ生地の料理が得意で、アップルパイ、パンプキンパイ、ミートパイ、どれも店に売っているくらいに絶品なのだ。

『エディアルド様……』

離れていてもクラリスの綺麗な声が耳から離れない。

抱きしめると折れてしまうくらい華奢な身体。キスをすると驚く程唇が柔らかくて、しかも艶やかで、ずっとその感触を味わっていたくなる。

そして、恥じらう顔も胸がキュンと締め付けられるくらい愛らしく、色気もあって、もうたまらない気持ちになる。

正直に言ってしまおう。

俺は今すぐにでもクラリスと結婚したい。早くクラリスの全てを手に入れてしまいたい。

あんな魅力的な女性、きっと他にはいない。

俺の婚約者と知りながら、クラリスに熱い眼差しを送る貴族子弟は多い。

それに、小説の主人公であるアーノルド。

まさか小説の通りになるとは思えないが、何かのきっかけで彼女の心があいつの方に向く可能性もゼロではない。

そんな焦りもあり、クラリスと結婚したい気持ちは日々強まっていた。

いっそのこと、月一の国王謁見の時に、父上にクラリスとの結婚をお願いしてしまおうか。

その前にプロポーズが必要だな。

プロポーズ……何を言ったらいいんだ⁉ どういうシチュエーションで、どんな言葉をかけたらいいんだ？ あと指輪も用意しなくてはいけないか……あ、この世界では確か結婚指輪はあっても、婚約指輪はなかったんだっけ？

キィイインッ‼

剣と剣がぶつかり合う音で、俺は我に返った。

……おっと、つい取り乱してしまった。

何分、恋愛経験が乏しいもので、自分でも浮かれまくっているのが分かる。

今はウィストとの稽古中だ。

振り下ろされたウィストの剣を俺は慌てて受け止めていた。

今は去れ、煩悩‼

俺の修行の邪魔をするんじゃない‼

その時丁度（？）予鈴が鳴ったので、俺達は稽古を終えることにした。

冷や汗もあっていつになく汗をかいたな。

肩に掛けているタオルで額を拭く俺に、ウィストは訝しげに声を掛ける。

「殿下、何か考え事でもなさっていたのですか？」

「……いや、大したことじゃない」

俺が稽古中に考えていたことなど口が裂けても言えない。

ウィストと共に教室へ戻る途中、階段の踊り場でクラリス達に会った。

彼女は最近、ソニア嬢とデイジー嬢と共にいることが多い。

ちなみにデイジー＝クロノムは俺のはとこにあたる。母親であるメリア王妃と、デイジーの父親であるクロノム宰相が従兄妹同士なのだ。

鋼鉄の宰相と呼ばれているデイジーの父親と、あのほわほわした俺の母親が従兄妹同士というのが信じられないんだけどな。

とにもかくにも、優秀な人材がクラリスの元に集まるのは良いことだ。

今度のダンジョン攻略試験でも戦力になってくれる筈だ。

ハーディン騎士団に所属するソニアは優秀な護衛としてクラリスを支えるだろうし、デイジー嬢は宰相譲りの頭脳で彼女を助けることになるだろう。

しかし彼女達は、何故かぐったりとしていた。

「どうしたんだ？　君達。随分疲れているみたいだけど？」

「え、エディアルド様……ちょっと気疲れというか、脱力というか」

「……？」

俺はそこでクラリス達が、異母弟のアーノルドに呼び出され、最初にナタリーの苦情、それから生徒会のメンバーにならないか、とお願いされたという話を聞くことに。

あまりのことに、俺とウィストは開いた口が塞がらなかった。

頼み事をするのに、最初に苦情を言ってどうするんだ⁉

く……っ、この場にアーノルドがいたら説教してやりたいところだ。

さらにデイジーが、げんなりといった口調で俺に報告をする。

「しかもあの方、今日が初対面にも拘らず、クラリス様が自分に気があると思い込んでいらっしゃるようでした。もちろんクラリス様は真っ向から否定しましたけれど、アーノルド殿下は、そこまできっぱりと否定されるとは思っていらっしゃらなかったようで、相当なショックを受けておいででした」

……ショックを受けるな、ショックを。

確かにあいつは王太子の最有力候補と謳われているし（母親の根回しのおかげで）、顔も良いし、財力もあるから、女にはモテてきたとは思う。初対面でも言い寄ってきた女性は山程いるだろう。けれども誰もが自分を好きになると思わないでもらいたいものだ。

「本当に噂って当てにならないですね。悪女と言われていたクラリス様はとても優しく聡明ですし、エディアルド殿下も噂と異なり、とても優秀ですし、天才と謳われていたアーノルド殿下があんな……いえ、何でもありません」

ソニアは危うく不敬になる言葉を出しかけて口をつぐんだ。

言いたいことは分かるけどな。まぁ、まだ十七歳だし、世間知らずな部分もあるだろうから、常識外れなことをやらかすことは十分有り得る。

それに幼い頃からあんなに持ち上げられていたら、勘違いもするだろう。

ただアーノルドは周りが囃し立てる程天才じゃなかっただけだ。

王太子候補と称えられているのは、アーノルドの能力以上に、母親であるテレスがやり手であることが大きいと思う。

その点、俺の母親はぽーっとしているしな。まんまとテレスに出し抜かれている。あれでよく王妃が務まるなって思うよ。

クラリスがさらに言った。

「アーノルド殿下が生徒会に入ってから、何人かの生徒が生徒会を辞めているのです。表向きは体調や勉学を理由にしていますが、原因はアーノルド殿下だったのではないかと思います」

「早々アーノルドの本質を見抜いた人間がいるわけだな」

言いながら俺は辞めていった生徒達のことを思う。

たとえ無能だったとしても、相手は第二王子で、しかも王太子候補。少しでも野心がある者なら、喜んでアーノルドと生徒会の仕事をするだろう。

にも拘らず生徒会を辞めたとなると、第二王子が王太子になることはない、と踏んでいるか、どうあっても彼に仕える気が毛頭無いのであろう。

生徒会を辞めた人間が誰なのか、調べてみる価値はあるな。

ひょっとしたら、ダンジョン攻略の助けになるような優秀な人材が隠れているかもしれない。

生徒会を辞めたメンバーは二人。

その内の一人は、本当に体調を崩したらしく現在自宅で療養中らしい。

もう一人、勉学を理由に辞めた人物がいる。

コーネット＝ウィリアム。

二年のSクラス。次期生徒会長と言われていた人物だ。

前生徒会長から指名を受け、引き継ぎも殆ど終わっていたらしいが、アーノルドが生徒会に入って程なくして、勉学を理由に生徒会を去っている。

現在、二年のSクラスは中庭で魔術の実習を行っていて、コーネットの姿もよく見える。

二年生で上級魔術師のフードマントを纏っているのは彼だけなのだ。

「ヴィン・ドラゴム」

生徒の一人が竜巻を引き起こす呪文を唱える。

さすが二年のSクラスになると竜巻の魔術を使える人間も出てくるのだな。

校舎に被害が及ばないように魔力の調整もしないといけないので、中級魔術とはいえ難易度は高い。

竜巻は前世で言う電柱程の長さと範囲だが、人間を弾き飛ばす勢いは十分にある。

「ガーディー・シールド！」

それに対し、コーネットは防御魔術の呪文を唱える。

青みがかった透明なドームがコーネットを包む。

ドームの壁にぶつかった竜巻はそのまま消滅する。竜巻をいとも簡単にかき消すとは。上級魔術師の中でも相当な手練れとみた。

小説にはコーネット＝ウィリアムの名は出ていない。恐らくモブ……いやエキストラだったのだろう。

この世界には物語には描かれていない設定やエピソードがいくつもある。

アーノルドとミミリアの物語の舞台裏では、優れた能力を持った人間が陰で活躍していたのかもしれない。

ダンジョン攻略は魔術と剣術の実技課題の一環として行われる。生徒同士でパーティーを編成するのだが、現場に慣れた上級生を一人、監視役としてベテランの騎士、もしくは宮廷魔術師を一人入れることが条件になっている。

監視役の魔術師はジョルジュに付いてもらうことになった。問題は上級生だ。

優秀な先輩は取り合いになる。

コーネット＝ウィリアムも小説ではエキストラだったものの、元生徒会にいた有能な人物だ。当然多くの下級生から声を掛けられる。しかし彼は誰の誘いにも乗らない。

アーノルドも声をかけたようだが、即断られたそうだ。ま、生徒会を辞めた原因の人物から誘われているのだから、当然の反応だろう。

最近は声を掛けられるのが面倒になったのか、休み時間は中庭の人の少ないガゼボ（西洋のあずまや）で読書をしていることが多い。

それでも声を掛けに行く人間はいるけどな。今日の俺のように。

コーネットはこちらの存在に気づくと、すっと立ち上がり恭しく頭を垂れた。

「第一王子殿下にご挨拶申し上げます」

「堅い挨拶は不要だ」

俺はさりげなくコーネットの向かいに座った。

あれ？　例年にない猛暑でここも暑い筈なのに、ガゼボの中は冷房がかかっているかのようにヒンヤリしている。

よく見るとコーネットの杖にはめ込まれた魔石が青く光っている。

あの魔石がこの場を涼しくしているのだろう。

やや神経質そうな一重の切れ長の目は濃いめのグリーンに対し、さらさらしたショートボブの髪は淡いグリーン。モブにしておくのには勿体ないくらい端整な顔立ちだ。真面目で勤勉家な雰囲気が滲み出ていて、いい社畜になってくれそうだ。

「エディアルド殿下がわざわざお一人で、私に何のご用があるのでしょうか？」

「既に察しはついているだろう？　もちろんダンジョンの誘いだ」

「この前、アーノルド殿下からもお誘いをうけましたが、謹んでお断りしました」

「弟が提示した計画は気に入らなかったようだな。こちらとしては、できるだけあんたの希望に添った形で計画を進めていくつもりだ。少しだけでも良いから、話を聞いてくれないか」

俺の言葉が信じられないのか、コーネットは驚いたように目を見開いた。

そしてまじまじと俺の顔を見る。

「え……っと、あなたは本当にあの第一王子殿下ですか？」

「ああ、紛うことなき第一王子だ」

「魔術、剣術、学問においても第二王子殿下より劣ると言われているあの？」

失礼な質問をわざと投げかけてくるのは、俺が短気かどうか、それに自分自身を客観的に見られるか試しているのだろう。

俺は軽く肩をすくめてから答える。

「ああ、あの第一王子だ。学問は置いておいて、剣術と魔術は真っ向から勝負したことがないので、本当のところどちらが上かは分からない」

「……」

コーネットは何か考えるように俺のことをじっと見ていた。

やれやれ、何だか面接でもしている気分だな。

外からはけたたましい蝉の声が聞こえる。この世界でも蝉っているんだよな。

この世界ではブラックシカーダって呼ばれているけど。鳴き声はクマゼミによく似ている。

蝉の声が大人しくなったのを見計らったように、コーネットはさらに尋ねてきた。

「殿下は具体的にどのような助けを私にお求めですか？」

「治癒魔術を含めた補助魔術だ。現在の俺のパーティーは剣の攻撃を主とするウィスト＝ベルモンド、ソニア＝ケリー、カーティス＝ヘイリーの三人、攻撃担当の魔術師は俺とクラリスの二人で、治癒と補助の魔術はデイジー＝クロノムが担当する」

最後のデイジー＝クロノムの名前を聞いた瞬間、コーネットの眉がぴくっと上がった。彼女とは知り合いなのかな？

「殿下の婚約者であるクラリス侯爵令嬢は治癒魔術が得意だと伺っておりますが、彼女は治癒魔術担当じゃないのですか？」

「彼女は今回俺と共に攻撃魔術に専念してもらう予定だ。ただ治癒魔術と補助魔術の担当となるデイジー＝クロノムはどうも魔術が不得手のようで、できれば彼女を助ける魔術師がもう一人欲しい」

ダンジョン攻略はただ仲良しが集まって行動すればいいというものではない。

もちろん信頼し合える人間と行動できるに越したことはないのだが、攻守共にバランスのとれたパーティー編成をすることが大切だ。

剣術に優れたソニアとウィスト、攻撃魔術と治癒魔術に秀でたクラリス。あと俺の側近であるカーティスも一応実力でAクラスになっているので、そこそこ魔術も使えるし、剣術も使える。

しかしこのままでは攻撃に偏った編成になってしまい、攻守のバランスが取れない。

一応デイジーが補助魔術担当ではあるが、彼女は魔術が不得手だ。だからデイジーの戦力不足を補う人物がいるのだ。

「アーノルド殿下は、パーティー編成のことは少しも考慮していらっしゃらないようでした。ただ強い騎士や魔術師を周りに置いておけばいい、というお考えでしたので、ご辞退申し上げました」

「魔物の強さに対して圧倒的な力の差があれば、それも有りは有りだ。アーノルドは恐らく強力な騎士や魔術師を据えて、誰よりも早くダンジョンを攻略するだろうな」

学園側がお膳立てしたダンジョンであれば、それは通用する。けれどもこの先起こりうる実戦のことを考えると、そうはいかない。

この国の転覆を謀る魔族の皇子、ディノ。

小説ではクラリスを『黒炎の魔女』と祭り上げ、エディアルドを『闇黒の勇者』に仕立てて、魔物の軍団を率い王都に攻め入らせる。

俺の婚約者になった以上、クラリスを『黒炎の魔女』にさせるつもりはないし、俺自身も『闇黒の勇者』になるつもりはないが、ディノがそれで諦めるとは思えない。

俺やクラリスが駄目なら、別の人物を祭り上げる可能性がある。

今からでも魔物軍団との戦を想定した戦いを経験した方が良い、と俺は考えている。

「殿下は悔しくはないのですか？　このままだとアーノルド殿下に負けることになりますが」

「弟との勝敗には興味がない。今、俺に必要なのは、あらゆる戦いの経験だ」

「……」

コーネットは黙り込んだ。

俺は今回のスカウトは試験だけじゃなく、将来も見据えていることを強調する。

コーネットは眉間に皺を寄せ、何か考えているようだ。にべもなく断られるということがない分、好感触な方だと思っておく。

「今すぐ返事をする必要はないが、考えておいてほしい。もしあんた自身、補助担当以外でやってみたいポジションがあるのだったら申し出てくれ。場合によっては俺やクラリスが補助に回ることも可能だから」

「いえ、補助魔術担当で結構です。ただ、自分が開発した商品があるので、それを試しに使わせていただきたいのですが」

「どんな商品だ？」

「今回の実技課題にうってつけのアイテムです」

にっと笑うコーネットに、俺は魚がかかった感覚を覚えた。

彼は自分の開発商品を試す場を求めていたのか。

アーノルドのパーティーには四守護士や実力がある魔術師達が集結している。メンバーがあまりにも優秀すぎると、コーネットの開発商品を試す場はないだろう。

例えば怪我をした時、新しい商品を試したくても、アーノルドに良いところを見せたいと思う魔術師あたりが、アイテムを使うより早く魔術で治してしまいそうだ。

一方、俺のパーティーの場合、コーネットの希望によっては俺やクラリスが補助に回るというフレキシブルな対応をすることが可能だ。だから自分が開発したアイテムも快く使わせてもらえると踏んだのだろう。

コーネットの申し出はむしろ大歓迎だ。

未知のダンジョンに足を踏み入れる時は、できるだけ魔力は温存しておきたいからな。アイテムで補えることがあるのであれば、それに越したことはない。

こうして俺は一人心強い味方を付けることに成功した。

しかしこの時の俺はまだ知らなかった。

学校側が用意した筈のダンジョンに、Ｓランクなみの危険に満ちた罠が待ち受けていることを。

ハーディン学園一年生実技課題『ダンジョン攻略』当日。

学校側が用意した迷宮で、決められたアイテムを取りに行くのが必須課題。それ以外のアイテムを手に入れたら追加点が与えられる。しかもそのアイテムは自分のものにできるという。

小説の世界じゃなくて、まるでＲＰＧの世界だな。

学園が用意した迷宮はいくつかあって、上級者向けと中級者向け、それから初級者向けがある。

当然俺は上級者向けのダンジョンに挑むつもりだ。その方がレアなアイテムを手に入れられる可能性が高い。

でも上級者向けのダンジョンに挑むのは俺達のパーティーと、アーノルド達だけのようだ。他の生徒達は確実に課題をこなす為に中級者向けのダンジョンを選んでいた。

上級者向けのダンジョンに王子二人が挑むとあって、洞窟の周りには野次馬……じゃなくて、見物客が多かった。初級、中級のダンジョンの試験が終わった一部の一年生、ダンジョンに挑む生徒の保護者や近所の人間まで集まっている。

　なんだか一大イベントみたいだな。

「どっちの王子が先にクリアするか賭けてみるか？」

「賭けになるかいな。当然アーノルド王子だろう？　エディアルド王子は途中でリタイアするのが落ちだな」

「上級生も連れていないようだし、大丈夫なのか？」

　好き勝手に言っている見物人達。

　そんな人々を押し分けて、様子を見にきてくれたヴィネがジンと共にやってきた。

「気にするんじゃないよ。あいつらは噂のあんたしか知らないんだからね」

「気にしてないさ。一緒についてきてくれる上級生が遅いのは気になるけどさ」

「いざとなったらジョルジュがあんたを守ってくれるさ」

　ヴィネに言われ、俺は後ろにいる今回の監視役、ジョルジュの方を見た。ジョルジュは一つ頷く。

　師匠が一緒についてきてくれるのは心強い。

「エディー、クラリス、それから皆もがんばってね‼」

　ジンの声援に俺とクラリスだけじゃなく、全員嬉しそうな笑みをうかべる。子供の純粋な応援は心に染みるよな。

　アーノルドのパーティーには小説の主要キャラクターにあたる四守護士達がそろっていた。

　イヴァン＝スティーク、エルダ＝ミュラー、そしてガイヴ＝ハリクソン。最後の四守護士の一人は上級生であるゲルド＝モースだ。

そして監視役として、ロバート＝シュタイナー将軍がいる。

もうこの時点で最強パーティーだよな。しかし、学校の実技課題に将軍を連れてくるのって有りなのか？　俺もさすがにそんな発想はなかったな。

むやみに強い人間を周りに固めているだけと言われればそれまでだが、アーノルドのパーティーは全員が実力者ぞろいだ。あっという間にダンジョンをクリアしてしまうのだろう。

「おやおや、エディアルド殿下は鼻つまみ者の魔術師しかついてこなかったようですね。上級生もいないようですし」

嫌味（いやみ）を言うのはガイヴ＝ハリクソンだ。

小説では主人公アーノルドを守る頼もしい仲間だと思っていたが、違う方向から見たら単なる嫌な奴（やつ）だな。

「こら、ガイヴ！　不敬だぞ」

「痛っ‼　何すんだよ、イヴァン」

イヴァンはガイヴにげんこつを食（く）らわせ叱責（しっせき）する。真面目なイヴァンは王族に対して態度が悪い仲間を快く思っていない。小説でも二人はよくケンカする仲だ。

ゲルドは腹が減っているのかパンか何かを食べ、エルダは塗（ぬ）り立てのネイルの仕上がりが気になるのか自分の手ばかりを見ている。

あと二人の魔術師は、ケンカしているイヴァンとガイヴを交互（こうご）に見てオロオロしている。

アーノルドはロバートと打ち合わせをしていて、仲間達を気に掛けている様子はない。

……うーん、チームワークゼロだな。まぁ、ロバートも一緒に行くのだし大丈夫だろう。

一方、少し離れた場所で女子達が集まっていた。

「クラリス様、これを携帯食としてお持ちください」

「昨日、スーザン様と共に作りましたの！　皆様でどうか召し上がってください」

同じ寮生であるスーザンとケイトは既に初級ダンジョンを終え、クラリスを見送りにここまで来ていた。

そして手作りのクッキーが入った袋をクラリスに手渡している。

「ありがとうございます。スーザン様、ケイト様」

クラリスは寮生達に慕われているな。クラリスにお礼を言われ、二人とも嬉しそうに頬を紅潮させている。

スーザンが心配そうな声でクラリスに尋ねる。

「上級生の方、まだ来ないみたいですけど大丈夫でしょうか？」

そう答えつつもクラリスの表情も不安そうだ。

「大丈夫だとは思うけど」

俺達のパーティーには、元生徒会役員だったコーネットを誘っているが、いまだに来る気配がない。

色よい返事は聞いていたのだが、まさかドタキャンなんてことないよな？

まぁ、あんな強力な面子をそろえたパーティーに勝とうとは思わないけれど、とにかく無事にクリアはしたいところだ。

その時、一頭のフライングドラゴンが、集合場所である洞窟前の広場に降り立った。

フライングドラゴンは馬より一回り大きい飛空生物だが、気難しく、気性が荒い為、乗ることができる人間は限られている。確か竜騎士団とごく一部の魔術師ぐらいだったと思う。

その気難しいフライングドラゴンの背中に乗っていたのはコーネットだった。

彼は軽やかな動作で地上に降り立つと俺の元に歩み寄ってきた。

「お待たせしました、エディアルド殿下」

「さすがにもう来ないかと思ったぞ」

「申し訳ございません。色々準備に手間取りまして」

コーネット＝ウィリアムの登場にざわついたのはアーノルド側の人間達だ。

特にガイヴは信じがたい光景を見るような目でこちらを凝視していた。

「嘘……コーネット先輩がエディアルド殿下についたのか？　アーノルド殿下の誘いは断ったのに？」

コーネットは誰よりも先に俺の前に跪いた。

それが何を意味しているのか——この瞬間コーネット＝ウィリアムはアーノルドではなく、俺に仕えることを選んだということだ。

ふと、アーノルドの方へ目をやると、彼は悔しげな表情を浮かべている。

自分の誘いは断ったのに、俺の誘いには応じたことがかなり屈辱だったみたいだな。

そんなアーノルドの気持ちを代弁するかのように、カーティスがコーネットに問いかける。

「コーネット先輩、何故将来有望な方の人間につかず、わざわざこのようなパーティーに参加されたのですか？」

「こちらの方が自分の能力が発揮できると思ったからだ。アーノルド殿下には既に心強い味方が多くいらっしゃいますし、私が出るまでもないでしょう」

「あなたはもっと賢い人間だと思っていましたが……残念です」

失望したと言わんばかりに背を向けるカーティスに、コーネットはやれやれと溜息をつく。

ジョルジュは苦虫をかみつぶしたような表情を浮かべカーティスを見ていた。

「何なんだ、あいつ。仮にもエディーの側近という立場だろ？　これから協力し合うパーティーの一員じゃねぇか。それなのに平然とあんなことを言ってのけるなんてよ」

俺は肩をすくめて言った。

「あいつは元々ああいう奴だから気にするな」

「邪魔になるようだったらすぐにつまみ出してやる」

監視役は、俺達に何かあった時の為の護衛も兼ねているのだが、負傷した生徒やパーティーの足を引っ張るような生徒を外に連れ出す役割もある。カーティスが邪魔になるような時はジョルジュに任せることにしよう。

そこで教師が自分の元へ集合するよう、号令をかけた。

あれ……いつものマイヤー先生じゃないな。確かあれは三年の教師、ケープス先生か。

何だかどんよりと暗い雰囲気を漂わせた先生だな。青白い肌に目の下のくまがとても目立つ。

職員室でちらっとしか見かけたことがないので何とも言えないけれど、目が合うと俺にもニコニコ笑いかけてくれる、もっと明るい雰囲気の先生だったような気がするのだが。

ケープス先生はジョルジュの姿を認めるとギョッとしたみたいだった。ジョルジュはそんなケープス先生の反応に訝しげな表情を浮かべている。

「ジョルジュ、ケープス先生とは知り合い？」

「全然。初対面」

「なんかジョルジュの顔を見てびっくりしていたようだったけど」

「俺の男前振りにびっくりしたんじゃねぇの？」

冗談交じりに言うジョルジュだが、俺はケープス先生の反応に何かひっかかるものを感じた。

ケープス先生は気を取り直したように咳払いをして言った。

「マイヤー先生は急用ができたので、こちらに来ることができなくなった。故に私が今回は実技課題の担当をさせてもらう」

言いながら、ケープス先生はじろりとこちらを睨む。

……睨まれてる。何故だ？？

しかし教師はすぐに何事もなかったかのように表情を引き締め、淡々とした口調で説明をしはじめた。

「この迷宮は入り口が二つあります。どちらから入っても難易度は同じです。アーノルド殿下は左の入り口、エディアルド殿下は右の入り口にお願いします」

ケープス先生は「さささ、殿下はこちらです」とへこへこしながら、アーノルド一行を左側の入り口に立たせる。

一方、こちらはほったらかしだ。アーノルドを贔屓していることだけは確かだな。

ジョルジュが白い目でケープス先生の方を見る。

「もはや清々（すがすが）しいくらいの贔屓野郎（やろう）だな」

「妙（みょう）ですね……ケープス先生は、あんな贔屓をする人じゃなかったと思うのですが」

元生徒会役員であるコーネットは、三年生を受け持つケープス先生のことも良く知っているみたいで、かなり違和感（いわ）を覚えているようだ。

先生の態度は少し気になったが、今はダンジョンを無事に攻略することを考えよう。

「あんた達、気を付けるんだよ」

「皆、行ってらっしゃーい」

ヴィネとジンは手を振った。その隣（となり）でスーザンとケイトも目を潤（うる）ませて声援を送っている。

「皆様、がんばってください‼」

「どうかご無事で！」

見物人の多くはアーノルドや四守護士に声援を送っているが、俺達を応援してくれる声も確実にある。

小説のエディアルドと違って、俺は決して一人ではない。

仲間と共に必ず無事に帰ろう。

初級向けのダンジョンはゴーストパレスと呼ばれる建物、中級向けは吸血鬼（きゅうけつき）の塔（とう）、そして上級者

向けは迷いの洞窟。

俺達はその上級者向けの迷いの洞窟の中を歩いていた。入り口の光が届かなくなると、視界は真っ暗。

照光魔術の呪文を唱えると自分の身体が光り、周囲も明るくなるのだが、本来は光を嫌う魔物を退ける魔術。周りを照らす為に使い続けていたら、かなり魔力が消耗してしまう。

その時コーネットがウエストポーチからビー玉程の大きさの丸い石を取り出し、照光魔術の呪文を唱えた。

「フロット・シャイニス」

瞬間、ビー玉のような石がふわふわと浮き、小さな石からは想像もつかない光を放った。

浮遊魔術と照光魔術を合わせた呪文。

二つの魔術を組み合わせた呪文は上級魔術師にしか使えない。

その光は驚く程明るく周辺を照らす。前世では当たり前だった懐中電灯のような役割だ。ただ懐中電灯よりも範囲がひろく、しかもＬＥＤライトの電灯なみに明るい。

「この魔石に向かって浮遊魔術と照光魔術の呪文を唱えると、効力は石に反映される。私自身の魔力は減ることなく、魔石に込められた魔力の方が消費される」

「すごい……この光る魔石がコーネット様の発明品ですか？」

デイジーが頬を紅潮させて、尊敬の眼差しをコーネットに向ける。

コーネットは頬を指で掻きながら、少し照れくさそうに答えた。

「まだ実験段階だけどね。今回、実用が可能であることが証明されたら、商品化するつもりだ」

こんな小さなビー玉のような石だけで、周辺がこれだけ明るくなるというのは有り難い。しかも石から強烈な光を放っているせいか、弱い魔物は一切寄ってこない。無駄な体力は使わなくていいし、光を照らす為に魔力も消耗しなくて済む。仮にレベルが高めの魔物が襲ってきても、視界が明るい分戦いやすい。

洞窟の中心までは、小さな魔物を追い払うぐらいで、比較的何事もなく進むことができた。随分と距離が稼げたので、洞窟の広くなった場所で休憩をとることに。

皆それぞれ持ってきた携帯食を頂く。

「コーネット様の発明品のお陰で、無事にここまで来ることができましたわ。あ、これ良かったらうちのシェフが作ったものですけど」

デイジーは言いながら自分が持ってきた携帯食をコーネットに渡す。前世で言うサンドイッチだな。柔らかそうなパンに、いかにも高級そうな肉が挟まっている。

コーネットは携帯食を受け取りながらデイジーに言った。

「君のお父さんやお兄さんからも、デイジーにもしものことがあったら命がないと思え、って脅されて……いや、全力で君を守るように頼まれているからね」

「もう、お父様やお兄様ったら」

何でも無いことのように、にこやかに言うコーネットだが、どうやら当日までに鋼鉄の宰相と呼ばれるデイジーの父、オリバー＝クロノム公爵と兄であるアドニス＝クロノムからも相当な圧力をかけられたようだ。

申し訳なさそうにコーネットに頭を下げるデイジーに、コーネットは「気にしないで」と優しくる。

そんな二人のやり取りを不思議そうに見ていたクラリスに、デイジーが恥ずかしそうに説明をする。

身分など関係なく、名前で呼び合うデイジーとコーネット。

「テルテルボールかぁ。デイジーの考えは相変わらず斬新だね」

「テルテルボールはいかがですか？」

「名前はまだ決めていないんだ。もし良かったらデイジーが決めてくれるかい？」

「コーネット様、先程のアイテムは何という名前なのですか？」

笑いかける。

「あ、コーネット様は兄の親友で、幼い頃からずっとお互いの家を行き来する仲なのです。昔から私のことも妹のように可愛がってくださっているのですよ」

「ああ、そうだったのですね」

クラリスと、それからソニアも納得したように頷いた。

ま……コーネットがデイジーを見詰める眼差しは優しいには違いないが、親友の妹を見る眼差しとは少し違うな。

デイジーは才色兼備だし、公爵の娘だ。結婚相手としては最優良物件。しかも幼い頃から交流があるのであれば、貴族社会において心を許すことができる貴重な存在でもある。

コーネットがデイジー嬢に想いを寄せていても、なんら不思議はないだろう。ただ、鋼鉄の宰相の娘に好意を抱くというのは、ある意味勇者のごとく強靱な精神が必要な気がするけどな。

今はダンジョン探索中なので、良い雰囲気になりかけているお二人さんのことは、見て見ぬ振りをしておく。

ジョルジュはヴィネの手作りであろう弁当、ウィストとソニア、それにカーティスはすぐに食べられるパンや干し肉などを持ってきていた。

クラリスはスーザンとケイトが作ってくれたクッキーを皆に配る。カーティスだけ「結構です」と言って受け取らなかった。

俺はクラリスの手作りのお握りをいただく。こっちの世界でも米があるのは有り難い。しかも前世の米に近いのだ。

持ち運びしやすいように小さくまん丸ににぎられていて、とても食べやすい。願わくば海苔が欲しいところだが、さすがにそれはこの世界になさそうだ。

海草を取り扱う業者に頼んで海苔を開発してもらうか……そんなことを考えていた時だった。

キキキィ。

キィー、キィー!!

洞窟の奥から猿のような鳴き声が聞こえる。

恐らく猿形の魔物なのだろう。食べ物の匂いに釣られてここに来たのかもしれない。

ソニアとウィストがすぐさま前方に立ちはだかり剣を構える。

魔石の光により反射した目玉が闇の中、一つ二つ増えていく。

キキキィィィー!!

ギィィイ!!

甲高い威嚇の声と共に、蒼い毛を生やした猿形の魔物がこちらに襲い掛かってきた。

猿の一匹が素早くカーティスの携帯食を奪い取る。さっさとしまえば良かったのに。カーティスは携帯食を失った状態の手を茫然と見詰めていた。

「アジュルモンキーか」

俺は魔物の名前を呟く。

洞窟の外でも活動する魔物なので、光にさしたる抵抗はない。強い魔物ではないが食べ物に対する執着が強い。

コーネットがピンポン球サイズの魔石を二、三個弾ませると、小さな爆発が起き、魔物の周りに煙が纏わりつく。いわゆる煙幕だな。

ひるんだ魔物達をソニアとウィストが次々と倒していった。

仲間が倒され、残った魔物達はキーッ、キーッと鳴きながら、背中を向けて退散する。

魔物の血のにおいに引き寄せられたのか、今度は蒼い羽を持つ蝙蝠形の魔物が襲ってくる。

半数は猿形の魔物の死体に食らいつくが、残る半分はこっちに向かって飛んできた。

「メガ・ライトニング！」

クラリスが呪文を唱えると魔物達に落雷が襲う。

落雷の光は紫がかった白。聖女だけが放つと言われる、白い落雷と酷似していた。

だが攻撃と浄化の作用を持つ聖女の落雷とは違い、クラリスの放つ魔術は浄化の作用はない。

とはいっても攻撃力は抜群だし、その光を見ただけで怯む魔物も多かった。

「一瞬……聖女様かと思いました」

蝙蝠の大群を一掃したクラリスに、ソニアは驚きを隠せない。デイジーも同意と言わんばかりにコクコク頷いている。

「もう、大袈裟ですよ。聖女様だったら洞窟の魔物を全部片付けていますから」

照れくさそうに笑うクラリスだけど、俺もソニアに同意したい気持ちだ。魔術を駆使するクラリスは神々しい美しさがあった。

「アジュルモンキーがBランクの魔物。アジュルバットがCランクの魔物。学校が用意したダンジョンであれば、まぁそんなもんだろう」

監視役のジョルジュはアジュルバットの死体をじっと見ながら言った。

基本的には生徒が怪我しない程度の魔物が用意されている筈だ。今のところ、想定の範囲内だな。

早朝、ウィストと共に行く魔物退治はAランクの大物を相手にすることが多いからな。ちょっと物足りないんだよなぁ。

まぁ今は、皆で無傷でダンジョンをクリアすることが最優先だ。

入り組んだ道も視界が明るいからかなりスムーズに進むことができたし、極端な段差に足を取られることもなかった。

いくつか分かれ道もあり、行き止まりに当たったり、大きな岩に阻まれて先に通れず引き返すこともあったが、比較的さくさくと前進できているのではないかと思う。

この調子でいけば、思いの外早くダンジョンをクリアすることができそう……と思っていた矢先。

「……あの先、ちょっと不自然ですわ」

そう言ったのはデイジーだ。

確かに今までごつごつした岩場だったのに、彼女が指差す先は、砂利が敷き詰められた状態になっている。

「ウィスト、ちょっと大きめの石をあの砂利に向かって投げてくれないか？」

俺が言うとウィストは頷いて、バスケットボールサイズの石を、軽々と片手で持ってヒョイッと投げた。

石は砂利の上に落下したとたん、その姿を消した。

砂利の地面にすぽっと穴があき、石はそのまま落下したのだ。

「子供だましの落とし穴だな」

肩をすくめるカーティスだが、デイジーはやや表情を曇らせる。そんな彼女に、俺は「何か気になるのか？」と尋ねてみる。

「子供だましとはいえ、もしコーネット様の灯りがなかったら、私達はこの落とし穴の存在に気づかなかったと思います」

「確かに。魔術師が放つ照光魔術もここまでは明るくないからな。見通しが悪かったら気づかない可能性が高い」

俺が頷くと、コーネットもやや険しい表情を浮かべた。

「これは明らかに人為的に仕掛けられたものです」

「罠を避けるというのも課題の一つだっただろ？」

俺が問うと、コーネットは首を横に振った。

「建物や塔など人が作り上げたダンジョンの場合は、そういうトラップも予め仕掛けておくことがあります。ですが、こういった自然にできあがった洞窟のダンジョンの場合は、人為的な仕掛けを学園側が用意することはない筈です」

だとしたら、誰なんだ？　こんな子供じみた罠をしかけた奴は――真っ先に思いついたのは、ダンジョンの説明をしていたあの教師だ。

「あのケープス先生、明らかに私達をこっちのダンジョンに入るよう誘導していましたよね？」

クラリスも同じことを思っていたようだ。

「ケープス先生はそんなことをするような人じゃない。とても生徒思いだし、真面目な先生だよ」

コーネットの言葉に、クラリスは「でも……」と言いかけた。

「ケープス先生が本物だったら、の話だけどな」

俺の言葉にその場にいる全員が驚いていた……いや、コーネットはそこまで驚いていないようだが。

「誰かがケープス先生に変身していたってことですか？」

ソニアの問いに俺は頷く。

それを聞いたクラリスは顔が真っ青になる。

「そんな、変身魔術だったら見抜く自信はあるのですが……」

「変身魔術が得意な上級魔術師だったら、俺でも見抜くのは難しい」

ジョルジュは唇を噛んだ。変身魔術を見抜けず、危険を回避できなかったことが悔しいようだ。

俺もケープス先生に違和感を覚えた時点で、漠然と嫌な予感はしていた。

多分アーノルドには、有利なダンジョンを用意しているのだろうな、とは思っていたが、まさか俺に罠まで掛ける程、悪意を向けているとは思わなかったのだ。

コーネットは溜息交じりに言った。

「マイヤー先生に化けずに、わざわざ三年のケープス先生に化けてここに来たのも、良く知っている教師に化けたら、ボロが出ると思ったからでしょう」

デイジーは成る程、と頷く。

「今回、同行する上級生も二年生しかいませんでしたものね。見物人の中に授業がある三年生が交じっているとは思えませんし」

「ええ、私は元生徒会役員でしたから、顧問であるケープス先生のことはよく知っていました。だからいつもの先生とは違うな、とは思っていたのですが」

「もし危険人物だとしたら、マイヤー先生も本物のケープス先生も、どこかで気絶させられているか……まさか……殺されていなかったら良いのですけど」

デイジーはかなり物騒なことを呟いているが、一応そのことも想定した方が良いのかもしれないな。

偽ケープスの目的は、てっきりアーノルドを勝たせることだと思っていたが、もしかしたら、俺を危険なダンジョンへ導くことだったのかもしれない。

「……落とし穴という可愛い仕掛けだけならまだいいんだけどな」

「え？」

俺の呟きにクラリスが首を傾げたその時、突如地鳴りのような音が響き渡った。

程なくして、それが地鳴りではなく足音であると気づいた。

周辺の天井や、地面の岩がかすかに震えている。

「キャプト・ネット！」

デイジーが呪文を唱えると地面に蜘蛛の巣のようなネットが張り巡らせられる。

しかしネットは直径一メートル程の小さなもの。もっと大きなネットを張りたいデイジーは悔しそうに口をへの字に曲げる。

コーネットがデイジーの肩を叩いた。

「もう少し落ち着いて。一度深呼吸をしてから呪文を唱えてみて」

その言葉にデイジーは頷いて、地面に掌を当て再び呪文を唱える。

「キャプト・ネット」

すると直径一メートル程しかなかったネットが、洞窟の幅である三メートル幅にまで広がる。

落ち着いたくらいで、そんなにすぐ唱えられるようになるのかと思ったが、よく見れば後ろにいるコーネットが小声で呪文を唱えていた。

魔術が成功したことを喜ぶデイジー。

「まずは自信をつけさせるのも一つの手です。彼女は魔術に対して苦手意識を持っているだけで、才能がないわけじゃないですから」

デイジーには聞こえないよう呟くコーネットに、側にいたジョルジュが賛同するように頷く。

「それはあるな。自分はできるって自信が持てないことには魔術も発揮しづらいからな」

デイジーは魔術に苦手意識を持っている傾向がある。彼女が自信を持つきっかけになるといいがな。

そうこうしている内に、迫り来る足音の主が姿を現した。

体長三メートルは優にあるレッドドラゴンだ。赤い身体と炎のような鬣が特徴だ。コーネットが乗ってきたフライドラゴンより一回り大きい。

クラリスやデイジーは恐怖で顔が強ばり、コーネットとソニアは緊張の面持ちでドラゴンを見上げる。カーティスは完全に腰を抜かしてしまっていた。

俺とウィスト、そしてジョルジュ以外は大きな魔物を相手にしたことがないのだ。

怖いと思うのは当たり前だし、緊張もするだろう。

俺とウィストは、毎朝大物と対決していたから体格差の恐怖というものはなかった。毎朝の狩りの経験が、今、大いに役に立っている。

ジョルジュも宮廷魔術師として実戦経験は豊富なので落ち着いたものだ。

レッドドラゴンはデイジーがしかけたネットにかかったものの、あっさりと破ってこちらに突進してくる。

「こいつは上級の冒険者じゃないと対処できないレベルだ」

迫ってくるレッドドラゴンを前に、ジョルジュは呟く。コーネットは、すぐさま俺達に防御魔術をかけた。透明なドームが俺達を包み込む。

一見薄い硝子のようなドームだが、ドラゴンが放ってきた強力な炎を見事に防ぐことができた。こちらにはダメージが一つも無い。

予想以上に優秀な先輩がついてきてくれたことに今は感謝しかない。いざとなったらジョルジュもいるし、落ち着いて対処していこう。

俺は大きく息をついた。

それにしても落とし穴どころじゃないな。ドラゴン族の中でも口から業火を放つ最強クラスのドラゴンがここにいると分かっていて、俺達をこのダンジョンに入れたのだろうか。

どうもあの教師は俺を殺したいらしい。

何故、ケープス先生に化けてまで俺を殺そうとする？

前世の記憶が蘇る前は俺も横暴なところがあったから、多少は色んな人間の恨みを買っているとは思うが、殺される程のことはまだしていない。

そもそもあの教師が個人的な恨みで王族である俺を殺すとは思えない。奴の背後に誰かがついている筈だ。俺のことを消したいと思っている誰かが。

思い当たる人間は一人しかいない。

第二側妃、テレス＝ハーディン。

小説のテレスは国を憂い、アーノルドを守ってきた母として描かれていたが、現実のテレスはアーノルドを王位に就かせる為に俺を潰そうとしている。

その証拠にメイドといいベリオースといい、彼女が紹介する人材はろくなものじゃなかった。

そのベリオースとメイドを解雇したから、俺のことをより警戒するようになったのかもしれない。

早い内に芽を摘んでおこうと考えても不思議じゃない。

「ギガ・ブリード」

俺が氷系の上級魔術の呪文を唱えると、ドラゴンに吹雪が襲う。

ドラゴンの属性は炎。だから氷の魔術は大きなダメージを与えることになる。

たちまちドラゴンの炎の鬣は消えかかり、肌には凍傷が刻まれる。

「馬鹿（ばか）な……有り得ない」

カーティスは俺が上級魔術を使っているのが余程信じられないらしく、何度も目を擦（こす）ってはこっちを見ている。

まぁ、今目の前にある光景が信じられないのなら、信じなくてもいいけどね。

「ウィスト、ソニア、今のうちにドラゴンの角を斬（き）れ」

「ドラゴンの角が斬れるんですか？」

ウィストが不安になるのも無理はなく、彼が持っている剣は何の変哲（へんてつ）も無い鉄の剣だ。ドラゴンは角を折られると弱体化する性質があるが、生半可な剣ではそれは不可能だ。

「コーネット、ウィストとソニアの剣に強化魔術を」

「了解（りょうかい）」

「ウィストは右の角、ソニアは左の角を狙（ねら）うんだ」

「御意（ぎょい）」

それぞれに指示を出してから、俺はカーティスの方を見た……駄目だ、腰を抜かして動けなくなっている。ドラゴンに驚いているのか、上級魔術が使える俺に驚いているのか分からないけれど、あいつは使いものにならないから、いなかったことにしよう。

「デイジーは、さっきの捕縛（ほばく）魔術の強化を」

「で、殿下……それがさっきは上手（うま）くいったのですが」

「上手くできるまで唱え続けるんだ。さっきもできたのだから、またできる筈だ」

とりあえずデイジーの捕縛魔術にはそんなに期待しないことにする。実戦をかねた強化練習をしていると思っておくことにしよう。

俺はクラリスの方を見た。

「今度は二人で吹雪魔術を唱えるぞ。二人で唱えれば効力は倍増だ」

俺の言葉にクラリスは頷いた。

俺達はタイミングを合わせ、同時に呪文を唱えた。

「「ギガ＝ブリード‼」」

先程の威力より倍の威力の吹雪を全身に浴びたドラゴン。

燃え盛る炎の鬣は完全に消えた。

なんとか口から業火を放とうとするが、小さな火しか出ない。

凍り付いたドラゴンの角を、ウィストとソニアが叩き斬る。三十センチ程あるドラゴンの角は氷とともに砕けた。

たちまちドラゴンは膝をついて、その場にへたり込む。

「キャプト＝ネット！」

デイジーの呪文が洞窟に響き渡った。

それまで小さな蜘蛛の網しか張ることができなかった彼女が、ドラゴンを覆う程の大きな蜘蛛の網を張ることができた。しかも彼女自身の力で。

コーネットが自分のことのように嬉しそうに、親指を立てている。

完璧な捕縛魔術に、身動きが取れなくなったドラゴンは咆哮をあげる。

そしてネットから逃れようとしばらく暴れていたが、抵抗するたびにネットは絡みつき、ドラゴンでも抜け出すのは難しくなってしまった。

しばらくの間、じたばたしていたドラゴンだが、ふと気づくと巨大だった身体が、乗馬程のサイズになっている。

さらにしばらく待っていると、中型犬程のサイズに。最終的には小型犬サイズにまで小さくなったドラゴンは、何だか気まずそうに俺達を見上げていた。

どうやら巨体の姿は仮の姿で、本来はまだ子供のドラゴンのようだ。

小さなドラゴンはつぶらな目を潤ませて、ぷるぷると震えていた。

「ごめんな、寝ているところを、起こしちゃったんだな」

俺は小さなドラゴンを抱き上げ、その頭を撫でた。

ドラゴンはキューンと鳴いてから、俺の胸の中に頭を埋めてきた。

こいつの親はどうしたのだろうか？

子供が人間と戦っていると知れば、どんな遠くからでもすぐに駆けつけてくる筈だろうに。

ドラゴン族最強の生物であるレッドドラゴン。人間に狩られたとなると、かなり話題になる筈だが、そんな話は聞いたことがない。人知れず事故で死んだか、あるいは育児放棄したか……いずれにしても、この子に親がいないことは確かだ。

コーネットが歩み寄ってきて、じっとドラゴンの子供を見詰める。

「連れていくのですか？　そのドラゴン」

「ああ、親もいないみたいだし、角が折れて弱ってしまったドラゴンをここに置いておくのも可哀想だろう」

折れた角はじきに生え変わるが、それまでは弱ったままだ。他の魔物に襲われる可能性がある。

「ふむ……では私はドラゴンの卵を頂くことにしましょうか」

藁のベッドの上に、大きな卵が五個転がっている。コーネットはその卵を回収すると、布でくるみ、袋の中に入れた。

俺の腕の中にいるドラゴンの子供が「キューッ」と心配そうな声を漏らす。恐らく卵はこのドラゴンの兄弟なのだろう。

この子は卵を守る為に、大人のドラゴンに化けて俺達を追い払うつもりだったのだろうな。

「大丈夫。ちゃんと大事に育てるから」

コーネットが安心させるようにドラゴンの頭を撫でた。親ドラゴンがいない今、放っておけば魔物の餌になるだけだからな。

人工孵化の成功率も決して高くはないのだが、一匹でも無事に孵るといいな。無事に成長すれば大きな戦力にもなり得る。

「俺の手助けなしに対処できたな。試験合格は間違いないだろう」

「ジョルジュ、制限時間まであとどれくらいある？」

尋ねる俺に、ジョルジュは懐中時計を取り出し時間を見る。

「日没までだから、まだ三時間くらいは残っているな。弟を出し抜くなら、今すぐ戻ることをお勧めするが」

「俺は別にアーノルドに勝ちたくてダンジョンに挑んでいるわけじゃないからな。そんな勝敗よりも大事なものがある」

俺はレッドドラゴンの住処の周りに生えている結晶に触れる。

ジョルジュは七色に輝くその結晶を見てニッと笑う。

「確かに下らない勝敗よりも、そいつの方が遥かに重要だな」

制限時間ぎりぎりで必須課題のアイテムを採り、ダンジョンの出口を出た俺達。

まさか無事に生還すると思っていなかったケープス……いや偽ケープスはぎょっとしていた。

アーノルド達は既にダンジョンをクリアしたようで、見物客から称えられているところだった。

スーザンとケイトは涙目になってクラリスの元に駆け寄る。

「クラリス様ー‼」

「よくぞご無事で‼」

二人は同時にクラリスに抱きついた。

ヴィネとジンも俺達に駆け寄ってきた。

「無事でよかったよ！」

「パパやエディーだったら絶対に大丈夫だと思っていたよ！」

ジンは嬉しそうにジョルジュに抱きつく。

そこにアーノルドの取り巻きである見物人の生徒達がやって来て、まるで自分達が先にダンジョンをクリアしたかのように俺達を小馬鹿にしてきた。

「勉学に関してはアーノルド殿下と張り合えるようですが、実戦はまだまだだったようですね」

揶揄するように言う人々に対し、ムッとして反論したのは寮生二人だった。

「このダンジョンは速さを競うものではありませんわ！」

ケイトは俺達を嘲笑うアーノルドの取り巻き達に凄む。

「全員無事に帰ってくることが大事なのです‼　それに四守護士の方々と将軍閣下が同行していらっしゃるのですから早くクリアするのは当たり前です」

スーザンが同じく見物人達に怒鳴る。

女子二人の剣幕に、俺を揶揄していたアーノルドの取り巻き達は縮こまった。しかし、まだ懲りずに俺に嫌味を言ってくる奴がいた。四守護士の一人、ガイヴだ。

「アーノルド殿下は既に二時間前にクリアしましたよ？　一体何に手こずっていらしたのです？」

「コラ、ガイヴ！」

アーノルドは俺のことを内心どうしようもない兄だと呆れてはいると思うが、あからさまに俺を見下すような目で見ることはない。だから、自分の友人が兄を見下すような発言をしていたら、叱責をする。まぁ、主人公様だからな。基本的には良い子ちゃんなのだ。

むしろ取り巻き側が俺のことをあからさまに馬鹿にしているし、見下している。特に四守護士の中でもガイヴはアーノルドを慕うあまり、俺を貶めようとしている節がある。

俺は軽く肩をすくめてから、ガイヴの質問に答えた。

「ああ、ちょっと採掘に時間がかかって」

「採掘、ですか？」

訝るガイヴに、俺は手に持っている袋の中からハンドボールサイズの七色に輝く魔石を取り出した。

「こいつだよ」

七色に輝く石を見た見物人達は驚きの声をあげる。

このアイテムはドラゴンを倒さないと手に入れられないアイテムだからな。

魔石にも色々あって、赤い魔石もあれば青い魔石もある。

どういう仕組みなのかは分からないが、魔石の結晶がある場所は、魔物の寝床になっていることが多く、強い魔物の寝床ほど豊富な魔力を秘めた魔石の結晶があると言われている。

ドラゴンの寝床には、かなり強い魔力を秘めた魔石の結晶が生えていたのだ。

七色に輝くこの魔石はレア中のレア。こいつはドラゴンの寝床でしか採取が不可能な虹色魔石別名ドラゴンネストだ。

俺達は時間が許す限り虹色魔石の採掘をしていた。

魔道具を作るのが趣味なコーネットは特に発掘に燃えていた。

偽ケープスは声と身体を震わせる。

「そ、そんな魔石があるなんて……私が行った時にはそんなもの無かった筈」

「……」

俺は腕の中でクークーと眠っているドラゴンの子供の頭を撫でた。

子供のドラゴンが身を守る為に大人のドラゴンに姿を変えるのはよくあること。そんな子供のドラゴンは、下手をすると通常のドラゴンよりも制御が利かず凶暴になる。

普通の生徒だったら、恐らく生きて帰ってくることはできなかっただろう。

俺は偽ケープスに問いかける。

「ところで、あんたは誰なんだ？」

「――は？」

「あんた、ケープス先生じゃないよな？」

「な……何を仰せになるんだか」

当然惚けようとしている偽ケープスに冷ややかな視線を突き刺してから、ジョルジュの方を見た。

「ジョルジュ、魔術無効の呪文を」

「了解。コラ、逃げんなよ？　偽教師。ニル・ファイド」

魔術無効の呪文を聞いた瞬間、顔を蒼白にし、逃げようとする偽ケープスの背中に魔術師の杖を向け、ジョルジュは呪文を唱えた。

すると偽ケープスの前に煙が立ちこめ、彼の姿を覆いはじめる。

「きょ、教師に向かって何をする！」

慌てふためいた声を上げ、煙越しにこの場から去ろうとする人影が見えたので、俺もまた呪文を唱えた。

「キャプト・ネット！」

煙でよくは見えないが、ぎゃっという叫び声だけは聞こえてきた。

やがて煙が晴れた時、そこに現れたのは魔術教師ケープスではなく、捕縛魔術に捕らわれた宮廷魔術師、ベリオース＝ゲインの姿だった。

まさか別人が教師になりすましているとは思わなかったのか、アーノルド達も驚愕する。

状況が読めない見物客達はざわざわしている。

ジョルジュは納得したように苦笑いを浮かべた。

「そういや、お前。変身魔術だけはやたらに上手かったよな」

「黙れ！　鼻つまみ者が‼」

ベリオースは、憎々しげな目でジョルジュを睨み付けてから、周りの人々に聞こえるように声高に訴えてきた。

「わ、私は今日、代理でここに来たのです！　そんな私を貴方は、クビにしたばかりか……こんな乱暴なことを！　やはりエディアルド＝ハーディン殿下は王太子には相応しくない‼」

もし前世の記憶を思い出していなかったら、俺は反論できずにその場で悪者扱いされていたかもしれないな。だが生憎今の俺は言われたまま黙っている人間じゃない。

「俺が王太子に相応しいかどうかは置いておいて、あんた、ダンジョンにドラゴンがいることに気づいていたよな？」

「……いや、それは」

「マイヤー先生の代わりに教師としてここに来たんだろ？　気づいていなかったとしたら、とんだ無能だし、気づいていて放置していたのであれば職務怠慢だ。このことは父上に報告しておく」

俺の言葉にベリオースは顔を蒼白にし、その場に土下座をして、額を地面にくっつけて懇願をする。

「お、お許しを！　何卒、陛下には内密にっっ」

「俺が殺されかけたのに内密に？　王族をなんだと思っている？」

アーノルドは何が起こったのか分からないのか、俺とベリオースを交互に見ている。

見物人達も土下座をするベリオースに怪訝な表情を浮かべていた。

するとコーネットが不自然なくらいにこやかに笑って言った。

「上級者向けのダンジョンとはいっても、学生の授業の一環として使われるダンジョンです。学校側は生徒に危険が及ばないよう、一定のレベル以上の魔物はあらかじめ駆逐しておかなくてはいけないのに、Sランクの冒険者が対処するべき魔物が残っていたことは重大な問題ですね」

その言葉を聞いて、アーノルドのパーティーもざわつく。

もし自分達が反対のダンジョンを選んでいたら、自分達がドラゴンと戦う羽目になっていたからだ。

ベリオースはそうならないようにアーノルド達を安全なダンジョンへ誘導していたのだが、忖度を受けた本人達はそれに気づいていない。

将軍ロバートは黙ってこちらを見守っているが、目つきは鋭く額には青筋が立っていた。今にもベリオースを絞め殺しそうな勢いだ。

アーノルド達や将軍にまで睨まれたベリオースは、土下座の状態のまま縮こまっていた。

そんな彼に追い討ちをかけるようにデイジーも言った。

「そしてそんな危険な魔物を残したダンジョンに王族、貴族の子弟を入れたことは重罪にも値しますわ。私も父に今日のことは報告しておきますね」

「ど、どうか宰相様には内密に」

「あら。私が殺されかけたことを、どうして父に秘密にしなければならないのですか？」

「――」

デイジーの声はこの上なく冷ややかなものだった。

ハーディン王国の宰相、オリバー＝クロノムは鋼鉄の宰相と呼ばれる一方、娘を溺愛している。鋼鉄の宰相が、娘を危険にさらした人間を許すとは思えない。

ベリオースの顔はすっかり真っ青になっていた。

いくら俺を殺す為とはいえ、宰相の娘まで巻き込んだのは間違いだったな。もしデイジーがダンジョン探究中に運悪く死んだとしても、テレスがうまくもみ消してくれるとでも思っていたのだろうか？

俺がベリオースを解雇しても、テレスは結局何も言ってこなかった。

第一王子の教育を怠っていたくせに、授業料だけは受け取っていたという噂が宮廷に広まっていたからだ。多分、ジョルジュあたりが広めたんだろうな。

テレスはベリオースを庇うどころか、アーノルドの魔術師範役も解雇した。

ベリオースを解雇する際、恐らくテレスは彼にこう命じたのであろう。

名誉を回復したいのであれば、エディアルドを始末するように、と。

もし俺達がダンジョンで死んだとしても、テレスがベリオースを庇うことはなかっただろう。全ての罪を彼に被せた上で口封じをしたに違いない。

ベリオースが助けを求めるかのようにアーノルドの方を見た。

しかしデイジーの話を聞いたアーノルドは、軽蔑の眼差しを元師匠に向けている。

「そんなことがあったとはね……先生が職務怠慢で兄上に解雇された時は信じられなかったけれど、今の話を聞いていたら納得だよ。一体何をやっているんだ？」

「わ、私は、その、テレス妃殿下に命令されて」

「母上に何を命令されたんだ？　でまかせを言ったらその場で処刑だよ？」

アーノルドは剣をベリオースに突きつける。

純粋な主人公様は、母親が暗躍していることを知らずにいる。小説でもテレスは息子を王に据える為、汚れ役を買ってでたことがサラッと書かれていた。

当然ベリオースは口をぱくぱくさせたまま、何も言えなくなる。

事実を言えないのも無理はない。恐らくテレスからは俺を殺すよう命じられているのではないかと思う。

アーノルドは母親に鬼のような一面があることなど信じはしないだろう。ベリオースは真実を喋った瞬間、アーノルドに処されることが分かっているから言えずにいるのだ。

「まぁいい。あとは王室が追って沙汰を下すだろうから」

アーノルドがひとまず剣を納めると、ロバートがベリオースの首根っこを掴んで、殺気立った顔を突きつけた。

「ベリオース＝ゲイン。貴様には後でたっぷり話を聞かせてもらうぞ」

「……」

ベリオースはロバートの手によって連行されていった。

アーノルドは二人を見送ってから、ゆっくり俺の元に歩み寄ってきた。

「兄上が無事だったのは本当に幸いだったよ」

心底安堵したような表情を浮かべるアーノルド。

思慮はまだまだ足りない部分はあるが、根は悪い人間じゃないことは分かる。

何だかんだ言っても血の繋がった兄弟だからな。俺だって異母弟と敵対するような関係にはなりたくない。

アーノルドが王になるにしても、できるだけ穏便な形で身を引こうと俺は思う。

「クラリスも兄上のことを守ってくれてありがとう」

「恐れ入ります。私は大したことはしておりません。むしろ私の方がエディアルド様に守って頂いた程で」

礼を言うアーノルドに対し、意外だと思ったのか一瞬驚いたような表情を浮かべたクラリスだが、すぐに気を取り直し、胸に手を当てて頭を垂れた。

「君がいなければ兄上は生きて帰ってこなかっただろう」

「いえ、エディアルド様の指示がなければ、皆無事に帰ってくることはなかったと思います」

クラリスの答えにコーネットやデイジーも同意するかのように頷く。

しかし、多分心の奥底では俺のことを見くびっているであろうアーノルドは可笑しそうに笑う。

「そんなに兄上を立てなくてもいいんだよ」

「……」

クラリスは一瞬、苛っときたようで眉間に皺を寄せたが、すぐに愛想笑いを浮かべてみせる。

いかにも作った営業スマイルなのだが、空気が読めないアーノルドはそんな彼女の笑顔に目を奪われ、惚けたように見詰めている。

こいつ、まさかクラリスのことを……おいおいおい、主人公が悪役令嬢に惚れるって。そういうよくある設定は、この場ではやめてくれよ。

言っておくが、クラリスをお前に渡す気は全くないからな。お前はヒロインのミミリアがいるだろ？　二人で勝手に幸せになってくれ。

絶対にこっちを巻き込むんじゃないぞ!?

こうして俺達のダンジョン攻略は無事に終了した。

ちなみにベリオースの自供により、マイヤー先生とケープス先生はネズミの姿に変えられていたことが発覚。

独身寮の部屋が同室だった二人は、一年生のダンジョンはどのようなものを用意するか相談していた。そこに宮廷魔術師であるベリオースが突然部屋に押しかけて、二人をネズミの姿に変えてしまったのだという。

そしてベリオースはケープスの姿に変身し、体調をくずしたマイヤーに代わり、自分が一年生の実技を受け持つと学校に申し出たそうだ。

ネズミの姿に変えられた二人の魔術教師達は、小さな箱に詰められ井戸に投げ捨てられたが、幸い井戸は水が涸れた状態。しかもやわらかな土がたまっていた為、ネズミ達が溺れて死ぬことも、身体を打ちつけて死ぬこともなかったという。

ネズミに姿を変えられてから三日目。

「おい、まだ生きているか？」

地上からの声に、ネズミ二人は目をうるませ声を上げた。

「チュチュチュ、チュチューチュチュチューチュ！（その声はロバート将軍！）」

「チュチュチュチュチュー‼（助けてくださいー‼）」

ロープで引き上げられたネズミ二匹は、ロバートに飛びついた。

一緒についてきていた宮廷魔術師が魔術無効の呪文を唱えると、二匹のネズミは男性二人の姿に。

「ロバート将軍んん‼　助けて頂きありがとうございます」

「もう死ぬかと思いましたぁぁ‼　将軍んん‼」

マイヤー先生とケープス先生は、ネズミの姿のまま井戸に落とされた恐怖がまだぬけないのか、ロバートにしがみついたままだった。

「いい加減くっつくのはやめろ‼　二人とも早く服を着ろ‼」

素っ裸の男二人に抱きつかれた将軍は、顔面を蒼白にし、教師二人を怒鳴りつけたのだという。

ベリオース＝ゲインはその後、王城の地下牢から脱獄をした。彼は宮廷捜査隊達によって指名手配を受けることになった。

しかし、その後ベリオースの姿を見た者は誰もいない。

厳重な警戒態勢の地下牢をどうやって抜け出したのかは定かではないが、看守の誰かがテレスの回し者で、ベリオースの脱獄を手助けしたのだろう。

純粋に彼を助けたとは思えない。恐らくベリオースの口を封じる為に、彼を牢から出したのだ。

ベリオース＝ゲインはもう生きていない可能性が高い。

テレス＝ハーディンは、魔族襲来とは別に、今、一番注意しなければならない人物だ。彼女は小説と違って、かなり危険な人物と見た方がいいだろう。

それから実技課題の結果だが、アーノルドのパーティーはダンジョンを早々にクリアし、優秀な成績をおさめた。

俺達のパーティーは制限時間ぎりぎりだったものの、ダンジョンを踏破し、さらに世界中の魔術師を震撼させるレア魔石の回収をしたことにより、追加点が加算された。

総合得点は俺とアーノルドのパーティーは満点。一位が二組出るという結果になった。

「第一王子は先輩に助けられたな」

「婚約者のクラリスの力も大きい」

「いやいや、そういった人材を集めた第一王子の力は侮れないぞ?」

「でもアーノルド殿下の人望には敵うまい」

学園内は、俺やアーノルドがかつてない成績でダンジョンをクリアしたことで話題がもちきりだった。

相変わらずアーノルドを称える声が大きいが、A組のクラスメイト達は興味津々といった感じでダンジョンで起こった出来事を聞きにきた。

俺達がドラゴンと戦ったという話は、その後学園の伝説となったのだった。

エピローグ

◇◆エディアルド視点◆◇

その日、俺は学園内にあるカフェにて、ウィストとコーネットと共にお茶を飲んでいた。

コーネットとはダンジョン攻略以来、図書室や中庭で会うたびに何かと話をするようになり、こうしてお茶を飲む仲にまでなったのだ。

「今回のダンジョンは本当に貴重な体験ができました。あなたといると、退屈しなさそうですね」

「俺はできれば退屈で平穏な日常を送りたいのだが？」

「あなたが王子である限り、それは難しいでしょうね。それにあなた自身も、毎朝自ら冒険に出掛けているではありませんか」

コーネットの言葉に、俺は隣の席に座るウィストと顔を見合わせる。

既に毎朝のルーティーンと化している魔物退治のことを言っているのかな？

まぁ、別に内緒にしていたわけじゃない。魔物退治をして軽い怪我をしていた俺を、クラリスが怒りながら治療している場面を見ているクラスメイト達もいるからな。

「私も色んな発明品を試したいので、時間がある時にはご一緒しても良いですか？」

コーネットの申し出に俺は願ってもない、とすぐに首を縦に振った。

一緒に行ってくれる仲間が多いのは心強い。その分、強い魔物に挑み経験値を上げることができるから。

その時、カフェにクラリスとソニア、デイジーが入ってきた。

「私達もご一緒しても良いですか？」

「もちろん」

小首を傾げるクラリスに、俺はデレデレした顔で頷いていたと思う。

それは他の男どもも一緒で、ウィストはソニアに、コーネットはデイジーの方を見て嬉しそうな表情を浮かべている。

ウィストが今まで座っていた席を立ち、俺の隣に座るようクラリスに勧める。

彼女は少し恥ずかしそうに頷いてから、俺の隣に座りこっちを見て微笑みかけてくる。

ドキンッ！　と、俺の胸が高鳴る。

彼女の笑顔は何度見ても可愛くて、ときめいてしまう。

小説では悪役だったクラリスだが、今は俺にとって大切な婚約者だ。彼女の笑顔を守る為にも、今、ここにいる仲間達にも幸せになってもらいたい。

俺はまだまだ強くならないといけない。俺自身だけじゃなく、この国も強くしていかなければならない。

絶対に、絶対にバッドエンドを迎えない為に。

その時の俺はまだ自覚していなかった。

それまでずっと優等生の弟の陰に隠れていた人間だったから。

前世だって、特別な人間だったわけじゃない。ただの会社員だ。

俺自身が次期国王として、多くの人間の期待を背負うことになるなど、想像もしていなかったのだ。

番外編　悪役令嬢は赤ん坊になる

「……ジン、前にも言ったじゃないか。あそこの戸棚にある瓶は使ったら駄目だって」

「ごめんなさい。ハチミツだと思ったから」

「……」

◇◆クラリス視点◆◇

最後の「……」は私、クラリス＝シャーレットだ。

今、私は一歳にも満たない赤ん坊の姿になっていた。

平日は授業が終わったら学園からエディアルド様と一緒にヴィネの家に行くのだけど、休日は寮から直接ここに来ていた。

少し早めに来てしまった私は、台所でエディアルド様とジョルジュが来るのを待っていた。その時、ジン君が紅茶を出してくれた。

その紅茶を飲んだ瞬間、今の赤ん坊の姿になってしまったのだ。

当然洋服はぶかぶか。フードマントで包まれた状態だ。

「ジンがハチミツと間違えて入れたのは、若年化ポーションといって、飲んだら一時的に若返る薬だ。老年の冒険者たちがこいつを買いに来るんだけど、まさかあんたが紅茶と一緒に飲んじゃうとはね」

若返る薬……って、若くなりすぎでしょ!?　そもそも私は老年じゃないし‼

そう言いたいところだけど、今は喋りたくても喋ることができない。喋ろうとすると。

「ぶば、ぶばぁー」

こんな言葉しか出ない。

ヴィネとジン君は声を出した私を見て、デレデレした顔になる。

「可愛い！　クラリス可愛い！」

ジン君が目を輝かせ、はしゃいでいる。

「本当に……まるで妖精の子みたいだね」

フードマントで包まれた私はヴィネに抱っこされる。ヴィネの大きくて柔らかい胸で顔が埋もれているんだけど、何だか不思議と安心感があった。何だかこのまま眠くなりそう……って、違う‼　寝ている場合じゃない‼

「ぶば！　ぶばぶぶばぶぶばぶー‼（ちょっと！　早く元に戻してー‼）」

私は訴えるけど、ヴィネとジン君は首を傾げるばかり……ううう、言葉が通じないのがもどかしい‼

だけど私の言いたいことを察したのか、ヴィネが背中をとんとんしながら答えてくれた。

「心配しなくても一時間もすれば元に戻るから」

「ぶばー」

い……一時間もこのままなの？　エディアルド様が来る前に元の姿に戻りたいのに。

「まずは服をなんとかしないとね。確かジンが赤ん坊だった時の服がある筈」

なんだかルンルンと足取り軽く部屋を出ていったわね……この状況を完全に楽しんでるじゃない。

ほどなくしてフリルの襟、スカート付きのロンパース、おしめを持ってきたヴィネは慣れた手つきで私に服を着せはじめた。

「ママ……この服女の子のじゃん。僕、男の子なのに」

「あははは、たまたま近所の女の子からのお古をもらって」

ジト目になるジン君に、ヴィネは明後日の方向を見ながら、私の身なりを整えた。

どうも物心ついていないのをいいことに、ジン君に女の子の服を着せて楽しんでいたようだ。

着替え終わった私を見てヴィネの目が輝く。

「やっぱり本物の女の子が着たら可愛いねぇ」

「……」

ジン君はジト目のまま、ヴィネの背中を見つめていた。

可愛いって言われても、なんだか身動きがとりにくいし！

私がぶーたれた顔になった時、エディアルド様とジョルジュが部屋に入ってきた。

二人は赤ん坊になった私を見て目をまん丸にする。

「ヴィネ……その子は？」

目を瞠って私の方を指さすジョルジュに、ヴィネは悪戯っぽい笑みを浮かべる。

「あたしの子だよ」

「ママ、嘘は駄目」

「ちっ……余計なこと言うんじゃないよ」

ヴィネは私のことを自分の子だと言ってジョルジュを驚かすつもりだったみたいだけど、すぐさまジン君にとがめられた。

ジョルジュは苦笑して、私の頭を撫でる。

「まぁ、俺は子供が一人いても二人いても問題ないが、また親戚の子でも預かったのか？」

「違うよ、この子は……」

ヴィネが状況を説明しようとした時、店の方から呼び出しのベルが忙しなく鳴る。

「いけない！　すっかり忘れてた！　今日はネイ婆さんが弟子たちと一緒に店に来るって言ってたわ。ジン、ジョルジュ、団体のお客さんだから手伝いな！」

「ええ!?　俺もかよ」

「あんた最近半居候じゃないか。少しぐらい手伝いな」

ヴィネはジョルジュとジン君と共に店に出ていった。

部屋に残ったのは私とエディアルド様だ。

「やれやれ、慌ただしいな」

エディアルド様は苦笑しながら、私のことを抱き上げた。そしてじっとこっちを見つめてくる。

ち……近い！

めちゃくちゃ近いんですけど。こ、この前キスした時のこと思い出しちゃった。

「紅い髪にピンクゴールドの目……クラリスに似ているな」

ドキンッと胸が高鳴る。早くもバレた!?

「俺とクラリスが結婚して子供が生まれたらこんな感じなのかな」

きゃ――――‼　な、何を言っているの⁉

子供だなんて、子供だなんて、気が早すぎる‼

いや、婚約者同士なんだし、いずれは結婚するんだし、王族はやっぱり世継(よつ)ぎのことを考えなきゃいけないわけで、彼(かれ)がそう思うのは何もおかしなことではないんだけど‼

「可愛いな……君はきっと俺の婚約者のように美人になるかもな。しかも賢(かしこ)くて優(やさ)しい女性になるのだろうな」

め……めちゃくちゃ恥(は)ずかしい。エディアルド様、私のこと褒(ほ)めすぎです。

恥ずかしい反面、だんだん眠くなる。

エディアルド様……赤ん坊抱くの上手なのね。彼の腕(うで)の中は何ともいえず心地(ここち)が良い。

「ん？　眠くなったかな？」

「ぶぱ………」

エディアルド様に背中をとんとん叩(たた)かれながら、私は眠りについたのだった。

目が覚めた時、私はベッドの上で眠っていた。

傍(かたわ)らにはヴィネがいて、私の顔の汗(あせ)をタオルで拭(ふ)いてくれていた。

「気がついたみたいだね」

「ヴィネ……私元に戻ったの？」

「ああ、ただ元に戻る際、赤ん坊の服がやぶけちまってね。あんた、今、裸(はだか)だから」

「そ、そうなんだ⁉　も、元に戻った時、誰(だれ)かに見られた⁉」

「大丈夫、たまたま私しかいなかったからさ」

そう言って笑うヴィネ……気のせいか、いつもとは違う不自然な笑みだった。

何で、彼女の目と口が三日月に見えるのだろうか？

身支度を調えてから、学びの場であるダイニングへ行くとそこではジョルジュとジン君がのんびりとお茶をしていた……あれ？　エディアルド様がいない？

「ジョルジュ、エディアルド様は」

「あー……いや、ちょっと逆上せてな。鼻血が出ちまって隣で休んでいる」

「まぁ、大変。じゃあ私が治癒魔術で」

「いやいやいや、今お前は行くな。余計逆上せるから」

「……？」

◇◆エディアルド視点◆◇

俺の名前はエディアルド＝ハーディン。

ただいまヴィネの家の簡易ベッドの上で寝ている。

ここはジョルジュが寝泊まりしている部屋で、簡易ベッドも置いてあった。

いつものようにジョルジュと共にヴィネの家に来てみると、そこにはクラリスがいなくて、代わりに赤ん坊がいた。

成り行きで赤ん坊と二人きりになった俺は赤ん坊をあやしていると、赤ん坊の身体が突然光りだし、いつのまにか俺の腕の中には裸のクラリスがいた。

俺は極力見ないように彼女をベッドに運んだ……そして店の応対をしているヴィネを呼んだのだ。

「そんなに照れることないじゃないか。結婚したらどうせ、何度も裸を見せ合う仲になるんだよ？」

ヴィネの言う通りだ。

これくらいのことで取り乱してはいけない。

いずれは子供だって作るわけだし……子供だって……うわ、ヤバい!!

鼻血が出てきた!!

何だよ、俺は思春期のガキか!?　あ、十七歳ならまだ思春期の範疇か……いや、そういう問題じゃないだろ!?

こうして俺は、鼻血が止まるまでベッドの上で寝続けることになったのだった。

あとがき

この度は『悪役令嬢に転生した私と悪役王子に転生した俺』をお手にとっていただき、まことにありがとうございました！

初めまして、秋作と申します。

元々悪役令嬢ものが好きだった私は、小説から漫画まで多くの悪役令嬢ものを読んできました。皆それぞれ魅力的で、どの娘も逆境にめげずに一生懸命生きている姿に目が離せず夢中になって読みまくっていました。

読んでいる内に、自分も書いてみたくなる……というのが物書きの性なのでしょうね。自分なりの悪役令嬢を思い描くようになっていました。

ただ、それだけではなかなか形にならず、今までずっと心の中にとどめていました。

一方、別の話として馬鹿王子の話も考えていました。優秀な弟に劣等感を抱いていた第一王子に転生したサラリーマンの話です。

最初、クラリスとエディアルドの話は別の話だったのです。

ある時、この二人の話を一つにしたらいいのではないか、と思いつきました。W主人公の話に挑戦してみようと思ったのです。

しかしW主人公の上、一人称で話を進めるのはなかなか難しく、思わず勢いで書いてしまうと今までクラリス視点だったのに、気づいたらエディアルド視点になっていたり、このシーンはエディアルド視点よりクラリス視点にした方がいいか……など、普通のお話を考える時の倍のエネルギーを使った覚えがあります。

二つの話を同時に進めていたのだから、労力は倍になるんですよね。

いつもなら物語が九割完成していたら、ＷＥＢに投稿しているのですが、今回ばかりは最後まで話を書き終えて、何度か見直してから投稿しました。

それでも連載中に急遽加筆した部分もあり、そういう部分からまた綻びが生じて修正したりもしました。

すったもんだありましたが、ＷＥＢ版の方は無事に完結を迎えることができました。


今回書籍化してくださった編集者様や校正してくださった方々をはじめ、この本の制作に尽力いただいた全ての方々に厚く御礼申し上げます。

そしてイラストを担当してくださったやこたこす先生、本当にありがとうございました‼

美しすぎる表紙を見て感激のあまり泣きそうになりました。他のキャラクターも凄く魅力的に描かれていて、イラストを見せていただく度に悶絶しておりました。

書籍ではＷＥＢ版で至らなかった部分に加筆修正をしております。ＷＥＢ版の読者の方々がより盛り上がれるよう描いておりますのでそんなところも楽しんでいただけたらな、と思っております。

最後にもう一度、読者の皆様、本の制作に携わってくださった全ての方々、本当に本当にありがとうございました。

本書は、カクヨムに掲載中の『悪役令嬢に転生した私と悪役王子に転生した俺』を加筆修正したものです。

DRAGON NOVELS
ドラゴンノベルス

悪役令嬢に転生した私と悪役王子に転生した俺

2023年9月5日　初版発行

著　　者　秋作（しゅうさく）
発 行 者　山下直久
発　　行　株式会社 KADOKAWA
〒102-8177　東京都千代田区富士見 2-13-3
電話 0570-002-301（ナビダイヤル）
編　　集　ゲーム・企画書籍編集部
装　　丁　杉本臣希
D T P　株式会社スタジオ205 プラス
印 刷 所　大日本印刷株式会社
製 本 所　大日本印刷株式会社

DRAGON NOVELS ロゴデザイン　久留一郎デザイン室＋YAZIRI

ISBN978-4-04-075084-2　C0093